La collection « Azimuts »
est dirigée par
Monique Gagnon-Campeau et Patrick Imbert

Vivre au noir en pays blanc

Du même auteur

ROMAN
Adieu bordel, bye bye vodou, roman, Hull, Vents d'Ouest, 1994.

POÉSIE
En balise d'Île mémoire/Ginen-m an chalkalis, Ripon, Écrits des Hautes-Terres, « Gélivures », 1998.
Éclats de bourgeons, Québec, Le Loup de Gouttière, 1993.
Plaie rouillée, Ottawa, Vermillon, 1987.

Azimuts | roman

Eddy Garnier
Vivre au noir en pays blanc

Données de catalogage avant publication (Canada)

Garnier, Eddy, 19-
    Vivre au noir en pays blanc

    (Azimuts/roman)

    ISBN 2-921603-92-6

    I. Titre. II. Collection.

PS8563.A673V58 1999   C843'.54   C99-940253-6
PS9563.A673V58 1999
PQ3919.2.G37V58 1999

Nous remercions le Conseil des Arts du Canada de l'aide accordée à notre programme de publication. Nous remercions également la Société de développement des industries culturelles et Patrimoine canadien de leur appui.

Dépôt légal — Bibliothèque nationale du Québec, 1999
                Bibliothèque nationale du Canada, 1999

Révision : Caroline Gravel et Gérald Imbert.

© Eddy Garnier et les Éditions Vents d'Ouest inc., 1999

Éditions Vents d'Ouest inc.
185, rue Eddy
Hull (Québec)
J8X 2X2
Téléphone :   (819) 770-6377
Télécopieur : (819) 770-0559

Diffusion au Canada : Prologue
Téléphone :   (450) 434-0306
Télécopieur : (450) 434-2627

Diffusion en France : DEQ
Téléphone :   01 43 54 49 02
Télécopieur : 01 43 54 39 15

Ce livre a été écrit avec l'appui du programme du multiculturalisme de Patrimoine canadien.

Dédié à toutes les sœurs et à tous les frères qui, à la poursuite du mieux-être, ont plongé tête première dans l'antre d'une réalité incertaine qui leur a ébauché le nouveau destin inimaginable mais vrai, palpable.

Remerciements à Andrée Lacelle, Jean H. Philippe et Robert Garnier pour aide technique, recherches et conseils. À Patrick Imbert pour son ouverture d'idée face au concept « spiraliste » régissant le texte.

Chacun des éléments de ce tout étroitement soudé est un noyau indépendant prêt à exploser en spirale comme les points dans les carreaux du vèvè d'Erzulie.

Spiralisme : forme littéraire et artistique créée par l'écrivain dramaturge haïtien Franck Étienne qui consiste à renforcer le dynamisme du logos dans une envolée effrénée mais contrôlée, par la forme, pour propulser tous les tréfonds épars de l'artiste par un rendu embrassant, giratoire spiralisé dont le noyau de départ est l'écrivain lui-même qui ne s'appartiendra plus dans le mini Big Bang d'idées et de sujets qu'il vient de déclencher à chaque moment de sa création.

Lorsque la bataille fut initiée, on a cru que les armes étaient équitables des deux côtés.

Aujourd'hui, espoir, désespoir, guerre, paix, lutte armée, désarmée ont fait place à la chronicité morbide de la lassitude.

Fuir la pluie pour tomber dans la grande rivière, que dis-je ? dans l'océan.

La fatalité de tout cela, c'est qu'il n'existe plus de début, si on voulait recommencer.

Aucun de ces peuples du grand génocide n'a inventé le fusil. Les munitions qu'ils utilisent en abondance coûtent trop cher. Classés parmi les plus pauvres du globe, ils n'ont pas la force pour trimbaler le moulin à tuer.

Les fournisseurs d'armes se spécialisent maintenant dans l'invention des pansements jetables, de Croix rouge, de Bérets verts, d'ONU, de Force multinationale et enfin de techniques plus expéditives de fratricide. Le pauvre reçoit le fusil en cadeau pour tuer, le riche pour superviser la tuerie.

Ces peuples dits « sous-développés » ne savent pas comment fabriquer, ni acheter le fusil. Faute de passeports, de noms, de relations, de dollars, d'intelligences.

Première partie

Le baptême

Chapitre premier

Dorval, un très grand aéroport

*Le peuple doit son bonheur et ses malheurs
à son ignorance ingénue mitigée… Et les plaisirs du peuple,
ses déboires, se multiplient à l'infini.*

Bienvenue dans la ville du maire Drapeau

MA BÉATITUDE! Pour la première fois. Je foule un sol étranger. L'extase! Mon Dieu! Mon émotion est plus grande que celle d'un Blanc du Nord qui débarque pour la première fois de sa vie sur une plage tropicale. Il a hâte. Impatient de se faire bronzer. Au risque même d'attraper le cancer de la peau.

Moi, au risque… non, plutôt à la limite illimitée de mon ignorance infinie. Je veux voir la neige. Indescriptible impatience que mes mots jamais ne pourront exprimer. Toute cette profondeur. L'extase! Simplement parce que je pile sur un sol nouveau. Sol d'espoir migrant.

Mon enchantement atteint son paroxysme. Un nouveau monde. Je vais enfin connaître la démocratie. La paix et surtout la Liberté, l'Égalité et la Fraternité. C'est inscrit là, sur cette *gourde* flanquée dans mon portefeuille que j'ai amenée avec moi, en souvenir, malgré tout.

À la file indienne

Dans la salle d'arrivée, un large tambour d'acier tourne et tourne. Vertige tambour. Qu'est-ce que c'est que ce machin roulant-là? Je vais faire comme tout le monde. Me poster devant et le regarder tourner. Mais voilà que juste en face, par une étroite ouverture, ça commence à vomir des valises. Bouchée par bouchée. Tapis roulant. Ça tourne. Ça tombe valise après valise. On choisit. On s'en va. On attend son tour. Ça tourne. Ça vomit, tapis roulant. Ah ! c'est pas comme dans mon pays ! Ici, c'est vraiment un pays étranger. Que dis-je, un pays développé. Un pays démocratique. C'est grandiose. C'est fantastique ! Celle-là, c'cst la mienne qui arrive. Ma grosse valise en similicuir brun. Tiens ! Un agent en uniforme qui surveille ! Qu'importe ! Je n'ai pas peur. Les gens d'ici protègent et respectent leurs semblables. Ils ne sont pas comme les gendarmes, ni comme les tontonmakout. Ils ne me voudront aucun mal. Je suis sûr que je n'ai pas besoin de leur graisser la patte pour des services non rendus.

Du fond de la salle, un autre agent d'immigration commande :

— Ici, s'il vous plaît, monsieur ! Vous madame, par là ! Vous, passez par cette porte. Non, pas vous, oui, vous. Ici, là, ici, par ici...

— Mais qu'est-ce que cela veut dire ? On nous trie ou quoi ?

— Monsieur... vous ! Oui, venez par ici.

— Moi ? fais-je, encore confiant.

— Oui, vous. Quelque chose à déclarer ?

— Non.

— Qu'avez-vous dans cette grosse valise ?

— Des habits et des cadeaux, monsieur.

— Avez-vous de la boisson ?

— Oui, voici.

— Parfait. Comptez-vous rester longtemps au Canada ?

— Non.

— Combien de temps allez-vous passer au Canada ?

— Trois semaines.

— C'est correct, d'abord. Maintenant, vous pouvez passer.

— ?!... !?...

— Non, pas par là, par ici.

— Par ici ?

— Non.

— Par là ?

— Oui, par ici.

Toujours très confiant, je pousse le petit chariot métallique à étages sur lequel se dandinent ma grosse valise et mon fourre-tout, similicuir brun. À peine quelques pas. Une autre voix impérative retentit.

— Vous, là-bas! Monsieur, passez ici, s'il vous plaît. En pointant du doigt.

— Moi?

— Oui. Vous là, approchez *icitte*.

J'arrive à lui. Sur son uniforme c'est inscrit : Immigration Canada.

Qu'est-ce que cela peut bien me faire? Il n'y a pas ça, dans mon pays.

— Rangez vos affaires, là.

Je fais comme monsieur l'agent m'ordonne.

— Puis-je voir votre passeport, s'il vous plaît?

Je le lui tends.

— Assoyez-vous ici sur le banc, et attendez avec les autres.

— Oui, monsieur.

Je rejoins les autres. Toutes ces têtes ébènes, interrogeant de leurs yeux perçants la logique de les faire ainsi languir sur un long banc. Tout à coup, la réponse nous parvient. Oui. En effet, ça pue. Sporadiquement, mais à plein nez.

Chapitre II

À se glisser les fesses

*J'y suis venu dans l'espoir de boire beaucoup de lait
et pas pour compter les vaches.*
Dicton haïtien

Du banc de la démocratie

AVEC TOUS LES AUTRES qui sont figés, sans défense, sur le banc. Je sors mon mouchoir imaginaire, pour me boucher l'odorat. Ça pue la négrophobie. Je ne veux pas croire à l'imagination. Pourtant, les faits sont là.

Juste en face de nous. La voix, les yeux, la mine des agents transpirent le dédain, la haine et le préjugé. Ils agissent comme des chiens dressés uniquement pour traquer le nègre. Quand j'avais entendu dire que les policiers d'ici étaient dressés pour chasser subtilement les Nègres, les Juifs, les Pakistanais, les communistes, d'autres groupes minoritaires et sectes religieuses, je ne voulais pas y croire. Je persistais à croire que dans la pure démocratie, comme ici, *tous les hommes sont égaux*. Et l'Immigration canadienne devrait être la première institution à pratiquer l'impartialité. Mais voilà que le comportement de ces agents d'immigration commence à semer le doute dans mon esprit. Regardez-les agir. Comme des robots, des automates. Sans considération aucune pour la culture des autres. Dénués de nuances. Ils appliquent à la lettre ce qui est inscrit dans leur livre d'instructions. Ce n'est pas possible! Non, ce n'est pas vrai. Je dois me convaincre qu'ils sont fatigués, ces agents d'immigration. Pourquoi crient-ils après celui-ci? Il n'a rien fait, il est venu en touriste, comme nous. Pourquoi sont-ils fâchés contre celui-là? Il comprend mal le français, c'est tout. Bof! Ils sont plutôt durs d'oreille.

Oui, c'est ça. Les avions font tellement de bruit, à l'aéroport. La surdité fait parler plus fort. Ici, ça ne peut pas exister, le racisme. Ce n'est pas ce qu'on m'avait dit avant de partir. On m'avait laissé croire que le Canada, c'était le seul pays au monde où la discrimination raciale et le préjugé de couleur n'existaient pas. Surtout à l'aéroport.

Au fil des interminables minutes, nos fesses continuent de glisser lourdement sur le long banc vers nos sentences individuelles.

Du banc de la dictature

Au fait, c'est peut-être une façon de faire, dans le système démocratique. Dans le système dictatorial aussi, on glisse les fesses sur un long banc. Mais c'est pour vérifier si vous êtes inscrit dans le grand cahier noir, rempli de noms d'honnêtes citoyens trahis par des envieux qui, pour monter en grade, dénoncent des personnes qu'ils connaissent. Si ton nom y est inscrit, tu es arrêté. Il faudra payer une très forte somme pour racheter ta liberté, après avoir été copieusement tabassé. Sinon, tu risques d'être zigouillé, ou de moisir durant quelque temps au *Fort-Dimanche*. À la douane, les *makout* volent la moitié de vos effets, sous vos yeux. En plus, il faut leur graisser la patte pour avoir le droit d'emporter ses propres valises, presque vides. Mais franchement, je ne m'attendais pas à faire la queue sur un banc ici, au Canada, pays démocratique par excellence. Non, non, ce n'est pas vrai ! Je vais me faire une idée pour ne pas croire à cette réalité. Regardez donc ces agents, là-bas, pointer le doigt accusateur. Écoutez-les !

– Ici, vous. Vous, par là. – Passez par ici. – Revenez par là. – Assoyez-vous par ici.

Pourquoi tout cela ? On n'est pas des criminels, que je sache. On nous traite comme des animaux. De quel droit ? Je fuis mon pays parce que l'illégalité est pour tous. Mais semble-t-il qu'ici, l'égalité n'est pas pour tous. Et sur quoi se base-t-on pour décider que celui-là va ici et, celui-ci, là. La traite des Noirs est révolue, que je sache.

Alignés côte à côte sur le long banc de l'attente, nous continuons de glisser doucement, pour faire place aux suivants. Faire place aux autres. Comme dans les véhicules bigarrés de transport en commun, au pays, les tap tap. Comme partout, dans tout. Enfin, comme à la vie, à la mort. Faire place à l'autre indubitable. C'est l'esquive.

Dans l'autre section, à la file indienne et en bermudas, les Blancs passent sans s'inquiéter, avec leur sourire bronzé. Sitôt débarqués, sitôt sortis. Il ne leur est même pas nécessaire d'être Canadiens. Il suffit que leur chroma soit différente de la nôtre. Voyez, Mauricio Torres qui a fait le voyage avec moi, dans le même avion, avec les mêmes intentions, et quasiment dans les mêmes conditions. On ne l'a pas trié, lui. Il est passé comme ça, comme les Blancs. Maintenant, il est déjà chez ses amis en train de défaire ses valises. Tout cela, parce qu'il a la couleur et les cheveux exactement comme ces agents de l'immigration, qui me foudroient de leur regard au laser. Pourtant, Mauricio et moi avions fait nos études ensemble, chez les frères. Alors, c'est une question de pigmentation. Il n'y a plus de doute. Heureusement, les compatriotes ne se laissent décourager ni par le dédain, ni par les mauvais traitements des agents.

Sur le long banc de l'aéroport de Dorval, des fesses ébène glissent. Ce qui les intéresse, c'est de rester au Canada, à tout prix. Ils parlent sans arrêt et ricanent, même, à l'occasion. Écoutez-les :

— Ne vous en faites pas, les gars ! Les agents d'immigration sont pareils partout. C'est comme les chauffeurs de taxi : indisciplinés dans tous les pays. C'est encore comme les prostituées qui se ressemblent toutes et partout. Les cent pas rituels, aux carrefours stratégiques. Les agents font leur job.

— Mais oui, c'est leur job qu'ils font.

— D'accord, ils font leur job. Mais ils n'ont pas besoin de nous traiter comme des animaux sauvages.

— Tu penses qu'ils accepteront de perdre leur job pour te faire plaisir ? Tu te trompes.

C'est la consigne qu'ils suivent. Ils sont bien dressés.

Chiens de race et de chasse

— C'est leur chef, leur patron, qui les a entraînés ainsi.

— Oui, ça c'est vrai, parce qu'on dit que le ministre de l'Immigration n'aime pas les Noirs.

— Pourquoi ? Comment s'appelle-t-il ?

— Eh Marco ! Comment s'appelle-t-il déjà, le ministre de l'Immigration ?

— Tandras oui, Tandras… c'est ça.
— On dit qu'il n'est même pas d'origine canadienne.
— Alors, pourquoi n'aime-t-il pas les étrangers ?
— Ah ! Ah ! Ah ! Ah ! Ah !
— Pourquoi ris-tu, toi ? Tu augmentes notre tension.
— Ah ! Ah ! Ah ! On n'est pas des étrangers, nous autres !
— Comment ça ?
— On est des nègres. Nous, c'est pas pareil. Et après, s'il y a du temps, on pourra passer, de temps en temps comme d'autres Blancs. Étrangers.
— Semble-t-il que nos tribulations vont être pires ici qu'elles l'ont été chez nous.
— Tu ne peux pas dire ça ! Tu n'as pas encore vécu ici.
— En tout cas, il n'y a rien de pire que l'hypocrisie et l'inconnu. Et ça ne s'annonce pas beau.
— Que veux-tu dire par là ?
— Au moins, au pays, on sait que n'importe quoi peut t'arriver, n'importe où, n'importe quand et n'importe comment. Tandis qu'ici, il semble que tout peut t'arriver aussi, mais tout ce qui t'arrivera sera un hasard, un accident de parcours, une exception, une erreur ou une bavure. Tout ce qui peut t'arriver et tout ce qu'on a le droit de te dire ou de te faire est écrit dans la loi du Québec et dans la Constitution du Canada.
— Toi, tu es fâché parce qu'on t'a mis sur le banc. Et ça te donne l'impression d'être assis sur le banc de *Fort-Dimanche* pour être jugé par les makout.
— Non, je suis fâché parce que ce n'est pas juste.
— La justice n'existe pas.
— Ce n'est pas vrai.
— Non, ce n'est pas vrai. Cela dépend de quel bord on est. Sur quel banc on est assis.
— Regardez, les filles sont assises là, sur le banc aussi. Elles glissent leurs fesses sans dire un mot. Et nous, on n'arrête pas de dire toutes sortes de charabias. Ainsi, nous sommes racistes nous aussi. Nous nous sommes agglutinés sur un bord, laissant les femmes seules sur l'autre.
— Elles ont plus de patience que nous et sont moins conscientes de la situation.

— Des prétextes, mon ami, des prétextes ! Espèce de machiste !

— De toute façon, ce ne sont pas vos discussions qui vont résoudre notre problème.

— Quel problème ?

— Celui dans lequel nous nous trouvons.

— Mais non, mon cher, ce n'est pas un problème.

— C'est quoi alors ?

— C'est un poker.

— Un poker ? C'est pas le temps de plaisanter.

— Tu dois bluffer pour rester au Canada et ne pas te faire refouler, avant de pouvoir t'y installer. Il faut s'y accrocher par tous les moyens.

Quand j'ai entendu cette phrase, j'ai failli pisser dans mes culottes. Extrader ! Refouler ! Expulser ! Je ne suis même pas encore entré dans le pays ! Je ne sais même pas à quoi ressemble Montréal. Jésus Marie Joseph, Vierge Altagrâce ! Protégez-moi ! Si j'avais su ce qui allait arriver, j'aurais demandé à Ti Joseph de me donner une poudre de charme vodou. Les agents n'y auraient vu que du feu. Ils m'auraient vu Blanc comme eux et m'auraient laissé passer, sans me poser de questions.

Chapitre III

L'expérience d'autrui

Jacot tòl lòkòtò
Jacot Jacot tòl lòkòtò
Le perroquet a mangé la banane mûre.

Les conseils du cousin

Ils parlent avec une telle conviction que je ne parviens plus à différencier le rêve de la réalité. Nous voguons dans le même bateau en péril, où chacun est son propre capitaine et celui des autres en même temps.

Une fois, un Blanc américain d'origine italienne a dit que l'Haïtien, avant de prendre une décision, demande conseil à son père, à sa mère, à sa femme, aux voisins, au médecin, au prêtre et au houngan. Chacun lui prescrit une solution différente, évidemment. Et il doit s'arranger pour prendre une décision qui ne déplaît à aucun des conseillers.

— Moi, mon cousin m'a tout expliqué. Il a été passer des vacances chez ses parents en Haïti. D'ailleurs, c'est lui qui a payé mon billet d'avion. Je suis certain qu'il est dehors en train de m'attendre.

— Que t'avait-il expliqué, ton cousin ?

— Il dit qu'au Canada, il existe deux sortes de lois d'immigration.

— C'est-à-dire ?

— Une loi écrite qui est prétendument pour tous les immigrants, et une loi pour les nègres.

— Ah ! Ah ! Ah ! Ah ! Ah ! C'est comme les traditions culturelles africaines.

– La ferme, toi ! Tu m'énerves avec ton ricanement et tes balivernes.

– Bon, bon ! va, va... Je te laisse parler.

– En tout cas, moi, je ne vais pas me mettre à pleurnicher à cause des caprices de ces blancs-becs qui se croient le nombril du monde. De toute façon, j'éprouve un plaisir immense d'être Noir. Ce qui m'empêche d'envier les Blancs qui vivent une vie superficielle, une vie composée, programmée, hypocrite, artificielle, fade et tendue. Ils doivent se composer une personnalité. Feindre d'être quelqu'un d'autre, quand ils sont en présence de Noirs. Tout ça pour prouver qu'ils sont supérieurs à nous. Ils savent bien que c'est pas vrai. Nous, nègres d'Haïti-Thomas, on n'a pas ce problème de dédoublement de personnalité. Ils inventent toutes sortes d'insultes pour nous qualifier. Nous, on n'en a pas pour eux. On s'en fout. On vit le moment présent tel qu'il se présente à nous, dans toute son entièreté. On considère tous les gens comme ils sont. Parce que le monde entier devrait être une seule famille...

– C'est aussi la raison pour laquelle on est toujours victimes des Blancs.

– Quelle raison ?

– On est toujours victimes, parce qu'on n'a jamais considéré le Blanc comme un être différent de nous. Les chiens et les oiseaux n'ont jamais eu de problème de couleur. Je crois qu'il serait temps qu'on commence à regarder les Blancs avec d'autres yeux. Comme eux nous regardent et nous voient Noirs, avec des yeux blancs.

– Avec quels yeux voudrais-tu les regarder ? Des yeux noirs ? T'es malade !

– C'est pas faisable, parce que t'as pas d'argent. Si t'avais de l'argent, tu ne serais pas ici, en train de te faire humilier par eux.

– Tu serais resté au pays, à te prélasser dans tes châteaux perchés au flanc des mornes. Non, non ! On n'a pas d'yeux.

– Tu ne peux pas te permettre d'avoir des yeux noirs. D'ailleurs, les yeux noirs auraient l'air de quoi ?

– Ah toi ! je pense que tu parles trop pour ne rien dire ! Glisse un peu tes fesses pour laisser passer ce gars-là.

– Merde ! Merde ! Et merde encore ! Cela fait plus de trois heures qu'on est là. Ils se foutent de nous, ces agents d'immigration ! Ça me choque !

— Je suis certain que si c'était des Canadiens comme eux, ils n'oseraient pas.

— Ils cherchent à t'écœurer pour aller dire ensuite qu'ils ont fait chier des nègres.

— Ça leur donne un peu de fierté.

— Ça les valorise. Autrement, ils seraient des ratés dans leur métier.

— De toute façon, celui qui agit ainsi est un pauvre type.

— Oui, un pauvre type sans culture.

— On n'est pas venus faire le procès des déchets qui nous font chier ! Chez nous aussi il y a des déchets comme ça...

— Continue, toi, ; dis-nous de quoi ton cousin t'avait prévenu.

— Oui, dis-nous. Raconte !

— Ça pourra servir. On ne sait jamais !

— Il dit que c'est comme ça. Parce que la devise de l'immigration du Canada, c'est le POBG.

— Quoi ? Le POBG ?

— Oui, Paix Ordre et Bon Gouvernement. POBG. Ils ne te lâcheront pas d'une semelle. Ils ne veulent pas d'illégaux dans leur pays. On va vous traiter comme des bêtes à l'aéroport et surtout, à l'immigration.

— Quant à ça, on ne le lui fait pas dire, à ton cousin.

— Mais il ne faut pas s'impatienter puisque ça ne réglera pas le problème. Le truc, c'est de pouvoir trouver un moyen pour rester au Canada à tout prix.

— Ce sont les compatriotes qui nous ont précédés ici, au Canada, qui doivent régler ce problème. Aussi, c'est le devoir de nos ambassadeurs d'informer le gouvernement du pays de ce qui nous arrive.

— C'est manquer de respect envers les gens. Quand les Canadiens viennent chez nous, eux-mêmes, ils sont traités comme des rois, non ?

— C'est parce qu'on n'a pas un gouvernement responsable. Et puis, le Blanc est riche. Il a de l'argent. C'est simple.

— Voulez-vous enfin le laisser parler ? Qu'a-t-il dit d'autre, ton cousin ?

— Il a dit qu'on va d'abord te demander ce que tu es venu faire au Canada.

— Ils le savent, nom de Dieu! Ils le savent. Et cela me choque, leur hypocrisie! C'est écrit ici, là, sur le passeport, sur le visa qu'ils ont dans leur main.

— Oui, nous savons que nous n'avons pas les moyens de faire du tourisme.

— Le Canada le sait aussi. Ils savent que nous sommes le pays le plus pauvre de cet hémisphère. Pourquoi nous laissent-ils entamer les démarches? Pourquoi nous donnent-ils un visa de sortie et attendent-ils que nous soyons arrivés ici pour émettre un avis de déportation contre nous, comme si nous étions de vulgaires criminels? Et après nous avoir humiliés. Ils savent qu'on s'endette jusqu'au cou pour acheter le billet d'avion.

— C'est un *racket*, on le sait. Tout le monde nous vole. Le Canada nous laisse partir de chez nous sans problème et une fois que nous sommes arrivés ici, ils disent que nous ne sommes pas qualifiés pour faire du tourisme! Et que nous sommes des illégaux. Puis nous expulsent.

— Ils pourraient faire la sélection sur place avant de délivrer les visas, comme font les Américains. Ainsi, ils nous éviteraient le supplice du long banc.

— Mais non, mais non! Comme je te dis, c'est un *racket*, ils veulent ton argent. La compagnie aérienne leur appartient. En faisant le voyage aller-retour, ça fait marcher un peu l'économie aérienne canadienne.

— On voit bien que nous sommes condamnés. Il n'y a personne pour nous protéger.

— Qu'est-ce que tu racontes? Pourquoi veux-tu que ce soit les autres qui nous protègent? Protéger des nègres comme nous! Es-tu malade, toi? Nous devons nous protéger nous-mêmes. La solidarité, messieurs, c'est cela qu'il faut. La solidarité apporte l'argent. L'argent, c'est le respect, la classe. Quand nous serons aussi puissants économiquement que le Blanc, vous verrez que nous n'aurons plus ces problèmes.

— Ils viendront nous chercher pour faire du tourisme chez eux. Ah! Ah! Ah! Et nous, on dira: « Non, on s'en va le faire en Afrique, d'abord, à la découverte de nos racines. Ensuite, nous verrons. Ah! Ah! »

— Ce temps n'est pas pour demain, certainement. Ils feront tout pour empêcher cela.

— Eh bien ! toi-même, tu n'as pas encore dit ce que ton cousin t'a dit !
— Vous m'empêchez de parler. Taisez-vous et écoutez-moi, alors.
— Bon, vas-y. On va essayer de se taire.
— D'accord. Mon cousin a dit qu'ils vont essayer par tous les moyens, non seulement de te faire chier ce que tu n'as pas mangé, mais aussi de te faire dépenser ce que tu ne possèdes pas.
— Moi, ça ne m'intéresse pas. Je veux savoir ce qu'ils vont me dire là, tantôt.
— C'est ce que je suis en train de te dire.
— Messieurs, laissez-le parler.
— Il est réellement patient. Si j'étais lui, je ne dirais plus un mot.
— Espèce d'égoïste ! Parle donc, mon ami. Dis-nous…
— Il dit qu'on va demander : « Qu'est-ce que tu es venu faire au Canada ? Chez qui vas-tu aller ? Pour combien de jours ? As-tu l'adresse ? »
— En général, quand on fait du tourisme, on descend à l'hôtel, non ?
— La ferme, toi !
— Avec des touristes *cheap* comme nous, le Canada est entravé !
— Heureusement qu'on a tous une adresse !

L'errance, cette présence

Ce dernier mot me fait frémir. Je n'ai ni l'adresse, ni le numéro de téléphone de Benjamin, l'ami qui est censé venir me chercher à l'aéroport. Il est sans doute déjà là, en train de m'attendre dans la salle d'arrivée.
— Combien d'argent as-tu sur toi ? demandera aussi l'agent. Ensuite, ils prendront une action contre toi, comme t'expulser, par exemple. Néanmoins, ils te concèdent le droit d'interjeter appel.
— Comme ça, ils font vivre leurs avocats.
— Mais si on vient en touristes, pourquoi nous traitent-ils comme si nous étions des illégaux ?
— Pourquoi l'expulsion ? Ça, c'est du racisme pur et simple !
— Quand on vient de là d'où nous venons, partout où l'on va, on est des illégaux. Si on n'est pas respectés chez nous, pourquoi veux-tu que les autres nous respectent ?

– C'est vrai, ce que tu dis. On ne l'est même pas dans notre propre pays.

– C'est pas juste! C'est pas juste! Nous sommes humiliés partout où nous allons. En France, aux États-Unis, en République dominicaine, aux Bahamas, à la Martinique, en Guyane, en Afrique, à la Guadeloupe, partout! Mais pourquoi?

– C'est parce qu'on n'a jamais eu un gouvernement soucieux du bien-être du peuple, mais plutôt de celui de ses poches. On ne fait rien comme les autres. On ne sait pas comment faire. C'est pourquoi rien ne marche pour nous. Ah! l'alphabétisation!

– Ah! Ah! Ah! Ça recommence! Ah! Ah! Ah!

– D'accord, on va le laisser parler.

– Mon cousin a dit que souvent, pour te laisser passer, il faut que quelqu'un signe pour toi.

– Sinon…

– Sinon, tu restes là. Et le lendemain ils te réexpédient au pays par le prochain vol comme un paquet de linge sale!

Chapitre IV

La crainte du prof

*La chèvre chie des pilules.
Elle n'est pas pharmacienne pour autant.*
Dicton haïtien

Les toilettes chantantes

JE DEMANDE à un agent la permission d'aller au pissoir, en lui présentant le signe de la victoire ou de la paix, avec l'index et le majeur. Il m'indique le chemin des toilettes. J'ai transpiré. J'ai tremblé. Et je ne pense plus à la démocratie. Que va-t-il advenir de moi? Bon Dieu bon! Je trouverai quand même un moyen de me tirer de là. Je fais alors le signe de la croix, en pissant dans une sorte de long vase fendu à moitié tout au long, plaqué contre le mur, dont la base sert de réceptacle à la pisse. C'est beau! C'est beau! C'est beau, mais je pisse de peur. Je ne veux pas être refoulé.

Jésus Marie Joseph, Vierge miracle! Que va-t-il m'arriver?

Je reviens au banc des condamnés sans cause. En silence, ils me regardent tous, conscients de ce que nous vivons collectivement.

— Ah! Ah! Ah! pourquoi ce silence d'enterrement? Avez-vous peur? Bande de capons!

— Toi, je vais te dire une chose. Tu m'énerves avec ton ricanement. Et ça commence à me taper sur le ciboulot.

— Eh toi! Ton cousin n'avait pas donné de trucs pour court-circuiter l'interrogation? C'est-à-dire quoi faire, quoi répondre.

— Il a dit que cela revient au même. Tu ne peux pas gagner.

— Comment ça?

– Si tu as beaucoup d'argent, ils te demanderont d'en laisser la presque totalité, comme caution.
– Mais un touriste a besoin d'argent pour dépenser!
– Oooh! Tu sais que nous ne sommes pas de vrais touristes.
– Eh! Eh! Eh! Ça ne va pas recommencer?
– Bon, si tu n'as pas beaucoup d'argent, qu'est-ce qu'ils font?
– Ils vont te demander d'avoir quelqu'un pour te cautionner, sinon...
– Sinon quoi?
– Ils émettent un avis d'expulsion contre toi. Mais tu as le droit d'en appeler de la décision. De toute façon il n'y a personne qui va s'en sortir.
– On se répète, messieurs. On a déjà dit tout ça.
– Paix, Ordre et Bon Gouvernement! C'est la traite démocratique des nègres! Ah! Ah! Ah! POBG!
– C'est pas le temps de plaisanter! Fous-nous la paix, toi!
– Comment fait-on pour ravoir notre argent?
– Tout est bien arrangé. Ils te donnent rendez-vous avec un agent d'immigration à *Water*.
– C'est quoi ça, *Water*?
– Non, non, c'est pas ça. C'est *Alwater*. C'est le nom du bureau d'immigration.
– Ah! Ah! Ah! Ils ont bien trouvé la place pour recevoir les nègres. Les nègres sont reçus aux waters.
– Ah! Ah! Ah!
– Eh! Je te jure qu'avant qu'on sorte d'ici, tu vas recevoir mon poing dans ta face de nègre sale, si tu ne cesses pas de te foutre de nous, avec ton ricanement agaçant!
– Messieurs, calmez-vous! calmez-vous! Ce n'est pas le moment.

Chapitre V

La traversée perdue

*Je suis comme ce petit cheval rétif
enfermé dans une pièce hermétique
et qui trouve le moyen de sortir sans difficulté.*

L'instinct de conservation

JE DEMANDE à mon voisin le nom de la rue où il va descendre, son adresse et son numéro de téléphone, pour pouvoir communiquer avec lui. Ce qui se fait sans problème. Alors, je suis sauvé. Je n'ai qu'à inventer une adresse, un numéro de téléphone et le tour est joué !

Trois heures et demie d'écoulées déjà. Rompus par la fatigue et le stress. Nous continuons de glisser les fesses sur le long banc.

C'est à mon tour, maintenant. Je tremble comme une feuille dans la brise du matin. Je pisse, un petit peu, dans mes culottes. Les mains moites ; mes lèvres jaunissent. L'haleine sèche fait que ma gorge me pique. Mon ventre bouillonne. J'ai presque la diarrhée. L'agent me fixe droit dans les yeux. Je n'ai pas l'habitude de l'interrogatoire dirigé. Je baisse les paupières pour répondre positivement à toutes les questions, sans même en comprendre trop le sens ou même, les entendre complètement.

– Oui.
– ...
– Oui, monsieur l'agent.
– ...
– Oui, monsieur l'agent.
– ... OK ?

– Oui, monsieur l'agent.

Enfin, tout s'est passé exactement comme le cousin l'avait prédit. Un mandat d'expulsion est émis contre moi. J'ai le droit d'interjeter appel. J'ai rendez-vous dans la huitaine avec un agent, à Atwater. C'est le nom de la rue où se trouve le bureau du ministère de l'Immigration canadienne, à Montréal.

Chapitre VI

Ils m'ont bien baigné

*Si la chair de l'anolis était aussi délicieuse,
on ne la laisserait pas se gaspiller sur les clôtures.*
Dicton haïtien

La sortie en face des autres

*T*OUNK ZIIIII OUK TI DOUDJOUNG! la porte s'ouvre toute seule. Surprise! Une armée de visages noirs éclairés de dents particulièrement blanches. Rire, émotion, contentement, palabres en pile et éclats.

La joie de nous revoir est plus forte pour ceux qui viennent nous chercher. On oublie déjà le manque de respect des agents d'immigration. Nous sommes le peuple du rire, du soleil et du Bon Dieu bon.

Je fais un pas en arrière.

Tounk Ziiiiiouk Ti Doudjoung! La porte se referme. Plus tard, j'ai appris que ça s'appelle *sliding door*. Je ne sais plus où passer, pour aller me confondre avec cette foule chaleureuse. Benjamin est sûrement parmi eux. Mais je ne peux pas sortir. Si Benjamin n'est pas parmi eux, je suis foutu! Je ne connais personne au Canada. Je ne suis pas trop inquiet. Je sais que je trouverai quand même quelqu'un parmi la foule qui m'hébergera. Je suis encore debout. Devant cette porte qui ne reste pas fermée quand on s'en approche à trois pieds. Un agent intervient.

– Vas-y! Allez-y!
– Où? Ici?

— Oui, vas-y.

Je pousse le chariot.

Tounk Ziiiouk Ti Doudjoung! La porte s'ouvre toute seule. Je fonce. Elle reste ouverte.

Je sors. Derrière cette foutue porte, la foule joyeuse, anxieuse.

Des dents blanches, nuancées aux reflets de gencives *caïmites* et *gomme balloune Bazooka*.

— *Touk ziii ouk Ti Dougjoung! Toungk!* Ça m'atteint juste en arrière de la cheville. Précisément à mon talon. Une douleur aiguë.

— Oh! pardon oui, *m'sye*! *Esquisez wi, m'sye. Se pa fòt mwen non, se pòt la wi.*

Je n'ai pas fait exprès, c'est la porte, oui.

Une voix dans la foule lance :

— Qu'est-ce qu'il faisait dans le chemin, cet égaré-là?

Ça parle. Ça rit. Ça interpelle. Ça jacasse. Ça crie. Ça gesticule. Ça palpe. Ça embrasse sur la joue. Ça *parle parle jase jase*.

— Marie! regarde comme elle a *noirci*!

— C'est vrai, elle a bronzé.

— Oh! frérot, où est ma maman? Elle n'est pas venue?

— Mais oui, tout le monde est là. Et toi-même, comment tu vas?

— Ça va bien, oui. Et pour toi?

Une traînée de marmaille déferle dans le passage.

— Ma tante Nenette, as-tu apporté ce que je t'avais demandé?

— Mais oui, Didine.

— *Rétéfi*, et tante Dedette, a-t-elle fait mieux?

— Mais oui, elle est complètement guérie.

— Qu'est-ce qu'elle avait donc?

— *Gonflée qu'elle était gonflée*, oui! Mais oui *pitit*, une indigestion! On pensait qu'elle allait mourir.

— *O O*! C'est vrai! Elles sont toujours là à raconter des mensonges! Mais tu sais que c'est comme ça. On lui a donné un thé aux feuilles de cachiman avec du sel, et elle est guérie.

— Gloire à Dieu! Et le reste de la famille?

— Ah! tout le monde est bien, après Dieu l'Éternel! Merci.

Tounk Ziiiouk Ti Doudjoung!

— *Manman* Lili, n'est-ce pas que tu es toute seule. Où est Papite? demande un enfant pour son père.

— *Ah y, pitit mwen! Pa pale, pa pale koze sila-a. Li trò fè mal.* Ça fait trop mal, cette aventure.

— Qu'est-ce qu'il y a, Man Lili ? s'inquiète la mère de l'enfant.

Un silence soudain. Sans s'en rendre compte, Man Lili continue à haute voix, ne parvenant pas à contrôler son émotion.

— *Loup-garou dyab makout-yo vin arete-l nan bouch areyopò-a.* Oui, ces *makout* l'ont arrêté à l'aéroport même.

L'assistance réagit en chœur : *O oooo! Ah Dieuuuuu hoooo! Pauvre diable !*

Mais l'accueil continue comme avant.

— *Yéééé* ! Favila, on est ici !

Elle laisse ses effets au milieu de la porte et va distribuer des bécots dans la foule.

— Et Toto, il n'est pas là ? demande Favila.

— Mais oui, on vient d'arriver. Il est au parking.

— Va donc chercher ton chariot. J'ai hâte de voir ce que tu m'as apporté. As-tu apporté des *dous* ?

— De toutes les sortes : *dous Makòs, dous pistache, dous noix, dous jus coq, dous lèt, tablèt roroli.*

Je me sens solitaire, abandonné. En essayant de dénicher une connaissance parmi la foule agitée, j'obstrue le passage. Ils pensent peut-être que je suis un sans-famille. Il faut faire vite pour sortir de là. Mon Dieu ! Que vais-je pouvoir y faire, si Ti Ben n'est pas là ? Soudain, une voix dans la foule.

— Mais lui, là, c'est quelqu'un que je connais ? Regardez comme il n'a pas changé !

— Qui ça ?

— Lui, Ti Mano.

— Mano ! Manolito !

C'est de moi qu'il s'agit. Mon cœur s'ouvre. Délivrance ! Merci Jésus Seigneur ! Je me signe mentalement, tout en cherchant parmi la foule d'où vient cette voix salvatrice. Je reconnais. Je souris. J'appelle :

— Ti Gérard. Oh ! n'est-ce pas que tu étais au Canada, toi aussi ?

— Viens Mano, viens donc. Sors de là.

Poignées de main et accolades.

— Depuis combien de temps es-tu ici ?

— C'est seulement toi qui étais resté au pays. Toute la promotion est à l'étranger.

— Tu veux dire, toute la classe.
— Tiens là, voici Raynold. Eddy était ici tantôt. Il est parti maintenant. Boucher, Dany, Carmen, Noël, Carlos, Dufour, Jean-Marie, Guitot, Tête Sirop. Toute la promotion, je te dis. Tout le monde a quitté le pays.
— Ceux qui ne sont pas ici, au Canada, sont à New York.
— Et toi, qui est venu te chercher, Mano ?
— Benjamin. L'as-tu vu ?
— Mais oui, il était ici tantôt. Il parlait avec une *blonde*.
— Il est de ta famille.
— Comme toi et moi.
— T'as pas un parent, ici ?
— Non.
— Ça va être dur, Ti Mano. Ça va être dur pour toi. Mais c'est pas un problème ; on est tous passés par là.
— Je ferai comme tout le monde.
— Samy est ici, Frantz, Toto, toute la promotion.
— Tu savais que Richard est mort ?
— Je l'ai appris par les journaux. Et J.P. Duperval, est-il encore en vie ?
— Qui sait ? Officiellement, on avait annoncé son arrestation.
— Tiens ! Voici Ti Ben. Benjamin !
Il arrive en courant. Accolade, poignée de main.
— Comment va tout le monde ?
— Tout le monde va bien.
— Bon, messieurs, je vous laisse. Ti Mano, je t'appellerai.
— Chez Ti Ben, OK.
— Salut.
— Eh bien ! allons-y, vieux ! Viens faire connaissance avec Montréal, notre chère terre promise.

Chapitre VII

Connaissances, trouvailles et retrouvailles

Elle m'a envoyé chercher l'eau.
Se remplir aux quatre sources.
Oh! mamelles de vache à lait!

La jouissance des blondes

On se dirige vers la sortie, ma grosse valise posée sur le panier roulant.

On parle, on gesticule. Ti Ben ne cesse de regarder les belles cuisses. Il me dit :

— Tu vas t'en rendre compte, Ti Mano. Il n'y a pas un pays au monde où les femmes sont aussi belles. Ah! mes belles Québécoises!

— Vraiment?

— Et aussi, elles sont très, très, et très généreuses. T'auras pas de problème, vieux. Celles qui me fascinent le plus sont celles qui ont des fesses en forme de demi-pastèque, perchées sur des jambes bien fermes et droites. *Bounda melon dlo,* vieux!

Je débarque à peine. Je ne sais pas trop de quoi il parle. C'est un obsédé, je pense. Je souris. Je ne comprends pas. Je m'attarde surtout à regarder autour de moi. Tout est beau, propre et bien organisé.

— Et puis Mano, elles sont spontanées. Et elles raffolent des beaux petits nwèrs. Si tu ne fais pas attention, elles te mangeront tout cru, Mano.

Une dalle de béton infinie, suspendue sur des pylônes alignés. Au stationnement, des centaines de véhicules. Je n'ai jamais vu autant de voitures garées en même temps. D'ailleurs, je ne savais pas que d'aussi grands stationnements existaient.

— Décidément, il y a quelque chose qui ne va pas dans ta tête.
— Comment ça ?
— Il y a plein de belles femmes autour, partout. Au lieu de les admirer et d'en jouir, tu t'attardes à regarder du béton armé.

Il y a plein de belles femmes créoles aux alentours, aussi. C'est comme si elles n'existaient pas pour Ti Ben. J'attends le moment propice pour poser mes questions. On a poussé le panier roulant jusque devant une voiture du tonnerre. Elle paraît neuve. Ti Ben ouvre la portière du conducteur, se penche vers le tableau de bord. Presse sur un petit bouton et *toungk!* : la valise arrière s'ouvre. N'importe qui ne peut posséder cette voiture. Ah! le Canada, la terre promise! Vive le Canada! Bientôt, j'enverrai à Tonton Dorisca la flotte de camions de dix roues que je lui avais promise.

— Allez, mon vieux! Cesse de lambiner. Ici, on n'a pas de temps à perdre. Monte.

J'embarque dans le bolide et *kaaa voumm!* Belle voiture. *Radio AM-FM. Cassette player, equalizer, booster, bucket seats, power windows, air conditionné.*

— Ouououi la la! Ti Ben! Il paraît que ça va bien pour toi, ici! Pourtant ça ne fait pas longtemps que tu es arrivé, n'est-ce pas?
— À peu près un an et demi.
— Eh! ça va vite, ici!
— Quoi ça?
— Les affaires. As-tu donc vu la voiture que tu conduis?
— Ah! Ah! Ah! Ah! Ah! T'es malade, toi! Tu ne sais pas ce que tu dis.
— Comment ça?
— On est tous des minables, ici. Un tas de pauvres types. Des parasites, quoi. Ou plutôt, des Bleus.
— Des Bleus?
— C'est la nouvelle couleur que nous avons choisie pour nous désigner. Les Blancs nous appellent des Noirs. On les leur laisse. On est des Bleus, pour nous.
— Des Bleus?
— Oui, mon vieux. Nous sommes des Bleus. Mais dans le langage scientifique de l'immigration et de *l'human rights,* ils disent : « des visibles ». Nous sommes de la minorité visible.

— Pourquoi ont-ils besoin de nous pointer du doigt encore plus ? Ah ! ça ne finira jamais !

— Pour la différence, vieux. Pour nous rappeler éternellement que nous ne sommes pas chez nous, ici. Nous ne sommes pas encore des leurs. Nous ne serons que des nôtres.

— Mais c'est de la discrimination !

— Je ne te le fais pas dire, vieux. Au grand jour, de la discrimination ! C'est aussi simple que ça. Et ce sera pour longtemps.

— Pourquoi tu m'appelles « vieux » ? Ça m'agace.

— Voyons, Ti Mano, quand on est à l'étranger, tout change. Je te donne un mois et tu vas commencer à m'appeler Tabarnac.

— Quoi ?

— Laisse faire, vieux. Parlons d'autre chose. Comment va le pays ?

— Le pays ? N'en parlons pas. C'est un enfer. Il n'y a pas de sécurité et tout le monde est sur les dents. Tous les jeunes partent. Ils veulent tous aller aux États-Unis, à New York.

— Qu'est-ce que tu crois ? Le Canada, c'est pas le paradis non plus, vieux.

— Je suis certain que c'est mieux qu'au pays.

— *Tchuiiiip*, cure Ti Ben qui continue. Tu n'es guère mieux que chez toi, vieux. Au moins, au pays, tu sais pourquoi tu te bats. Tu sais que tu as une raison, une motivation pour te battre. Ici, tu ne sais pas pourquoi tu dois te battre. Tout est déjà établi pour tout le monde. Pas de disparités flagrantes, vieux. C'est pas comme chez nous.

— Comment ça ? Ici, c'est un pays démocratique, non ?

— T'es malade, mon vieux. T'es malade dans le coco. Est-ce que tu sais ce que c'est que la démocratie ?

— Non.

— C'est un gros mot. C'est tout. La démocratie, mon vieux, c'est un mot poubelle où tu jettes toutes les définitions. Quand tu crèves de faim et que tu n'as pas le droit de le crier, on dit que c'est la démocratie. Quand ceux qui sont riches accaparent tout et t'écrasent la tête, on te dit encore que c'est la démocratie.

— Que veux-tu insinuer ?

— J'insinue que dans un régime démocratique, tu n'es pas libre de faire ce que tu veux. Tu n'es pas libre de dire ce que tu devrais.

— Tu veux dire que la démocratie, c'est comme la dictature ? Tu divagues, n'est-ce pas ?

— Non, vieux. Je ne divague pas. Maintenant que tu es venu dans la démocratie, tu vas savoir ce que c'est.

— Qu'est-ce que c'est donc, alors ?

— Tu veux savoir ?

— Dis toujours, pour voir.

— C'est la liberté de faire collectivement ce qu'on t'impose de faire. À force de réitérer le fait, tu finis par t'habituer. Cela devient une routine. Tu connais les attentes des autres et tu agis en fonction des règles établies. T'as pas de liberté. T'es un robot.

— Mais on est tous venus chercher la démocratie ici, pour qu'un jour on puisse aller l'appliquer dans le pays.

— Tous, sans exception, nous pensions comme toi quand on a quitté le pays.

— Et maintenant ?

— Nous savons que dans une démocratie, on n'est pas libre. Tout le monde est obligé de faire la même chose, selon la Constitution. Comme ça, il ne peut pas y avoir de problème. La démocratie, c'est la dictature organisée et acceptée par tradition. Conventionnelle.

— ? ? ? ! ! !...

— C'est même devenu une maladie. S'il y en a un seul qui n'aime pas les Noirs, tout le reste va suivre, comme des moutons de Panurge. Sans même savoir pourquoi. C'est devenu la mode. Collectivement, on est victimes. Démos, mon vieux, démos, ça veut dire peuple.

— Tu plaisantes, Ti Ben. T'es pas sérieux ?

— Tu vois, mon vieux, il existe autant de démocraties qu'il existe de sociétés démocratiques. Mais la meilleure, d'après moi, c'est encore la démocratie canadienne.

— Dieu soit loué ! Et la dictature, en aurais-tu une définition ?

— Tu en reviens à peine, tu connais la définition mieux que moi.

— Peut-être des aspects, mais pas la définition, puisque je n'ai pas encore vécu de démocratie.

— Eh bien ! mon cher Manolito, pour ton plaisir, la dictature, c'est la liberté de ne pas faire ce qui est bien pour la collectivité afin que tout le monde se prenne à parti ! C'est la pagaille et les dirigeants en profitent pour s'enrichir.

— Voyons, Ti Ben, voyons ! C'est trop facile.

— Ça peut aussi se définir comme étant le choix collectif de jouir de la liberté de ne pas se faire tuer pour défendre ses droits plus tard. Quand la conjoncture le permettra...

Tout frais dans ce nouveau monde, à la merci de Benjamin, je suis déboussolé. Tout ce que j'appréhendais en venant ici n'était qu'illusion. Bof! À l'école, Benjamin tournait tout ce qu'on lui disait à l'envers. Il n'a pas changé. L'important maintenant, c'est qu'il soit au volant d'une belle voiture. Si la démocratie canadienne était si mauvaise comme il le prétend, il serait déjà retourné au pays.

Je commence à m'émerveiller. Je me parle à moi-même, dans mon cœur, dans ma tête. Le Canada n'est pas du tout comme mon pays. Voyez comment ils construisent des routes sur d'autres routes. Quelle nécessité! Chez nous au pays, on ne peut même pas jeter de ponts sur les rivières. Ah Dieu! C'est la vie! Vraiment, c'est la vie. Bon Dieu sait donner mais il ne sait pas partager équitablement! Celle qui a un beau cou n'a pas d'argent pour s'acheter une belle chaîne. Et celle qui a de belles chaînes n'a pas de cou pour les porter. Ah Dieu, bon Dieu!

— Ben! Est-ce qu'on va bientôt arriver chez toi?

— Non, vieux. Es-tu malade?

— Comment ça?

— Tu ne sais pas quel jour on est? Aujourd'hui, c'est samedi. Il y a des femmes, de très belles femmes blanches qui attendent pour se faire flatter les sens. Tu vas voir. D'ailleurs, on t'attend.

— Moi?

— Oui, toi, mon cher Manolito. Tu deviens mon partenaire. Il y en a trop, de ces Québécoises généreuses. Moi tout seul, je ne peux pas les satisfaire toutes en même temps. Elles pensent que je suis une machine à sexe.

— Moi non plus, je n'en suis pas une. Ce que je suis venu chercher ici, c'est la fortune.

— Ah! Ah! Ah! Nous étions tous venus chercher la fortune, Manolito. Mais cette fortune, elle est démocrate. Elle souffre de préjugés de couleur, mon vieux. D'ailleurs, la démocratie vraie n'existe pas. Il y a autant de démocraties qu'il y a de pays.

— ???

— La fortune est nationaliste et protectionniste, mon vieux. La fortune veut que tu sois d'abord citoyen canadien pour savoir qu'elle existe. Ensuite, il te faudra la qualification, l'expérience, puis des recommandations pour qu'enfin la fortune te dise que tu viens la voler entre des mains blanches. Nous sommes devenus des *mopologues*. Docteurs en *mopologie* appliquée. Nous passons la *mop*. Des experts de la vadrouille. Les Québécois nous appellent des voleurs de jobs, mon vieux. Même s'ils refusent de faire ce que nous faisons à salaire minimum.

— Salaire minimum ? Comment, pourquoi un salaire minimum ? Tu essaies de me faire peur. Tu te fous de moi, c'est ça, n'est-ce pas ?

— Oublie ça, vieux. Oublie ça. Je ne dois pas te décourager comme ça. C'est pas juste. Tiens, on y arrive. Elles savent que j'ai été te chercher à l'aéroport. C'est un *party*, Mano. Et ces filles-là, mon vieux, elles ne supportent pas qu'on lambine sur la chose. Donc, détends-toi. Prépare-toi et joue le jeu. Des fois, la fortune change de forme et se cache plus près qu'on le pense.

On descend de voiture.

Chapitre VIII

Connaissance avec ce côté du Canada

Toi, rentre par ici. Moi, par là. Comme la couleuvre,
nous nous rencontrerons en tête à queue
pour former la boucle de vie infinie.

La sourdine du sexe

La canicule sévissant à l'extérieur pourrait aisément faire fondre du beurre. Le mois de juillet est à son apogée. Dans l'entrée pavée de briques d'une grande maison à la haie bien tondue, Benjamin me précède.

Je me demande dans quoi il va m'embarquer. Il écrase la sonnerie. La porte s'ouvre presque instantanément. Nous y entrons. Ti Ben enlève ses chaussures. Je ne sais pas pourquoi, mais j'en fais autant. Heureusement que j'avais des chaussettes neuves, non encore trouées. Toute une tribu de belles femmes élancées déferlent sur Ti Ben.

— Allô Ben! Bonjour Benjamin! Mon beau *p'tit* Ben, viens-t'en!
— Je l'aime *donc ben, ste Ben-laò.*
— *Y est vraiment kioute,* ce petit chòcòlò-laò d'Haïtien.
— J'le mangerais, *mwén.*
— Enfin tu arrives. Il était temps. On t'a attendu toute la *swaèrlé.*

Toutes les femmes viennent l'embrasser. Les hommes sont à sourire, observant calmement, sans grande excitation.

Ti Ben empoigne deux d'entre elles par la hanche et disparaît dans le vaste salon tapissé mur à mur, me laissant tout seul à la merci de ces étrangers curieux.

Richement décoré : bar-poufs-boudoir-miroirs-vases italiens. Je suis un peu perdu. Gauche, maladroit, étrange, étranger. Une file indienne patiente pour me saluer. Je suis devenu une bête curieuse. Je ne peux pas décrire ce qui m'arrive. Je n'y comprends rien.

— Bonjour.

Elle m'embrasse sur les lèvres.

— Bonjour.

Sur les lèvres, sur les lèvres. Jusqu'à la fin de la ligne.

Qu'est-ce que c'est que ça ? En moi-même, je me dis : Eh ! les femmes d'ici sont des vicieuses ! Pourquoi m'embrassent-elles toutes sur les lèvres ? Et cela, devant tout le monde par-dessus le marché.

Je suis gêné. J'ai honte. J'entends quelqu'un souffler :

— Eh ! il ne faut pas l'effaroucher ! Il est tout frais arrivé.

— *Y es-tu beau,* lui aussi !

— *Y est pas pire.* Un beau *nwèr, frlan-ouchement* !

Les hommes nonchalamment assis paraissent aussi étonnés que moi. Chacun, une bouteille de bière dans la main. Ils sont gentils comme tout. À tour de rôle, ils viennent me serrer la main.

— Bonjour ! Moi, c'est Paul.

— Bonjour ! Moi, c'est Rlhéal.

— Bonjour ! Moi, c'est Rlicha-ou.

— Bonjour ! Moi c'est Pia-ère.

Ça sonne bizarre. Ils disent tous bonjour, alors qu'il fait noir. Je suis mélangé.

— Bonjour, c'est quoi ton nom, twé ?

— Pardon ?

— Moi, c'est Ja-ouques, dit-il en me donnant la main. Toi, c'est quoi ton nom ?

— Mano.

— Manu ! Voici ma femme, Lucie.

— Bonjour ! fait-elle, avec un petit sourire mignon. Elle saute presque à mon cou pour m'embrasser à pleine bouche, et devant son mari. J'ai un peu peur. Je me suis laissé faire.

— On *danse-tu,* Mano ? enchaîne-t-elle tout de suite.

— Vas-y, Manu ! Montre-nous ce que tu sais faire, lance Ja-ouques.

Tous les yeux sont rivés sur le nouveau venu. Ils veulent tous me témoigner une certaine amitié. Je trouve ça bien sécurisant et gênant en même temps. Lucie me tire par le bras. Hâte de danser ce *slow* avec moi. Je me laisse entraîner. De toute façon, je ne sais pas encore ce qu'il ne faut pas faire dans ces circonstances. Elle me ligote de ses bras et se plaque en me fourbissant le corps.

Le devant de mon corps mâle contre celui de son féminin. Suave, tendre délicat et parfumé. Je ne sais pas. J'hésite. Je suis empêtré.

— Vas-y, Mano ! lance encore Ja-ouques.

Lucie ouvre les yeux. Se penche un peu en arrière pour voir ce que j'ai fait de mes mains. Elle les attrape dans l'air, les dépose sur ses hanches et m'attache de nouveau.

Alors là, je n'ai plus le choix. Elle est belle, la Lucie. Grande et bien moulée. Je jouis d'un moment privilégié. La première fois de ma vie que je suis collé à la peau, au corps d'une femme blanche. Et ça, elle le sait. Elle s'arrange à sa guise, ancrant le creux de sa fourche dans mon renflement en extension instantanée. Elle soupire de joie, trouvant tout de suite ce qu'elle est venue chercher là, en moi, tout nouveau, tout frais dans la démocratie canadienne.

La musique s'achève. Lucie me serre, me serre et puis, se servant de mon épaule pour béquille, elle se hausse sur la pointe des pieds pour me souffler à l'oreille :

— Merci Mano, ça été bien. Merci, c'est merveilleux.

— *Brlavo, Brlavo* Mano ! lance tout haut Ja-ouques. *Mwé-laò, je leur ai dit laò, que vous autres-laò, les nwoèrs, vous l'avez dans l'sang, la dan-ousse. Et pis c'est vrlai en titi, à partl de'dçaò.*

La vraie danse créole

Je ne comprends rien. Je ne réponds pas. Je ne sais pas quoi faire ni quoi dire. Je souris jaune.

Et dire que se déployer ainsi, sur une fille de chez nous, ne passerait pas inaperçu. D'ailleurs, elle ne prendrait pas de chance. Elles ont peur d'elles-mêmes, des autres, de la société. N'ayant pas encore connu la démocratie.

On me trouve une place pour m'asseoir. Les convives conversent beaucoup. J'essaie d'écouter. Je ne comprends pas.

— *Quel chao-ou chauffes-tu, twé ?*

— Une *p'tite bibite. Et y va ben à paorlr ded çaò.*

— Quoi, un *Chameau ? Twé ?*

— Oui, msieur. Une *p'tite Shnack.*

— *Y est-tu ben dur sur l'ga-ouze ?*
— *Es-tu fou twé ? Un shnack ça'n prlend pas d'ga-ouze.*
— *J't'offre-tu une liqueur, Manu ?*
— Oui, s'il vous plaît.

Elle m'apporte un verre de Coca-Cola. Je ne comprends pas tout à fait. En Haïti, la liqueur, c'est une boisson alcoolisée préparée à l'anis, au cacao, aux cerises ou autre saveur. En tout cas, ce n'est pas important.

Un air antillais sort des haut-parleurs. Toutes les femmes de la salle se dirigent vers moi. La plus jeune, qui rôdait déjà à proximité, n'a pas raté le coup.

— *Tu me fais-tu danser, Mano ?* me demande Sylvane.

Je n'ai pas l'habitude de me faire inviter à danser par des femmes. Cela ne se fait pas au pays. Timidement, je suis ma solliciteuse. Plus tard, je saurai que Sylvane danse comme une vraie Canadienne pure laine. Elle se penche en avant, plaque son cou contre mon épaule comme si elle était sur un oreiller pour dormir, et traîne en balançant les hanches très écartées de moi. J'ai tout son visage, ses yeux, sa bouche pour moi. Et le reste, à quelques lieues de moi. Je ne comprends rien. Soit que Lucie est une vicieuse professionnelle, ou son mari, un voyeur. Sylvane me demande ce que je fais ce soir. Je lui réponds que je rentre avec Ti Ben à la maison. Elle pétille de joie. Je la trouve radieuse.

Les invités commencent déjà à partir. Le même cérémonial. Bonjour et l'embrassade sur les lèvres.

— Bonjour et *plock* sur les lèvres.
— Bonjour et *plock* sur les lèvres… *plock tchop tchop plock.*
— Salut Mano, me dit Ja-ouques, en me serrant la main, tout en me fixant droit dans les yeux. Lucie a bien aimé danser avec twé. J'espère qu'on aura l'occasion de se revoir. Bonjour, là.
— Bonne nuit, Mano.

Lucie me bécote à pleines lèvres, longuement. Elle me regarde droit dans les yeux et susurre : « À la prochaine, Mano. » Un petit rire chevauché.

Sans pyjama ni brosse à dents

La porte se referme sur nous quatre. Benjamin est accoudé au bar. Par son assurance, je devine tout de suite qu'Aline est la maîtresse de la maison. Elle caresse la nuque de Ti Ben. Je me laisse tomber dans le *love seat*. Sylvane, vingt ans environ, s'amène avec deux coupes remplies.

Elle m'en tend une. S'assoit à califourchon sur mes genoux. Elle croise nos bras. Boit dans mon verre et moi dans le sien.

Aline se retourne brusquement et lance.

— Les enfants ! Il est *taò-ou*, on va au dodo.

J'apostrophe : Ti Ben !

— Sylvane va s'occuper de toi, m'assure dare-dare Aline.

Elle disparaît dans les coulisses du salon luxueux avec lui.

— On va faire dodo, mon beau tout frais Mano.

Elle me tire par la main, m'invitant à la suivre. Je suis embarrassé. Pour moi, cela n'a pas de sens. C'est immoral. Je ne la connais ni en blanc, ni en noir. Nous nous voyons pour la première fois. Et en plus, avec la bénédiction d'Aline, la mère. C'est une autre planète !

— Allez viens, Mano. Tu es fatigué. Viens faire un beau dodo dans mon lit douillet.

— Mais je n'ai pas de pyjama !

— J'ai des couvertures chaudes.

— Je n'ai pas de brosse à dents.

Elle ébauche un petit sourire et répond :

— On en a en réserve. Allez, viens. Elle me tire par la main.

Nus comme vers. Nous avons passé ma première nuit au Canada dans un échange constant de notre chaleur. L'air conditionné n'a pas eu, malgré tout, raison de moi. J'arrive des tropiques. J'ai transpiré. Sylvane a crié, gémi, râlé, miaulé, geint.

Elle m'a crié que je suis une espèce en voie de disparition.

Alors j'ai pensé que l'hiver avait refroidi l'ardeur de Ti Ben et j'ai peur pour mon avenir au Canada.

Chapitre IX

Dépucelé par la démocratie québécoise

*Il faut en profiter car le mort ne sait pas
combien coûte le drap blanc.*

La bénédiction maternelle

La nuit a passé très vite. J'ouvre les yeux. Elle est blottie dans le creux de mon épaule droite. Sa jambe droite fourrée entre les miennes. Elle est à l'aise. Le réveille-matin sur la table de chevet n'arrête pas son clic clic clic. Il est au quartz. Déjà midi. L'odeur d'un café chaud envahit la chambre. Je me remue un peu. Sylvane ouvre les yeux. Elle plonge sur ma face. Attrape mes lèvres entre les siennes. Ça me gêne. Je ne peux rien faire, ni même parler, sans brosser mes dents en me levant le matin.

Elle se glisse à côté, longe mes côtes en descendant vers mon aine droite. Elle m'attrape dans sa main droite. Je m'y déploie chaudement dans sa menue étreinte relativement experte. Elle me presse légèrement, s'avance, se blottit contre mon corps et *Frrrrhhh...* C'est bon! Elle a une bonne nature. Pas trop large ni trop profonde. Elle n'est pas très liquide ni trop huileuse. À point, c'est étonnant pour une Blanche, d'après ce qu'on en dit. La chair chaude et ferme. Je pivote sur moi-même, l'entraînant dans ma giration pour me germer dans sa jeune toundra généreuse. Je me découvre phallocrate.

Mon Dieu! Qu'elle est donc bruyante, cette fille-là! Elle se donne toute et jouit du moment entièrement. On s'affaisse, assouvis.

Toc toc toc! La porte s'ouvre. J'enfouis le visage sous la couverture. Aline pénètre avec un plateau dans les mains.

— Bonjour les enfants. Bien dormi ?
— Oui, *manm*, répond Sylvane avec empressement.
— Ça a bien été ? poursuit-elle avec un sourire inquisiteur.
— Tu ne peux pas imaginer, *manm*.
— Toi, tu prends deux sucres. Pour lui, ça va être quatre ou six. Parce qu'eux autres-là, c'est du café qu'ils mettent dans leur sucre.

Je ne dis rien. Je ne comprends encore rien. Est-ce que ça fait partie de la démocratie ? Je demanderai cela à Benjamin.

— À tantôt, les enfants.

Elle sort.

On s'assoit en lotus. Elle brasse les cafés. Elle me tend la tasse et porte la mienne à la bouche. Je dépose la mienne sur la table de chevet, à côté du réveille-matin.

Clic clic clic, au quartz.

— Comment, tu ne bois pas ton café ?
— Non.
— Pourquoi ?
— Je ne peux rien manger, ni boire, ni même parler avant de me brosser les dents.
— Ah ! Ah ! Au début, Benjamin était pareil, répond-t-elle.

Abasourdi. Je me demande encore si c'est la démocratie qui est ainsi. Non ! non ! j'ai l'impression qu'on est tombés sur une famille de déglinguées sexuelles. Une famille hystérique malade, malade, malade de sexe. Si cela continue, je ne pourrai plus bander. Car je n'aurai plus de *feeling*.

Bander en plein jour, les fesses à l'air, au vu et au su d'un pays libéralisé. Je perds mon *feeling*.

Chapitre X

Le baiser mouillé sur la place publique

*L'amour, chérie, c'est comme une maladie.
Il peut te rendre fou.
Te tuer même. Certains jours, c'est l'enfer,
tu aurais voulu te suicider.
D'autres jours, c'est le bonheur, le paradis,
alors tu désires vivre éternellement.
(Traduit du créole)* Boulo VALCOURT
guitariste chanteur

L'applaudissement des petits vieux

APRÈS le déjeuner de midi, on a décidé de m'emmener faire un petit tour en ville. Vaste Montréal !
Aline est en bikini. Benjamin, en bout de pantalon, au volant du bolide, tire dans le filtre d'une Du Maurier. Ses poils noirs se confondent avec sa peau satinée. Aline ne cesse de lui caresser les duvets. Spécialement ceux qui coulent à côté et qui se mêlent avec les franges de son pantalon court. Son aine droite est en renflement permanent.
Sylvane est couchée sur le dos sur le siège arrière du bolide. Elle grille une Rothman… Sa nuque repose et presse mon entrecuisse. Je porte un pantalon long. Je n'ai pas l'habitude de me promener en pantalon court. Sauf quand je joue au volley-ball. Benjamin a de la difficulté à ranger le bolide dans l'espace entre deux voitures, qui avait été occupé par une voiture plus petite.
Aline n'arrête pas de contrôler l'opération. Elle gueule presque.

— À droite. À gauche. Avance. Recule. Attention. *Caòlice. Vire twé d'bord. Shit*!

Hop là. Avance là. C'est bon. *Arrête-twé.*

Le système de direction assistée n'a pas cessé de crier. D'un cricri strident.

— Ouf! Enfin ça n'a pas été facile.

Tout le monde descend. Suffocante canicule. Les Canadiens sont installés partout sur l'herbe.

Mon Dieu! Qu'il y en a, des belles femmes, dans ce pays! Elles sont toutes nues ou presque. En bikini. Des longs poils blonds coulent de l'ourlet des petites culottes. Source pubienne.

En même temps, quel choc, quelle extase! J'avais toujours entendu dire qu'en Suède, les gens font l'amour dans la rue et que les voitures s'arrêtent pour ne pas les interrompre. Ici, ils se promènent à poil pour se faire griller.

La voiture est stationnée rue Papineau. En bordure du parc Lafontaine, entre les rues Sherbrooke et Rachel. C'est comme à la foire. La chaleur est insoutenable. Il y en a qui sont assis, d'autres couchés sur le dos, sur le ventre, accroupis portant des verres fumés. Certains jouent au *frisbee*. Il y en a beaucoup qui rentrent la main à l'intérieur du *kini* du bas des femmes, qui font autant pour des hommes en monokini. Et la rumeur vient de se confirmer. « La femme canadienne est très chaude, insatiable. » C'est le climat, dit-on, qui fait défaut. Pourtant, les familles ici ne sont pas nombreuses. On n'a pas de temps à consacrer aux enfants. Désormais, ce sont les immigrants qui devront peupler le pays. La population est quand même insuffisante pour l'étendue des terres et les infrastructures en place. Un frein total à une croissance rapide et certaine de l'économie. Le marché intérieur est trop faible pour son potentiel de production industrielle. Si le marché extérieur du Canada diminue ou ne s'accroît pas, on peut dire adieu veau, vache, cochon, couvée. Nous, dans notre pays, on connaît toutes les théories de développement. C'est au niveau de l'application et de la conception de système que ça ne gaze pas. C'est pourquoi nous sommes venus dans le pays de la démocratie : pour apprendre, et nous retournerons faire du pays un paradis, aussitôt que nous nous serons débarrassés du président makout et de ses acolytes.

Piout! piout! piout! plock! plock! plock! piout! Qu'est-ce que c'est? C'est le parc Lafontaine qui jouit. Je n'ai jamais vu cela de ma vie. Tous les couples s'embrassent et ça n'arrête pas. Montréal en proie à la maladie de l'embrassade, du collage et des pantalons serrés.
Piout! piout! piout! plock! plock! plock! piout!
Des jeunes de quatorze, quinze, seize ans.
Ils n'ont pas de respect pour les adultes. *Piout! piout! piout!*
— Eh! celui-là, c'est mon *tchum, on a faite* l'amour hier soir! C'était *ben l'fun, piout! plock!*
— Elle, c'est ma blonde. Elle est cochonne.
— Ah! Ah! Ah! En quatuor.
Les événements me dépassent. Je n'ai jamais vu chose pareille. L'intimité, la débauche et la libéralité sur la place publique. Tiens, par là. Ah non! C'est pas vrai. Ce couple-là, qui s'embrasse amoureusement, doit être au moins octogénaire. C'est pas possible! Ces gens-là doivent vivre à un autre siècle. J'attrape le tournis à force de tout observer dans ma stupéfaction. Sylvane, qui était couchée là sur sa grande serviette bariolée, étendue sur le ventre, vient me trouver sur le banc public. Là où les amoureux se bécotent.
— Ce banc est trop chaud, Mano, sous ce soleil. Lève-toi.
Elle m'attrape par la nuque et m'embrasse passionnément, doucement, silencieusement, *plock*! J'y prends goût, je lui rends son baiser devant tout ce monde qui se tâtonne. Étendu sous ce soleil d'été du parc Lafontaine. Les octogénaires disent : Bravo bravo! bravo! C'est-tu beau l'amour*! Un nwèr pis une blan-ouche!*
J'ai perdu ma gêne. Je suis déjà devenu immoral. Amoral? Non c'est la démocratie qui me pénètre, me dépucelle. Comme une vulve en chaleur et craignant l'opinion publique.

Les enfants, c'est fini, le party

On a passé tout l'après-midi à observer ce beau monde étendu, à se faire griller, à se gaver de Coke, à mastiquer de la pomme de terre frite au ketchup poivre sel vinaigre et du hot-dog moutarde à la reliche sucrée à la choucroute. Sylvane est restée collée sur moi comme une sangsue. En bikini. À la vérité, ça ne me gêne pas trop, finalement. C'est pas comme au pays, où chacun s'occupe désespérément des affaires des autres, pour aller jacasser ensuite. Ici, c'est grand et impersonnel. Je ne connais personne et personne ne me connaît. Il n'y a personne qui sait que je suis un faux touriste à la recherche de la fortune et de la démocratie pour libérer mon pays du joug de l'organisation socioculturelle de l'état féodal et en plein vingtième siècle. Vive la liberté dans l'incognito populaire !

N'était-ce l'ombre des arbres feuillus de l'immense parc Lafontaine, j'aurais eu la conviction d'être calciné aux ondes de cette canicule estivale montréalaise. Le temps passe si vite qu'on croirait que plus de deux semaines se sont déjà consumées depuis que je suis arrivé. Il est cinq heures de l'après-midi de ce dimanche. Le temps passe tellement vite. J'ai l'impression que je vais m'essouffler à essayer de l'attraper. Je n'ai pas l'habitude. Dans mon pays, le temps est éternel. Ici, le temps n'est pas le même temps.

— Allez les enfants, c'est le temps de rentrer à la maison ! Demain, c'est le boulot, lance Aline.

On s'engouffre dans le bolide. Cette fois-ci, c'est Aline qui est au volant.

Qu'est-ce que cela veut dire ? me dis-je.

Elle sort sans difficulté du stationnement. On longe rue Papineau jusqu'à Sherbrooke. On arrête au feu rouge. On se tient à gauche en faisant clignoter la lumière. On tourne à gauche vers Sherbrooke Est.

Drôle de circulation. En descendant cette même rue Papineau ce midi, d'autres voitures montaient. Voici que maintenant on est à gauche et aucune autre voiture ne peut monter.

— Il n'y a rien à comprendre, vieux. C'est un pays développé. Un pays démocratique. C'est le peuple qui décide.

Le feu passe au vert. Aline tourne. Ah ! quelle belle ville ! Propre. Larges rues. Mais regardez-moi ça ! Tout le monde marche tout nu ou presque. Dans mon pays, il fait beaucoup plus chaud. Les gens sont presque toujours drapés. Je ne comprends plus rien. Le monde développé ne pense pas exactement comme les autres mondes. Ça fait très différent.

Je me souviens. Il était une fois, au pays. Des touristes en tenue d'été visitaient la capitale. Le chauffeur guide qui les conduisait osa porter, ce jour-là, des pantalons courts, comme les touristes. Croyez-moi, je ne vous conte pas d'histoire, il fut arrêté et bastonné pour indécence publique.

Vous comprenez pourquoi je suis le seul qui porte des pantalons longs dans cette voiture.

À l'intersection de Sherbrooke et Davidson, Aline tourne à droite. Une, deux et au troisième petit bloc d'appartements, elle stoppe le bolide.

— Bon, les enfants, c'est fini le *party*!

Nous nous embrassons. *Tchop! tchop! piout! piout! plock!* Elle pèse sur le bouton. La valise arrière s'ouvre. Ti Ben me fait signe de descendre aussi.

Je vais prendre mes valises. Ensuite des adieux pour moi, des au revoir pour Ti Ben.

Figé sur le macadam entre le fourre-tout et ma valise en similicuir, j'attends que Ti Ben finisse de faire ses bécots. Immobile au milieu de la rue Davidson, Ti Ben observe avec un certain regret la voiture disparaître en tournant à droite sur la rue Hochelaga. Il s'avance vers moi, nonchalant. Il attrape le fourre-tout pour se diriger, toujours de ce pas lourd de solitude mêlé d'abandon, de découragement, vers l'entrée du petit bloc d'appartements. J'empoigne à mon tour la grosse valise et je gravis avec difficulté les trois marches menant au perron. Bon gré mal gré, je parviens à le suivre d'assez près, cahin-caha… de nos pas mâtés, lourds d'interrogation dans un silence désolé. Je suis venu chercher la liberté, la fortune et la démocratie. Mais le visage de Ti Ben, perché sur ses pas résonnant sourdement, ne m'inspire pas l'espoir d'un avenir ensoleillé.

Quand bien même, je sais que chacun utilise l'aumône à la limite de ses aspirations, de ses motivations et de ses ambitions.

Chapitre XI

La réalité dans sa candeur

Le Canada est le lieu du rêve vrai d'où nous vivons physiquement la réalité des relances du pays réel.

Brouille dans mon esprit !

Couloir étroit, éclairage pauvre, murs gondolés, parquet poussiéreux, gommeux. Mon Dieu, venez à mon secours !

Le soleil et le sourire de mon pays en seraient indignés de me surprendre déjà pris dans le traquenard du rêve doré. Je subis alors le vertige de l'inquiétude, celui aussi de la claustrophobie.

C'est la dernière porte, au fond du rectiligne corridor, peinte aux couleurs de l'Immaculée-Conception. Comme des offrandes mêlées de bougies allumées aux pieds de la Vierge Marie, une pile d'enveloppes et d'imprimés publicitaires jonche l'entrée de l'appartement.

Indolent, Ti Ben se baisse, les ramasse un à un. Durant un très court instant, avec hâte, il les passe en revue l'un après l'autre, dans l'anxiété de trouver un chèque, « la *mama* ». Hélas, ce ne sont que factures… Son visage tout entier compose, au passage, le spectre parfait du découragement.

Au plus profond de moi-même, je sens qu'il vient de souffrir, même pour une fraction de seconde, la douleur d'une terrible migraine. Celle dont on souffre lorsqu'on ne sait pas encore comment faire pour joindre les deux bouts. Ti Ben introduit la clef dans la serrure Yale. Il n'est pas enthousiasmé de rentrer chez lui. La clef, en cuivre jaune, est engloutie à l'horizontale. Sensation de pénétration d'un gros phallus enveloppé d'un condom non lubrifié, dans un antre de plaisir lascif, violé. C'est alors l'étirement, le déchirement, la déception, la douleur.

Soudain, comme un clitoris métallique, vu sous une loupe puissante, le pêne de la serrure est entraîné hors de l'encadrement. *Clap!* Cassant le silence, et se logeant dans l'enveloppe du mécanisme. Un court laps de temps. Pour quelques secondes à peine, le monde entier est devenu une énorme serrure et la population terrestre, sa languette unique.

Malgré sa multitude, éparpillée. Tout le système de l'existence semble être basé sur ce principe de la serrure et de la clef.

Le nid de l'oiseau, la serrure, l'œuf, la clef. Le portefeuille, le trou, l'argent, la languette. L'homme est conçu du trou par le trou. Sa mère, la serrure, son père la clef.

Il est né du même trou. Il écoute, respire, parle, mange et chie par ses trous. Quand il est jeté en prison, c'est au trou qu'il va purger sa peine. Ensuite il meurt troué de plomb. Il est enterré dans le trou de la terre.

Me voici, face à un trou que je viens tout juste de creuser en venant ici, au Canada. Je l'ai foré, ce trou, en voulant éviter d'être victime de mon trou de pays.

Jamais on n'en réchappera.

Le cycle continue.

En poussant la porte, Ti Ben me ramène sur terre, pénétrant indolemment dans le petit appartement. Le *deux et demie*. Une impression d'emprisonnement m'envahit. Pulsion catastrophique!

Dans l'entrebâillement de la porte, le mur d'en face est à peine à deux mètres et demi, dressé avec une fenêtre au milieu.

Je pousse, avec peine, ma grosse valise en suivant Ti Ben dans sa cellule d'anachorète. La petite table supportant une télévision large de quatorze pouces en diagonale, en noir et blanc, m'empêche de faire passer la valise en longueur. Alors Ti Ben vient m'aider à la soulever.

– C'est petit ici, vieux. Très petit, oui, lance-t-il après moi.

Je me mets en biais pour passer le seuil convenablement. Un sofa crasseux fait obstacle au bâillement complet de la porte. En dessous de la télé, sur l'étagère de bas de la petite table, grésille un appareil de radio AM/FM stéréo table tournante magnétophone huit pistes combinés. Et tout de suite, à gauche de la même table, l'entrebâillement de la porte ouvrant sur la salle de bain laisse voir le profil laiteux d'une baignoire jaunie, peinte par le temps. Tachetée de rouille qui pisse d'un fébrile jet sporadique mais continuel.

Tac tac tic tic, en rythme régulier, un robinet de cuivre enrobé de vert-de-gris.

Ti Ben, visiblement embarrassé, s'excuse maladroitement…

Merde de merde! Qu'est-ce que cela aurait changé si, au lieu de m'exiler ici, j'étais resté au pays à essayer d'y survivre comme mes jeunes frères? Que suis-je à présent? Un lâche, un fuyard!

Indéfini.

Où est ma liberté ?

Je voudrais être libre de mes pensées, de mes mouvements et de mes décisions. La conscience me torture déjà. Quel crime ai-je donc commis, à mon insu ?

– Vieux, tu sais, ici ce n'est pas ce qu'il y a de plus moderne.

– Pourquoi tant de cérémonies ? Tu oublies déjà comment que c'est là-bas, au pays.

– Quand même, j'espère que tu vas excuser le désordre qui règne ici. Ces derniers temps, j'étais tellement préoccupé que…

Je fais la sourde oreille. Le silence impose sa présence.

À l'autre bout du sofa, vis-à-vis de l'entrée de la salle de bain, bâille la porte de la chambre. Quelle chambre! Elle est à peine assez large pour recevoir le lit double gisant là, en tenue légère, endolori. Le matelas est complètement imprimé de marques en circonférence, causées par la pression des ressorts qui ne tarderont pas à s'exciter bientôt sous le poids de Ti-Ben quand il y amènera ses proies sexuelles.

Une latte, large de quatre pouces, l'épaisseur du mur, sépare l'entrée de la chambre de celle de la cuisinette-salle à manger.

Quatre chaises à armature métallique, siège et dossier plastifiés, éventrés, vomissent de la filasse synthétique. Posées sur leurs pieds largement écartés, ces chaises se font face douloureusement autour de la table mi-carrée, mi-rectangle, aux bouts arrondis. Table oblongue formica, ceinturée métallique. Table solitaire. Table nue, asexuée, dénudée, impudique. Une assiette zébrée de spaghetti au ketchup séché repose, impossible. Le réfrigérateur est plaqué contre le mur, dos à la chambrette. Pour l'ouvrir convenablement, il faut déplacer l'une des chaises qui l'agace du rebord de son dossier incliné. Il ronronne, le frigo. Le frigo ronronne. Un ronron sourd rappelant étrangement un son creux de verre battant le métal. Il a peut-être faim le frigo… désespéré… nerveux. À côté, à gauche du réfrigérateur, vers la fenêtre, toujours à l'opposé de la salle de toilette, mais dans l'évier galvanisé enchâssé dans un petit bout de comptoir, dégoutte le robinet mal fermé. Un tac tac régulier de gouttelettes perlées sur une pile d'ustensiles teints au cholestérol carbonisé. À l'opposé de cet évier, une cuisinière électrique gît avec ses foyers pleins de graisse, de graines de riz raidies et biscornues, de fèves éclatées séchées et surtout de spaghettis cordés, tordus, contorsionnés, enfilassés comme des lombrics atteints de la fièvre jaune, séchés au soleil d'été tropical.

Je donne dos à la latte de séparation, à l'autre extrémité du sofa crasseux. D'un simple coup d'œil, selon un angle de trente degrés, je fais discrètement ma visite personnelle des lieux. Soudain envahi. Traumatisme spirituel. Interrogation, regret ou déception ? Abattu. Confus, sous cette chaleur de four à chaux vive de l'été québécois.

Ti Ben dépose le fourre-tout au milieu du salon, près des portes siamoises jointes par la latte.

Il me présente à l'appartement. Et vice-versa.

Chapitre XII

Le procès de l'appartement

C'est seulement ce qui se passe à l'intérieur, dans la tête,
l'invisible actif qui existe vraiment,
en dépit de ce qu'il matérialise.
Sinon, le néant recommence.

L'intimité de l'appartement

Il ne parvient pas à se contenir. C'est comme un devoir pour lui de me faire comprendre l'importance que l'appartement occupe dans sa vie. Debout dans le petit salon, il étend le bras circulairement pour me montrer :

– Voici, mon ami. C'est ici que j'habite. Bienvenue à la maison, mon vieux !

– I… ci que tu ha… bites ?

Comme s'il venait de remporter une grande victoire. D'un air hautain et rassuré, il renchérit :

– Non, mon vieux. Plus maintenant. Ici que nous habitons, toi et moi, désormais.

– Tu veux dire que…

– Oui, vieux, prisonniers. Nous sommes prisonniers, Manolito.

Secoué par une indescriptible émotion jaillie d'une nouvelle réalité soudaine, j'éclate :

– Oui, foutre tonnerre ! C'est vrai. Nous sommes piégés. C'est très différent de ce que j'ai connu chez Aline.

– Nous sommes traqués, mon frère.

Par le gonflement des paupières, les yeux perlent.

En abandonnant les valises sur le plancher, nous avançons jusqu'à la cuisine.

— Tu viens de le dire, vieux. Nous sommes plus que jamais matés. Acculés par nos hantises, par nos ambitions, par nos rêves incontrôlables qui nous exhortent constamment à continuer. Mon vieux, nous sommes captifs de nous-mêmes, des autres et du système dans lequel nous nous engloutissons.

— Oui, alors. Si vraiment ce que je vois ici, c'est la réalité.

— On est prétendument libres ici, où règne la démocratie, mais je commence à me décourager. Je suis fatigué de chercher la liberté pour laquelle nous avons fui notre pays.

— Qu'est-ce que tu racontes, Ti Ben, ce n'est pas…

— Eh bien si! mon vieux! Si, c'est cela. Écoute. Nous ne faisons qu'exister dans ces cellules, ici. On est dans ce pays pour se donner. Nous devons épuiser notre force à travailler pour faire marcher le système et ensuite, crever dans ce foutu trou d'appartement. Sinon, on te trouvera une maison de fous, d'impotents et de retardés mentaux pour te placer, en attendant que tu crèves, vieux. C'est cela, la vie ici, pour les immigrants comme toi, comme moi, comme nous tous qui rêvons de liberté et de la fortune nord-américaine.

— Ce n'est pas vrai ce que tu dis là, Ti Ben. Tu essays de m'effrayer. C'est ça, n'est-ce pas?

— Tu viens d'arriver, vieux. D'ici quelques jours, tu m'en donneras des nouvelles.

— Qu'est-ce qui t'arrive? Qu'est-ce qui ne va pas?

— Rien, vieux. Rien. Tout simplement, j'accouche de ce qui me ronge de l'intérieur.

— Ça t'arrive souvent, dis?

— Malheureusement que si. Il m'arrive de déconner et de le propager aux alentours.

— C'est normal de se défouler un peu quand on vit seul. C'est pas drôle.

— Nous pouvions tous rester au pays et utiliser notre courage, notre force et notre jeunesse à le reconstruire. Ici, au Canada, nous serons toujours des étrangers car il y a notre passé en nous. Notre enfance, notre culture et notre famille laissées derrière nous. Nous vivrons toujours comme des bêtes traquées, perdues, en laisse de nos racines profondes. Pourrons-nous, un jour, être de quelque part ? Toujours enfermés dans une petite cellule étouffante parmi le téléphone, la télé, la radio, la chaleur estivale, le froid hivernal, le chauffage et surtout les factures, mon vieux. Maudites factures !

Nous sommes encore debout.

— Ti Ben ! J'espère que tu ne rêves pas de passer le reste de ta vie enfermé dans ce trou insalubre ? Tu dois avoir des ambitions ? Vouloir progresser pour améliorer ton standing ? N'est-ce pas ?

— Oui, vieux. Nous rêvons tous à cela. Le *haïtian dream*! Comme on dit. Nous rêvons au luxe, à l'argent, à l'aisance, à la facilité, au bien-être matériel. Mais au bout de la ligne, mon vieux, nous nous rendrons à l'évidence. Ce n'est pas facile. Alors nous cherchons des femmes et des filles généreuses pour nous aider à noyer notre déception pour mieux supporter les épreuves de notre nouvelle réalité. C'est le seul luxe que nous pouvons encore nous offrir gratuitement, ici. Elles sont en train de nous découvrir. Elles pensent vraiment que nous sommes différents des Blancs, que nous sommes infirmes d'une queue démesurée. Alors, profitons-en avant que nous ne devenions plus différents des leurs. Sauf pour la couleur, temporairement.

— Mais hier, chez Aline, je croyais que...

En posant la main sur mon épaule, il martèle :

— Tais-toi, Manolito ! Hier, c'était hier. C'est fini. Hier, c'était un rêve d'aujourd'hui. Aujourd'hui, celui de demain. Demain, c'est encore un rêve.

— Je voulais simplement dire que chez Aline, ce n'est pas une cellule comme ici. Et si elle peut posséder une si belle demeure, pourquoi pas toi aussi ? Il suffira de travailler en conséquence.

— Je suis assuré d'une chose, cependant.

— Quoi ?

— C'est ici, notre maison. Aline est Canadienne. Elle a eu ses propres expériences. On en reparlera en temps et lieu, veux-tu ?

— D'accord, comme tu voudras.

— Je ne veux pas te casser les oreilles avec ces problèmes, vieux. Allons Mano, détends-toi. Ne fais pas cette tête-là. Ce n'est pas aussi tragique que tu le crois. Mets-toi à l'aise. Laisse-moi te débarrasser de la valise.

On ne couchera pas ensemble dans le même lit, mon ami

Nous nous emparons chacun d'un côté de la lourde valise, jusque sur le lit. La physionomie de Ti Ben trahit son impatience de voir ce que sa mère lui a envoyé. Il n'en dit pas mot. Debout chacun d'un versant du lit, semblables à deux larrons. Les yeux de Ti Ben sont rivés sur la valise, les mains sur les hanches comme pour me dire : Allons qu'est-ce que tu attends pour ouvrir ! Je m'assois enfin à côté. Je tire la valise un peu vers moi et ziiiiiiiip et ziiiiiiip. Je fais capoter le couvercle vers l'arrière. *Ouyouyouye!* Quelle catastrophe ! C'était à prévoir, à cause de la chaleur et du tripot. Toutes ces belles mangues, en compote. Heureusement qu'on les avait emballées dans des sacs en plastique.

Ti Ben dit qu'il ne les perdra pas et qu'il va en faire du bon jus de fruit, comme on en fait au pays, avec du lait évaporé Carnation rehaussé d'essence de *noyo* ou de vanille. Il emporte les sacs à la cuisine. Puis revient aussitôt. Sans perdre un instant, il s'empare du gros bocal plein de confiture aux goyaves, ainsi que de celui rempli de *mamba* aux piments forts. Il retourne encore à la cuisine. Un bocal dans chaque main. Je le rejoins avec les petits sacs de cassaves, de *dous* et son bocal de gelée au citron. Il ne peut plus cacher sa joie. Tout son être s'épanouit. On voit tout de suite que cela faisait longtemps qu'il n'en avait pas mangé, des victuailles du pays. Il ouvre le réfrigérateur pour placer les bocaux. Vide ! Même pas un pot d'eau froide. Sans perdre une seconde, il s'attable devant une soucoupe remplie de confitures qu'il savoure avec un *royal*. Il ne parle plus. Seulement ses yeux rivés sur le *royal* qu'il tient entre ses doigts. Je reviens seul dans la chambre pour finir de ranger mes effets. J'entends le clappement de sa langue dégustant sa collation. J'éprouve une grande satisfaction de l'avoir rendu heureux. Les vêtements sont froissés. Je les étale au fur et à mesure sur le lit dénudé. Ti Ben me rejoint, le visage détendu. Heureux, rassasié. Il n'est plus seul désormais dans sa cellule de moine ermite. Une intraduisible vibration me traverse l'être. Je la sens, cette impression que mon apprentissage de la démocratie, ma course à la fortune, ma quête de la paix dans la liberté d'action et d'expression seront pénibles. Ti Ben vient de renouer avec les délices du terroir. Dans un hoquet impromptu, il éructe. S'excuse, caresse son ventre comme pour dire qu'il y a mis quelque chose de bon, même d'inoubliable. De la cassave au beurre d'arachide et à la confiture. Un mets de choix, à cette distance du pays vrai. Il ne m'a pas demandé avec beaucoup d'intérêt des nouvelles de ses parents. Et qu'est-ce que je peux lui répondre ? Je n'ai rencontré sa mère que pour prendre les bocaux de confiture et les mangues.

Tout le monde se connaît au pays. C'est, malgré tout, la rencontre fortuite de deux hasards de la vie qui nous réunit, lui et moi, dans cet appartement exigu. Ce qui me surprend beaucoup, c'est qu'il ne s'enquiert pas non plus des nouvelles du pays, avec l'inquiétude coutumière de nos compatriotes, face aux déboires de la Nation.

Le pays, ses traumatismes, ses séismes socioculturels.

Il entame déjà :

— Maintenant que j'ai bien mangé, vieux, nous allons faire plus ample connaissance. Oh ! excuse-moi de ne t'avoir pas invité à manger avec moi ! J'avais tellement envie de nos gourmandises, ici.

— Il n'y a pas de quoi ! Je comprends. Et puis je n'ai pas faim pour l'instant. Tiens ! lui dis-je en lui remettant un autre paquet enveloppé avec du papier cadeau.

— Qu'est-ce que c'est ?

— Je ne sais pas. Il vient aussi de ta mère.

— Merci. C'est très léger.

Il s'empresse de l'ouvrir. Il y trouve quatre petits sachets en papier brun sur lesquels est inscrit : Feuilles de *Cachiman* pour le *gonflement*. — Feuilles *d'Assorossi* pour l'appétit et pour nettoyer le sang. — Feuilles de *Métiyën* pour la grippe. — Feuilles *Laché vye granmounn* pour la flatulence.

— Ma *manman* pense que vivre en pays étranger, c'est comme en Haïti où tout le monde boit toutes sortes de feuilles, sans dosage.

— Elles nous guérissent aussi, malgré tout.

— Mon vieux, ici au Canada, quand on tombe malade, on va chez le médecin. Ce n'est pas nécessaire. Mais elle ne comprendrait jamais.

— Ne les jette pas, non, Ti Ben.

— Je n'en ai pas besoin.

— Je les garde.

— Je te les laisse. Mais tu verras. On trouve tout à la pharmacie, ici. Je les mets sous l'évier. Ainsi, personne ne les verra.

Il revient dans la chambre pour me dire :

– Eh vieux ! tu vois cette cavité rectangulaire, là, dans le mur, avec une porte coulissante en avant ?
– Oui, je vois.
– Ça, c'est notre garde-robe. C'est là-dedans que tu rangeras tes habits qui se balanceront au bout de leurs cintres comme des pendus. Enfin comme nous, les pendus haut et court, à la corde de la vie migrante.
– D'accord, Ti Ben, mais...
– Ah ! Ah ! Ah ! je te vois venir, vieux. Eh bien ! mon cher Manolito, ça, je le regrette, en pile, pour toi ! On ne partagera pas le lit en même temps. Il m'est égal de dormir sur le sofa au salon, ou sur le lit. Mais je refuse de dormir à deux sur un même lit avec un homme. Cela me donne la chair de poule.
– Moi aussi. Et cela me dégoûte autant que toi de supporter la présence d'un mâle à proximité de mon corps, la nuit. *Wouch !*
– Alors, sur ce point on est d'accord. N'est-ce pas, vieux ? Cependant... cependant mon ami... quand on trouvera une fille... Tu *comprrrrends*... Il n'y a pas de problème, pas vrai ? Tu vois ce que je veux dire ! C'est d'accord ?
– Ne t'en fais pas, Ti Ben. Je m'installerai au salon, sur le sofa. De toute façon, j'aime regarder la télévision.
– Marché conclu, vieux ! Tape là.
Il tend la paume de ses mains pour que j'y tape. Je lui tends les miennes et plash ! à son tour, comme font certains Noirs américains quand ils expriment leur fraternité. *Yeah man ! put it there man ! Plash ! plash ! Right on, man ! Right on !*
– Ti Ben, tu ne me laisses jamais la chance de finir mes phrases, ni de poser mes questions complètement.
– Comment ? N'ai-je pas toujours deviné toutes tes inquiétudes jusqu'à présent ? Allez, vieux ! Donne-moi une *Comme il faut*, cette délicieuse cigarette du pays.
– Attends que je fouille dans la malle. Je t'ai même amené quelques paquets. Tiens, un carton !
– Merci vieux, merci.
Il m'agace à m'appeler « vieux... vieux... mon vieux » tout le temps. On n'est pas à Paris, ici. Et puis, il n'est pas un Africain francophone que je sache.

Chapitre XIII

Le refuge

Nous savions que le capitaine était caché derrière la porte. Qui aurait pensé regarder sous le lit ?

Vice et tic, mon vieux !

Je trouve le comportement de Ti Ben envahissant, arrogant, dominateur. Il n'était pas aussi sûr de lui auparavant. Il m'agace et je ne supporterai pas qu'il me traite ainsi tout le temps.

— Pourquoi m'appelles-tu « mon vieux, mon vieux », ainsi tout le temps ? Tu connais mon nom, n'est-ce pas ?

— Certainement, vieux, certainement. Mais il ne faut pas t'en faire. C'est un tic. Comment dire, c'est une mauvaise habitude que j'ai acquise. Même toi, bientôt tu vas adopter un mot refuge.

— Que veux-tu dire ?

— Tu ne sais pas ce que c'est, un mot refuge ? Mon vieux, on a toujours un mot ou un vocable qu'on utilise à tout bout de champ, ce qui vous accorde le temps, soit de trouver ses idées, ou de se donner un air important ; ou encore de s'identifier dans le milieu où l'on évolue. Enfin, pour créer l'ambiance tout court, quoi !

Il tire sur la languette en cellophane dorée qui scelle hermétiquement le paquet. Fait sauter le timbre, déchire le repli de la fermeture. Il tape, d'un coup sec, la base du paquet. Deux bouts montent, dépassant le niveau régulier des cigarettes. Il l'a ouvert à l'envers pour éviter que les cigarettes perdent de leur tabac. Il en sort une, qu'il fait pendre entre ses lèvres. Il lance le paquet sur le lit. Accoutumé, il tâte ses poches, sans succès. Finalement, il sort de la chambre à pas précipités.

— J'arrive, dit-il, tout en se dirigeant vers la cuisine.

Je suis collé à ses basques, sans trop savoir pourquoi. Devant la cuisinière, il tourne le commutateur du gros foyer qui ne tarde pas à rougir de chaleur. Il se penche en avant pour s'allumer. Après avoir tiré deux ou trois fois sur le filtre, il se retourne vers moi et lance, en fermant le contact :

— Ne t'inquiète pas, Manolito. L'électricité est comprise dans le coût du loyer.

— Oui, mais tu enlèves toute la fraîcheur du tabac avec la chaleur du foyer.

— J'ai perdu mes allumettes et j'avais tellement envie de fumer cette *Comme il faut* qu'il me fallait trouver un moyen pour l'allumer.

— Je vois.

— Eh vieux! quelles sont donc tes questions? Qu'est-ce que tu veux savoir?

J'enlève la valise du lit pour la ranger le long du mur du fond.

— Dis-moi, Ti Ben. Quand tu finis de travailler le soir, est-ce que tu reviens toujours ici te caser, tout seul, dans ce pigeonnier? Ça doit être terriblement dur, cette solitude. Au pays, tu sais qu'on n'est jamais seul. Même le vide nous parle quand il n'y a rien autour. Dis, Ti Ben, c'est comme ça pour tout le monde, ici?

— Désormais, Mano, je ne serai plus seul, puisque tu es ici, avec moi, pour vaincre cette solitude du pays des fantômes vivants. Tape là, mon frère! Tape!

Nos paumes font plash! plash!

— Non, non, sérieusement Ti Ben, réponds. C'est très important pour moi. Tu sais comment ça se vit, chez nous, la vie. Cette chaleur humaine, cette sorte d'emportement collectif à la fraternité.

— Ah! Ah! Ah! À présent tu es ici, mon vieux. Ah! Ah! Ah! déjà en proie à la nostalgie! Attention vieux, attention! Si tu continues sur cette pente, tu te rendras malheureux. Ici, le plus dur aspect de la vie, c'est la permanence de la solitude, même dans la foule dense et immense. L'égoïsme est à son comble et tu dois le réaliser. Sinon tu crèves, vieux. Tu seras débalancé. Tu vois, vieux. En Haïti il y a la misère, la dictature, la torture et tout ce qui peut rendre dingue un être humain. Le jeune est bastonné, injurié, humilié constamment, mais rien n'y fait. Il n'y a pas beaucoup de fous en Haïti. Par contre, dans les hôpitaux psychiatriques ici, à Montréal qui est pourtant une société bien organisée où les valeurs sociales sont censément les mieux appliquées, la majorité des fous internés sont des nôtres. C'est à ne rien comprendre. Des fous de bien-être. Alors toi, fais attention. La folie comme la mort n'ont pas de klaxon. Je t'aurai prévenu.

– D'accord, merci. Mais, tu n'as pas répondu à ma question.

– J'y arrive, vieux. J'y arrive. Voilà! Après le travail, on rentre tous dans notre pigeonnier. On fait réchauffer quelques restes, s'il y en a au frigo, et on va *s'fwòré devant a T.V.*

– Quoi? On va comment? Hein?

– Ah! Ah! Ah! Je rigolais vieux. Je reprends. On va s'asseoir confortablement devant la télé. Tout de suite après les nouvelles de fin de soirée, on va au lit pour se réveiller vers cinq heures et demie le lendemain, afin de ne pas rater l'autobus. Tu sais, lorsqu'on travaille dans une manufacture, vieux… *Hayayaye!*

– Quoi?

– Eh bien! c'est pire que l'esclavage!

– Tu es pessimiste, Ti Ben. Décourageant même. Tu vois tout d'un mauvais œil. N'est-ce pas la même chose pour tous les autres qui le font, non?

– Si, si. Tu as raison. Mais ils ravalent leur dignité d'hommes pour supporter la pression de la manufacture. Et c'est malheureusement cette même question d'esclavage et de dignité d'homme qui a foutu notre pays dans son état actuel. Personne n'a jamais voulu travailler. Hein! Mais tout le monde désire la richesse et la dignité. C'est là, l'explication des crimes et de la dictature. Connais-tu un pays qui a réussi à se développer sans sacrifices, sans travail?

– Le travail, Ti Ben, ce n'est pas une fin en soi. Travailler, c'est un moyen pour atteindre ses buts et réaliser les rêves humainement possibles de sa vie. Moi, avant de venir ici, je travaillais sur les camions de Tonton Desmostènes avec les *bèfchenn* et je ne me considérais pas comme un esclave. Je crois que tu fais une mauvaise interprétation du concept de travail. Tout le monde n'a pas la même capacité, ni les mêmes talents. On ne peut pas tous devenir médecins. Il faut croire à la reconstruction du pays et à la réalisation de soi. Alors, on contribue, à sa manière, à bâtir la société. Depuis notre indépendance du joug des colons, personne n'a voulu travailler pour construire le pays, prétextant que le travail, c'est l'esclavage. On devient chacun un colon pour l'autre. Mais ce qu'on n'a jamais compris, c'est que le colon, lui, a travaillé comme un esclave à faire travailler ses esclaves. La seule différence qui existe, c'est que le colon est le maître de ses biens. Il a trouvé un moyen de les faire fructifier inhumainement.

— Je ne sais pas où tu vas chercher ces théories. Pour quelqu'un qui vient d'arriver, tu es pas mal bizarre. Mais moi, je te parle d'expérience, mon vieux. Les *foreman* traitent les travailleurs comme des esclaves. Ce n'est pas parce qu'ils sont immigrants, Jaunes, Noirs, ou étrangers. Non, vieux! Non. Ce n'est pas cela. Et ne va pas croire que j'ai des préjugés non plus.

— Alors, c'est quoi ton problème?

— Mon problème, vieux, si tu veux l'appeler ainsi, c'est le système. Le système qui est pourri et qui nous abêtit. Quand tu travailles dans les manufactures, tu n'as même pas le temps de respirer. Tu n'as pas de temps payé pour aller chez le médecin. Tu n'as pas le droit d'être en retard. Tu ne peux pas parler aux patrons. Tu ne peux pas te reposer quand tu es fatigué. Tu deviens pire qu'une machine. Oui, pire, puisque tu es conscient de ce qui se passe et que c'est toi qui as choisi de ne pas crever. La machine ne sent pas et l'esclave ne choisit pas. L'esclave est contraint.

— Dis, Ti Ben! tu rigoles ou quoi?

— Tu penses! Quand la machine n'en peut plus, mon vieux, elle tombe en panne, n'est-ce pas?

— Oui, et puis?

— Alors, on la répare. On la remet en marche. D'un autre côté, un esclave n'a pas le pouvoir de choisir son sort. Ça paraît contradictoire avec ce que j'ai dit avant…

— Tu as raison sur ce point.

— Mais ici, vieux, au Canada, tu es obligé de choisir et de te tuer à faire la course contre le système. Sinon le système t'écrabouille. Tu deviens un marginal. Oui, Manolito, un marginal. Et quand on pense à notre pays… Ah! Je me demande encore qu'est-ce que j'étais venu foutre dans ce foutu trou de pays étranger!

— Tu as encore le choix d'y retourner.

— Trop tard, vieux, trop tard.

— Comment cela?

— Qu'est-ce que je vais devoir y foutre, là-bas? Ce n'est plus le même pays, mon vieux, car je ne suis plus, non plus, le même homme. Retourner là-bas, ce sera pire qu'ici. On était partis pour venir chercher la fortune, Manolito, et on ne peut pas y retourner les mains vides. La mauvaise conscience nous tuerait. Jamais les autres n'accepteront de comprendre qu'ils sont plus libres et plus heureux que nous, jusqu'à un certain point.

— Penses-tu ?

— Tu ne peux pas encore comprendre, mon vieux. Tu es tout nouveau, tout neuf. Et si tu retournes maintenant au pays, je suis certain que tu vas semer la bonne nouvelle que le Canada est un pays facile. Car tu as vu les rues propres, le métro, les autobus bien synchronisés, des femmes blanches se promenant en bikini dans les parcs. Et nos parents, nos amis et tout le pays, vont dire que c'est parce que nous ne les aimons pas que nous ne leur envoyons pas beaucoup d'argent.

— Mais tu vois…

— Manolito ! Ne dis rien. Attends encore trois semaines et tu vas commencer à comprendre ce que je suis en train de t'expliquer. La vie ici, c'est comme la manufacture. On est constamment sur le *go, go, go.*

Chapitre XIV

Les touchées de l'ouïe

La vie du vieux nègre errant sur la terre bénie...
Et si la terre est ronde ce n'est point la faute de l'infortuné.
Traduit d'une chanson de l'ensemble Sélecte

Congédié pour avoir été aux toilettes

Je sais que tout le monde est passé par là, et ils n'ont eu aucun problème. Ti Ben pense que je vais attendre trois longues semaines pour m'assurer de la véracité de ce qu'il me baratine.

Dans un même monde évoluant dans un même environnement physique faisant face aux mêmes réalités, je sais que chacun a le droit d'avoir sa propre vision de la même chose. Alors, il ne faut pas que je lésine à lui faire valoir mes droits.

– Arrête Ti Ben ! arrête ! tu exagères ! On peut s'arrêter un moment, je suis sûr...

– Non, mon vieux, non. Dans la manufacture, tu n'as pas le droit de t'arrêter. Tu ne peux pas. Les superviseurs, les *foreman* sont comme des loups dressés contre l'employé pour assurer l'augmentation effrénée de la production. Ils ne te permettront pas de t'arrêter ou de t'absenter sinon ils perdent, eux aussi, leur job. Ils n'accepteront jamais de renoncer à leur job pour toi. Parce qu'ils savent qu'ils ne sont pas plus importants que toi. S'ils craquent, on les remplacera eux aussi, comme toi, qu'on supplante quand on te congédie pour avoir été malade une journée.

– Ce n'est pas possible, Ti Ben. On peut s'arrêter un moment aussi pour...

– Non, mon vieux, quand tu travailles dans ces sortes de manufactures, tu n'as pas le droit de t'arrêter un moment. Tu ne peux pas. Les superviseurs sont comme des chiens de chasse à courir après les employés, comme s'ils étaient du gibier. Assurer l'augmentation du capital, vieux ! C'est ça le capitalisme. Le *foreman* est là, qui te surveille, t'épie, te règle, te dose. Il te traque et te pousse à donner le maximum de toi-même. Il crée chez toi une crainte aveugle de l'autorité ; refuse que tu parles d'école, de cours, d'éducation. Il exige la soumission complète. Et au moindre signe de faiblesse, d'hésitation, d'objection, de réflexion, de fatigue ou de vieillesse, on ne te garde pas, vieux.

– C'est du pur esclavagisme !

– Une chose que tu dois apprendre maintenant. Le profit n'est pas généré par les machines. Uniquement par ta force de travail, tes muscles. La machine est permanente. Toi, tu crèveras.

– Est-ce vraiment aussi dur que cela, ou bien tu exagères encore pour m'impressionner ?

– Mon vieux, même si j'aime badiner, je ne plaisante jamais avec les choses sérieuses. Et moi, je te parle de mon expérience personnelle. Tu vois, dès le premier jour, non seulement ils déduisent les quelques minutes de retard sur ta paye, mais tu deviens une carte marquée. Après trois fois, mon vieux, tu es *fired*.

– Cela veut dire quoi ?

– Tu es *Revocal révocaux*, révoqué, vieux. Ré-vo-qué. Aussi simple que cela. *Fired*.

– Comment peuvent-ils savoir les minutes que tu manques ?

– Ah ! Ah ! Ah ! On voit bien que tu es un *just come* pour vrai. Tu *punches*, mon vieux ! Et la carte *punchée* ne ment pas. Jamais.

– Et les autres personnes, comment font-elles, si c'est aussi dur que tu le dis ?

– Elles sont obligées de s'y astreindre. Je te le dis, mon vieux, c'est une pratique extrêmement dure pour nous, originaires des régions tropicales. Bon, tu vois, si tu tombes malade, c'est encore pire.

– Pourquoi ?

– Non seulement on ne te paye pas les journées de maladie auxquelles tu devrais avoir droit, mais les médicaments te coûtent *têt nèg*, mon vieux. On va dire *tête blanc*, parce que ces temps-ci, la tête des nègres ne vaut pas cher. Par-dessus le marché, tu vis tout seul dans ton pigeonnier, comme tu dis. Et même si quelqu'un demeure avec toi, tu es quand même tout seul. Parce qu'il doit, lui aussi, aller travailler pour subvenir à ses propres besoins, pour qu'il ne soit pas *fired* à son tour.

— Ce sont des mots anglais que tu emploies, n'est-ce pas ?

— Certainement, vieux. *Yes sir!* C'est le jargon des manufactures ici, au Québec. C'est l'anglais qui prime, mon vieux. Ici, mon vieux, ce n'est pas comme chez nous où personne ne travaille, et où l'on a du temps pour jacasser sans arrêt. C'est pourquoi on a l'impression que rien ne bouge dans notre trou de pays. Tout le monde est assis là, à longueur de journée à bâiller aux corneilles.

— Que veux-tu qu'ils fassent, s'il n'y a rien à faire.

— Eh bien ! c'est cela la différence, mon vieux ! Ici, il existe des mécanismes de création d'emplois. Tu es obligé de bouger avec le système. Sinon, tu deviens un désadapté, dépassé. Même quand tu ne travailles pas, il faut regarder la télé, écouter la radio, aller au bureau du bien-être social. Sortir pour forger la preuve que tu as cherché du travail, sinon, vieux, tu devras aller te recycler, te réadapter. Car la société nord-américaine est d'un dynamisme effarant. Ça n'arrête pas et c'est ce qui fait que les *foreman* ne nous gardent pas quand on a été absent. Ils ne veulent pas être dépassés par les événements. Après avoir été malade, quand tu reviens au travail, sois certain que ton chèque, ton quatre pour cent, ton papier pour l'assurance-chômage sont là, à t'attendre. On ne te permettra même pas d'aller dire au revoir à tes copains. Des copains que, probablement, tu ne verras jamais plus de ta vie. Fini mon ami, bonjour la visite ! C'est aussi simple que cela. Tu es déjà remplacé, vieux, par des milliers d'autres immigrants nouveaux de toutes les nationalités, qui ne connaissent pas encore le fonctionnement du système, qui attendent en permanence que l'on te congédie. D'ailleurs, ils ne te donnent pas le temps de penser à te syndiquer. Et puis tu as peur de cela, parce que ça n'existe pas dans ton pays, et pour qu'on ne te congédie pas aussi. Eh vieux ! nous sommes comme des pièces d'automobile ! On t'enlève, te jette, te remplace. La réparation consomme trop de temps. Et le temps, c'est de l'argent, persistent-ils à croire.

— Whoooo là, là ! mon ami ! Respire un peu. Laisse-moi la chance de placer un mot. Puis-je poser une question ?

Il se tient debout, marche quelques pas dans la pièce et réplique :
— Vas-y, vieux, vas-y. Ici, on est en pays démocratique. Parle, je t'écoute.

Le chômage est assuré pour les immigrants

Il revient se jeter sur la même chaise. C'est moi maintenant qui sens le besoin de dégourdir mes jambes. Dans sa furie verbale, j'ai décelé des points très importants que j'aimerais qu'il me clarifie. Il est si volubile et touche tellement à tous les sujets à la fois que j'ai du mal à m'arrêter sur une de mes meilleures questions. J'essaierai de me concentrer et retenir les plus importantes.

— Tantôt, j'ai cru comprendre que l'employeur te donnait ton papier d'assurance-chômage. Qu'est-ce que c'est?

— Oui, c'est vrai. J'oubliais. Tu ne sais pas encore ce que c'est. D'ailleurs, cela n'a pas de sens ce terme d'assurance-chômage. Il est mal pensé. Je te le jure, mon vieux, tu vas avoir beaucoup à apprendre ici. C'est comme si tu venais de naître dans un autre monde. Rien n'est pareil. Tout a l'air mieux que ce que tu as déjà connu au pays.

— N'est-ce pas mieux, vraiment?

— Je ne sais pas. C'est différent. C'est très riche, vieux. C'est très propre, très organisé. Mais c'est très rigide aussi. Il n'y a pas de place pour l'improvisation. Pas de *tatawinaouge*, mon vieux, comme ils disent d'ailleurs. Les gens d'ici fonctionnent comme des robots bien bien programmés. On y est chacun un élément distinct et le tout en même temps. L'originalité de l'entité individuelle se confond avec la mécanisation, vieux. C'est un système infernal.

— D'accord… d'accord! Mais tu ne m'as pas encore expliqué ce que c'est que l'assurance-chômage.

— Ne t'en fais pas, mon vieux, j'y arrive. Le Canada, comme je te le dis, c'est l'une des sociétés les plus évoluées socialement. Mais aussi très capitaliste. Tu ne t'imagines pas tous les avantages qu'on peut encore en tirer : assurance-sociale, assurance-santé, assurance-chômage, assurance-vie, assurance-maison, assurance-voiture… Ici, vieux, tout est assuré; sauf d'avoir un job qui a du bon sens.

— Ça doit être rassurant de vivre ici. Je le savais, que c'était mieux que chez nous. Là-bas, seule ta mort est assurée.

— Ah vieux ! rien n'est pareil ! Il ne faut pas que tu te fasses d'illusion. C'est dur. Très dur d'y vivre. Un système terrible, impitoyable auquel s'accommoder…

— D'accord je comprends, mais tu ne m'as pas encore dit ce que c'est que l'assurance-chômage.

— D'accord, vieux, d'accord. Ici, comme je te le disais tantôt, tu ne t'imagines pas jusqu'à quel point l'État contrôle les moindres détails des actions individuelles, sans que cela ne paraisse. Le monde ici se complaît dans une sensation constante de liberté. C'est-à-dire à la limite de ce qui est permis. En passant, c'est cela la démocratie, vieux. Le monde ici est isolé. Ce qui l'a rendu égoïste. Personne n'a de redevance envers qui que ce soit. Les parents n'ont aucun droit sur les enfants. Ces derniers n'ont aucun respect, ni de crainte pour les aînés. Pas de coercition, pas de peur. Chacun vit complètement indépendant l'un de l'autre. Eh vieux ! ici au Canada, la famille, c'est seulement le père, la mère et l'enfant ! S'il y en a un. Jusqu'à ce qu'il atteigne l'adolescence.

— Comment ça ?

— Dès que l'enfant est en voie d'atteindre l'âge de quinze ou seize ans, les parents commencent à en avoir assez de lui. On le pousse dans le dos pour qu'il quitte la maison familiale. Il doit déménager, *prendre un tchum*, c'est-à-dire se placer avec quelqu'un et gagner son argent pour louer son propre appartement. Une multiplication effarante de dépenses et d'efforts vains. La maison familiale était construite pour la famille. Soudain, tous les enfants sont forcés de déménager. Ils vont chacun payer à peu près l'équivalent de ce que payent leurs parents pour loger tout le monde, plus leurs dépenses personnelles. Souvent dans la même ville, à quelques pas des parents qu'ils ne visitent presque pas. En plus, le gouvernement leur prête de l'argent à des taux d'intérêt exorbitants qu'ils passeront la majeure partie de leur vie à rembourser. Du gaspillage, vieux, du gaspillage. Vieux, s'il t'arrive dans le futur d'obtenir un *prêt bourse*, utilise la bourse. Garde le prêt en dépôt pour le rembourser en bloc, tout de suite après tes études. Sinon, tu es fait.

— Moi, je trouve cela normal. Au moins, on forme l'enfant à devenir quelqu'un d'indépendant, de responsable, pour qu'il ne reste pas un grand bébé toute sa vie.

— Qu'est-ce que tu me chantes là, vieux ? Es-tu malade ou quoi ? L'enfant, une fois parti de la maison parentale, c'est fini. La famille éclate. C'est la mode. Ils vivent tous isolés les uns des autres. Pas de sentiments, pas d'affection, pas de reconnaissance. Ils n'ont plus le temps pour étudier comme il faut. Ils ne savent plus rien des auteurs classiques, de l'histoire générale, du savoir-faire, de rien, vieux. Ce sont des robots sans *feeling*. Des alphabétisés de la télé. Automates. Dressés comme des petits animaux sans aucune sensibilité vraie. Mécanisés du système qui n'agissent et ne pensent que pour gagner de l'argent. La conscience de la culture propre, l'éducation bien faite, le sentiment d'appartenance à une caste familiale, à un nom de famille, sont absents. Partis en fumée. Ils n'ont qu'une seule nationalité maintenant, c'est l'argent. Une société dont la religion générale est le *Kolokent* comme dirait Coupe Cloué. Oui, l'argent. Ah ! ah ! ah ! ah !

— Si c'est vrai ce que tu dis là, ça doit être dur. Il n'y a pas de chaleur fraternelle alors.

— Quant à ça, vieux, elle n'existe pratiquement pas. Sauf quand il y a une fête où tout le monde est réuni. Encore là, c'est mécanique. C'est pour la forme, vieux. Pas par le cœur. Pas de lien viscéral. Tout reste cérébral. Robotisé. Après ça, chacun rentre dans sa coquille d'égoïste outrancier. Or, la vie, ce n'est pas seulement l'argent, ni l'intérêt personnel. La vie, c'est de la vivre, sa vie, avec ses proches. Il faut aussi de la vie dans la vie. De la chaleur, de l'affection, de la fraternité. Tu sais combien les gens sont liés entre eux, au pays ! Les cousins germains, les cousines sous-germaines, les parents éloignés, les oncles par alliance. Quand on leur parle de cela ici, ils disent que c'est du tribalisme, du sous-développement, enfin du… tiers-mondisme quoi !

— Non ! Comment, ce n'est pas la même chose, ici ?

— Tu plaisantes, mon vieux. Ici, les gens portent le même nom de famille, demeurent dans la même ville, des fois dans le même bloc d'appartements. Ils ne se saluent pas. Ils ne chercheront même pas à savoir. Cela ne les intéresse pas. Ils n'ont pas le temps. Tout est compté, ici. Ils disent toujours : *J'ai passé une heure, une demi-heure, deux heures, là-dessus.* Toujours une question de temps et d'heures. Cela nous rend presque fous à trotter sans arrêt comme cela. On a le tournis de courir constamment après les heures. Ce que je ne comprends pas, vieux, ils sont des mordus des arbres généalogiques. Ça me dépasse.

— Pourtant ça ne te nuit pas quand tes amis comptent leurs heures de moments érotiques.

— Comment ? Ils comptent des heures ?

— Évidemment, quand ils se vantent en disant qu'ils ont passé deux heures, parfois trois heures à faire l'amour à une femme…

— Ah ! ce n'est pas la même chose ! Et puis, qui est-ce qui peut durer aussi longtemps à faire l'amour à une femme ? On serait mort de fatigue et ce ne serait plus agréable. C'est simplement une façon de parler.

— Ti Ben, tu as essayé encore de m'éblouir. N'est-ce pas ?

— Crois-moi, vieux. Je ne te mens pas. Qui pis est, il y a des couples mariés ici qui vivent ensemble mais en étrangers, l'un pour l'autre, comme s'ils n'avaient jamais fait l'amour ensemble auparavant. Chacun son petit monde. Ils font l'épicerie séparément.

— C'est pas normal ! Des gens mariés qui vivent ensemble et font chacun des provisions à part ? Tu me prends pour un imbécile, maintenant ! Ce n'est pas possible ça, tu le sais bien.

— Je te dis, mon vieux. Il n'y a pas un d'entre eux qui peut se permettre de toucher à quoi que ce soit appartenant à l'autre, sans lui en demander la permission.

— Je trouve que c'est bien de se respecter mutuellement.

— Tu veux dire que si j'ai faim et que toi, tu possèdes de la cassave et de la confiture, je n'aurai pas le droit d'en manger sans te demander, même si tu es parti pour une semaine ?

— Non, non, non, ce n'est pas ce que je veux dire. Cependant, si tu arrives en mon absence, tu manges toute la confiture et toute la cassave sans m'en avoir laissé raisonnablement, cela ne me fera pas plaisir. En plus, je ne suis pas marié avec toi.

— Voyons, tu me comprends ! Évidemment, dans ce cas-là, personne ne serait content. Ce n'est pas ce que je veux dire.

— Qu'est-ce que tu veux dire alors ?

— Bon, les Français, les Italiens, les Portugais, les Africains, les Haïtiens par exemple, ils ont une tradition de la famille assez forte. La famille élargie, voilà ce que je veux dire.

— Ça, c'est une question de culture, vieux. La culture latine est plus ancienne, chaleureuse…

— Ah! Ah! là, tu vois! Je te l'avais dit que tu allais bientôt acquérir un tic. Te voilà qui m'appelle « vieux » à ton tour, maintenant.
— Qui, moi Manolito? Ce n'est pas moi.
— Mais oui, mon vieux, tu viens tout juste de m'appeler « vieux ».
— Je ne m'en suis pas rendu compte. De toute façon, ce n'est pas impossible. Tu le claironnes tellement dans mes oreilles, ton vieux, vieux, vieux, à tout bout de champ.
— C'est pas grave, vieux, c'est pas grave.
— Si. C'est grave. Moi, je veux rester moi-même. Je ne veux nullement agir en snob, moi.
— Ha! Ha! Ha! Écoute-moi ça. Tu m'en diras tant, d'ici quelques semaines.
— Gageons, tu verras.
— On ne peut pas vivre ici sans se griser, sans trouver une sorte de paravent. Un tic. Une mauvaise habitude derrière laquelle se cacher. S'abriter pour s'évader. Oui, c'est ça, s'évader.

Il aurait mieux valu rester là-bas, me dis-je en moi-même.
— Et je te jure, mon frère, comme disent les musulmans africains, je te jure qu'il vaut mieux choisir un tic sympa, oui, un tic sympathique. Une expression qui n'est pas vulgaire. Une expression que ton environnement est prêt à accepter. Tu comprends?
— Alors toi, tu as choisi « vieux, mon vieux », n'est ce pas?
— Si tu veux. C'est l'un des moins disgracieux pas vrai, vieux?
— Qu'est-ce que tu veux sous-entendre par là?
— Alors là, vieux, je vais me défouler puisque tu m'en donnes l'occasion. *Maudit caòlice de tabarlnac de saint cibwère d'hastie d'tête de linotte de maudit d'p'tit noaèr qui vient d'débarquer chez nous. M'a t'en faire et m'a t'en shooter quèque zunes mwén, aòsti! Voila, vieux! C'est çaò q'tu vaòs entendre. Et si tu ne fais pas attention, espèce de tête de sucre à crème, c'est ainsi que tu vas parler mon petit chrlis de nwaèr, et ce s'ra pas dans cent ans. Compris laò. Parle-moi de t'çaò-la. Ah! Ah! Ah! Sinon, je t'enverrai péter dans les concombres.* Ah! ah! ah!
— C'est quoi ça? Je ne savais pas que tu savais parler jargon. Qu'est-ce que ce charabia? Tu deviens dingue ou quoi?
— Non, mon vieux. C'est exactement pour éviter de parler de *maême-laò*. O.K. *d'abord-laò!* que j'utilise le mot « vieux ». Mon vieux, je suis envahi par le milieu, *haòstie!* Et puisque je n'accepte pas toute l'influence, toute la pression qu'il me prodigue, surtout au

point de vue du langage, j'ai adopté le mot « vieux ». Sinon, *haòstie!* je ne sais plus à *s't'heure*, quel langage je serais en train *d'parler*. Tu *m'comprends-tu? Mon p'tit tabarlnac de just come de tête de linotte*! *C'est çaò, l'affaère! J'ai pas l'choix. J'chui pogné comme un phoque solitaire dans a mer du Nord. Et twé-là, j'te l'garantis, si tu n'fais pas attention, je te l'répète c'est d'maême, palreil, tu vas parler. Et dans pas grand temps, haòstie. Sinon, tu peux me garòcher ton poing dans a face ben rlèd, si je te mens, tabarlnac, shit! Et je ne m'en caòlice pas hein!*

— Mais, qu'est-ce qui se passe! Deviens-tu fou ou quoi? *Hastie*!
— Non! pas déjà! Non mon vieux. Dans un cas pareil, tu devrais répondre : *Assèye-donc vwèr!* Parce qu'il ne faut pas que tu te laisses *achaler* par personne.
— Ouais, je vois! Pourquoi as-tu dit : Non! pas déjà?
— Tu as sacré dans le ton.
— Moi? ce n'est pas vrai. Jamais.
— Il ne faudra jamais plus dire jamais, vieux.

Chapitre XV

Répéter ce qu'on entend ou dire ce qu'on sent?

Mon père a deux enfants. L'un prie le Seigneur pour que le jour arrive au plus vite. L'autre, pour que ce soit la nuit. Comme le souhait du lit et de la chaise.

La volonté de mutation

PENDANT le dialogue, Ti Ben m'apparaissait comme muté en un autre homme d'une autre race, d'un autre nom, d'une autre couleur. Tout à fait différent de celui qui est là maintenant.

Il attrape une autre cigarette qu'il va encore allumer sur le foyer incandescent de la cuisinière. Entre-temps, je reste assis sur le lit dévêtu. Je ne sais à quoi penser. Il fait chaud. D'une chaleur humide. Mais il y a là comme un aimant dans notre conversation, de sorte que je n'ose pas lui proposer de sortir dans la rue pour la quête d'une clémente brise. Il revient dans la chambre, la cigarette entre le pouce et l'index. À travers la fenêtre, une vague sombre envahit la chambre. La nuit estivale n'est pas loin dans le temps. Il exhale une bouffée qui vient jusqu'à mon odorat. Cela me donne aussi envie de fumer. Et avec quel plaisir s'empresse-t-il de m'offrir le feu de sa cigarette! J'inhale à peine ma première bouffée que nos yeux se croisent. Une sorte de complicité semble tout juste naître entre nous. Nous avons un vice commun. Nous venons de comprendre alors que nos divergences d'idées arriveront toujours à se croiser au moment de griller une cigarette.

— Eh Manolito! tu n'aimerais pas ça, qu'on débouche une bouteille de rhum Barbancourt du pays pour arroser notre rencontre?

— Pourquoi pas ?
— Allez, viens. Allons nous mettre dans la cuisine. On sera plus à l'aise.

Je le suis. Il sort deux verres du placard dans lesquels il jette deux cubes de glace et y verse un bon quatre doigts. Assis face à face, croulant sous le poids de la canicule, nous cuvons ce rhum du pays qui a le pouvoir de ranimer en nous des souvenirs indélébiles.

Cette fois-ci, c'est moi qui entame.

— Ti Ben, veux-tu m'expliquer cette histoire d'hostie de calice de… je ne sais plus quoi, que tu m'as sortie tantôt dans cette espèce de langage de canard malade.

— Mon vieux, ce n'est pas difficile à comprendre. C'est exactement comme chez nous.

— Comment, comme chez nous ? On ne profane pas les objets sacrés au pays !

— Non, mais il y a des gens, quand ils parlent ils disent tout le temps : *Tonnè Kraze-m ! Tonnè boule-m ! Vièj pete je-m ! Vièj ti menn mwen !* n'est-ce pas ?

— Oui, c'est vrai.

— Eh bien ! c'est exactement la même chose ! Tu vois, vieux, si tu retournes sur la rue Sherbrooke et que tu t'en vas vers l'ouest de Montréal… Oui, c'est dans l'Ouest que les Anglais sont regroupés.

— Ah bon !

— Oui, vieux. Alors tu vas entendre : *Shit man ! Oh Boy ! Oh Boy ! Son of an animal ! Son of a bitch !* à tout bout de champ. Comme moi je dis « mon vieux », vieux. Tiens, les Allemands par exemple disent : *Verdammt Nochmal ! ou Du Scheiss !* Les Portugais disent *Flilho de puta ! ou Caralho !* ou bien encore *Coriceo ! Porra !*

— ??? ! ! !???

— Tiens, j'ai travaillé avec des Italiens, ils n'ont jamais cessé de dire : *Fangura. Va ta fa far una pugnata.* Les Espagnols disent *Caramba ou Cogno.* Tu vois, vieux, le monde est partout pareil. On se défoule au moyen d'expressions vulgaires. Alors moi, c'est pour éviter cela que j'ai adopté une expression inoffensive. Si j'arrive à me défouler dans mon « vieux », laisse-moi avec mon « vieux », vieux.

— Ouais ! Quand même, on n'est pas obligés d'adopter ces balivernes. On peut tout simplement se contrôler, se maîtriser.

— Facile à dire, vieux. Facile. Il sera *toujours plus facile de reprendre les autres que de faire mieux qu'eux*. Nous avions tous pensé exactement comme toi, au début. *Maudit!* Mais c'est plus fort, vieux. Plus fort que tu ne peux l'imaginer, *haòstie!* On n'a pas le choix, *tabarlnac!* On est *pognés, shit*! C'est ce qu'on appelle l'influence du milieu. Et je vais te dire, vieux. Si tu ne parles pas de *maême*, comme eux, non seulement ils ne te comprendront pas, mais toi non plus, tu ne les comprendras pas. Il n'y aura pas de communication. Ils ne te sentiront pas comme l'un des leurs. Il faut que tu parles leur langage, celui du milieu avec toute la mimique que cela veut dire, mon vieux! Et si tu ne peux pas communiquer mon vieux, c'est fini, fini, fini *haòstie*! Il n'y a rien que tu peux faire! *On ne peut pas s'en sortir. On est pognés rlaide*! *Tonnè kraze mwen*! Pis, c'est vlrai raòre, vieux! Vrai rare.

— Ce n'est pas difficile, n'est-ce pas, le français qu'on parle ici, au Canada?

— Je ne sais pas, vieux. Je ne sais pas quelle langue on parle ici. C'est une langue très riche, cocasse et imagée. Mais ne l'appelle pas français, s'il te plaît, vieux. Et si tu ne fais pas attention, toi-même, tu ne parviendras pas à te comprendre. Tu seras muet, *Bèbè* voilà! oui, *Bèbè*.

— Oh oh oh… tu exagères, Ti Ben! Tu exagères. N'est-ce pas?

— Quand je suis arrivé ici, c'était vers la fin du mois de novembre. Il faisait suffisamment froid déjà. J'avais un manteau assez long et chaud sur le dos.

— Pourquoi insistes-tu sur « assez long et chaud ».

— Justement. La majorité d'entre nous qui avons échoué ici, avons de la difficulté à nous adapter au système. Tout ça par pure ignorance, et aussi, surtout par orgueil. Trop attachés aux valeurs de l'alma mater.

— Comment?

— Tu dois bien faire attention. Ici, c'est une société de consommation incroyable. Surtout dans le domaine vestimentaire. Les saisons sont très marquées. Printemps, été, automne et hiver. À chaque saison, ses habits. Donc, on doit se munir d'un *coat* d'hiver, d'un *coat* d'automne, d'un *coat* de printemps et d'un *short court* d'été. Nous, on n'est pas habitués à ces choses-là. Et puis il faut de l'argent pour se les procurer. Alors quand la saison froide arrive, on nous voit tous crispés et recroquevillés, les deux mains dans les poches, à trembloter, faisant les cent pas sur la rue Sherbrooke, à attendre l'autobus. Un pantalon *swell* en Dacron sur les fesses, à travers lequel le vent d'hiver nous donne la chair de poule par les jambes. Et une petite veste courte faite du même tissu. Je te dis, Manolito, ça fait pitié de voir cela. Les Canadiens sont là, *ils fournissent leurs yeux* à nous observer comme si nous étions des extra-terrestres.

— Je suis sûr que c'est une question d'argent, comme tu dis…

— Aussi, mais surtout d'ignorance, d'adaptation, d'alphabétisation, d'éducation et tout ce qu'on peut imaginer.

— Je ne veux pas opiner là-dessus, parce que je n'ai pas encore vécu ici. Mais tantôt, tu me donnais un exemple, pour comprendre la nécessité de connaître la langue que l'on parle ici.

— Bien. La manière dont tu me parles maintenant m'indique que tu deviens moins sceptique face à tout ce que je te dis. C'est très bien.

— Tout simplement, je suis intéressé de savoir…

— Eh bien! voilà, mon vieux! Comme je te disais, je suis arrivé ici vers le mois de novembre. Gesner Gabriel, un ami, m'invita à l'accompagner au garage. Ainsi, j'en profitais pour visiter un peu la ville. Arrivé au garage, il stationne sa voiture au beau milieu du passage et descend pour aller parler au propriétaire. Soudain, un mécanicien s'approche de moi et me demande:

— *Eh twé-laò! tu chauffes-tu?* Comprenant qu'il me demandait si j'étais bien protégé du froid avec mon manteau, je lui répondis: *Oui, je chauffe.* Alors, il réplique. *Ben chauffe!* Alors là, ça n'allait plus. Voyant que je ne comprenais pas, il me mime le geste de quelqu'un qui tourne un volant, en me répétant avec insistance *Tu chauffes-tu, twé?* J'avais fini par comprendre. Mais sous le choc, j'ai répondu: Non, *chauffe-je pas.*

— Ça veut dire quoi, *Tu chauffes-tu?*

— Tu vois, ce que je te disais. Tu ne le sais pas. C'est pour cela, te dis-je, qu'il faut faire attention. Ce n'est pas parce qu'on parle français au Québec que tu dois penser que tout est facile, sans effort.

— Qu'est-ce que cela veut dire?

— *Tu chauffes-tu* veut dire: Est-ce que tu sais conduire une voiture?

— En fait, hier soir chez Sylvane, j'avais compris qu'il y avait une différence entre le parler québécois et le nôtre. Mais je ne pensais pas que c'était à ce point-là.

— Eh bien mon vieux! prépare-toi à aller de surprise en surprise!

Chapitre XVI

La leçon d'apprentissage

Le Mannumba dit : « Ce ne sont pas toutes les danses qui se dansent sur les deux pieds. »
Dicton haïtien

Fesses québécoises, *Bounnda* divines

LE CRÉPUSCULE au loin, lorgné par la vitre de la cuisinette, a déjà voilé, aux trois quarts, l'œil en fusion éternelle, devenu orangé. Ti Ben m'offre de manger un morceau de Royal spécial avec lui. Une de ses recettes personnelles. J'acquiesce volontiers, car j'ai faim. Il attrape le sac et en sort une cassave qu'il sépare aussitôt en deux moitiés. Le tiroir. En sort un couteau. Attrape le bocal de *manba*, celui de la gelée aux goyaves. Tout l'arsenal est assemblé pour composer la recette du frugal régal. Il étend une couche de *manba* sur les morceaux de pain au manioc, ensuite une couche de gelée. Il me tend ma portion et va se rasseoir à la même place. La conversation se poursuit. Le royal est exquis. Sa saveur saline au sucre est rehaussée d'un arrière-goût de *piment bouc*.

— Ti Ben! C'est quoi ça au juste, cette affaire d'hastie de calice de tabernacle-là. Ce sont des objets sacrés, que je sache. Quel rapport?

— C'est exactement cela, mon vieux. *Tul l'aò l'affaère*. On appelle *çaò* : sacrer, vieux. Sacrer! *Maudit, tu vas ben q'tlrop* vite sur tes patins*, twé! Slow down a bit, man. Slow down. Tu veux-tu*, vieux? Prends ton temps pour absorber la culture québécoise qui est en train de te pénétrer comme par osmose.

Capillarité linguistique.

– Je t'avoue que je ne…
– Moi si. Je te comprends parfaitement. Toi, par exemple, tu ne peux pas encore comprendre ni accepter ce phénomène que nous sommes en train de vivre. Et je préfère ne pas m'éterniser là-dessus parce que nous ne parlons pas le même langage.

Je vais chercher deux verres d'eau fraîche. Je lui en tends un.

– Merci, vieux. Merci. Ce *royal* est en train de m'étouffer.

Il avale l'eau d'un seul trait.

– Tu parlais de langage.
– Oui. Je disais que nous sommes, à ce niveau, mon vieux, étrangers l'un à l'autre. Nous utilisons les mêmes mots. Nous construisons les mêmes phrases. Nous ne parlons pas le même langage. Nous rivons nos yeux vers le même horizon. La brillance du soleil ne nous atteint pas avec la même intensité.
– Je ne vois pas pourquoi tu dis cela… nous sommes du même pays et nous avons été à l'école ensemble.
– Détrompe-toi, vieux. Détrompe-toi. Nous sommes du même pays, c'est vrai. Mais nous avons vécu des réalités différentes. Nos mentalités seront divergentes jusqu'à ce que tu commences à t'imprégner de l'impalpable du milieu, de la vie, de la mentalité de ta nouvelle patrie. Nous n'avons plus les mêmes sentiments, vieux. Toi, tu es encore de là-bas.
– Et toi, alors, d'où es-tu, si ce n'est de ce même là-bas ?
– Plus, maintenant, vieux. Je suis de nulle part. C'est le phénomène de l'acculturation. Mes valeurs et mes besoins ne sont plus les mêmes. D'ailleurs, ce n'est plus le même environnement.
– Peut-être, tu as raison, Ti Ben.
– Certain, mon vieux. Certainement, j'ai raison. Tu verras que là où ton orgueil et tes prétentions te feront monter du mauvais sang à la tête, moi je me soumets aux exigences de la réalité. Je te dis bien, je ne m'abaisse pas, vieux. Je m'y soumets.
– Ah boff! Toi, je pense que tu resteras un perpétuel plaisantin. Oh la la! qu'il fait chaud ici! On étouffe là-dedans.
– Tu n'as encore rien vu, vieux. Maintenant, c'est l'été, tu peux sortir dans la rue, *t'assir* sur le perron, aller au parc et regarder les belles fesses, les cuisses ciselées et les hanches cambrées…
– Il n'y a pas seulement que ça à faire ici, pas vrai ?
– Quoi ?

— Eh bien! à regarder des belles cuisses et des belles fesses! Il y en a partout, de ces belles fesses et de ces poitrines. Partout où il y a des femmes, comment!

— Pas comme celles des Québécoises d'ici, vieux. Oh non! C'est une consolation, vieux. Il faut en profiter. Ça ne dure pas longtemps, l'été. Et on n'a pas la fabrique de ces belles créatures. La belle saison au Canada est brève. Souviens-toi de ces vers inoubliables de Pierre de Ronsard de la Renaissance, qui dit : *Et rose elle a vécu ce que vivent les roses, l'espace d'un matin.* C'est éphémère, mon vieux, cette beauté, cette jouvence irrésistible. Il faut la consommer pendant qu'elle est encore tendre. Elle devient routine quotidienne, après la belle saison.

— Comment ça?

— L'hiver, Mano, l'hiver! C'est notre cauchemar à nous tous, les immigrants originaires des tropiques. La couleur de la neige est antipathique à celle de notre épiderme. Sauf les femmes. Toutes ces belles créatures sont toujours enfouies sous leur lourd manteau. C'est un gaspillage, vieux. Quand tu vois un beau visage, mon vieux, t'aimerais savoir au moins quelle carrosserie il chevauche. Mais le manteau, vieux, le manteau! En hiver il est toujours là, comme un écran, un bouclier. Il cache le sexe pommé séparé en deux par la couture dans la fourche du pantalon jeans trop serré. Les entrecuisses magnétiques, l'ondulation de la rondeur des fesses de toutes les formes. Des bêtes racées. Elles ont du chien! Décidées! Souriantes! Affables! Ah je te dis, vieux!

— Malade. Tu es malade, Ti Ben. Un obsédé que tu es!

— Non, mon vieux, c'est comme apprécier un tableau à la juste valeur artistique du peintre. Pas obligé de les acheter tous.

— Tout ça c'est des prétextes.

— Qu'importe, vieux, ce que tu penses pour l'instant. L'important, c'est qu'en été, il faut se régaler. Surtout qu'elles sont appétissantes, ces belles Québécoises. Elles sont aussi donnantes, généreuses, gentilles… tu ne peux pas comprendre, vieux. Non, tu ne peux vraiment pas comprendre l'effet que cela produit sur un amateur de belles Canadiennes québécoises.

— Oui, je vois ce que tu ressens, mais…

— Tais-toi, mon vieux. Tu n'as pas le droit. Tu ne peux pas encore opiner car tu n'as même pas encore vécu une journée entière dans la concupiscence de cette frénésie infernale de ce pays de belles créatures. C'est l'extase et la béatitude, mon vieux. Elles en sont de toutes les sortes, de tous les parfums et de toutes les qualités qui nous maintiennent dans un état libidineux constant. Elles aiguisent nos instincts lascifs. Ah Manolito! tu ne peux pas encore savoir! Il y en a de celles qui ondulent des fesses taillées en forme d'une moitié de melon d'eau allongé. On aurait dit de vraies négresses! Je les baptise : *Bébée Québécoise, au Bounda pastèque*, bounda melon dlo. Ah! ah!

— Les fesses! Les fesses! Toujours les fesses, n'est-ce pas? C'est à cause de ces fesses-là que notre pays se trouve dans l'état abject où il gît aujourd'hui. C'est à cause de ces fesses-là, que nous sommes obligés de fuir notre liberté. Quitter nos parents, abandonner nos enfants, pour venir nous faire humilier en terre étrangère.

— Quelle humiliation? Ça fait deux jours à peine que tu es ici. Tu as déjà fait l'amour à une très belle et jeune donzelle. Et tu as bécoté sur la place publique. De quoi, de qui te plains-tu? Dis-le, ingrat!

— Mais on dit que…

— Il n'y a pas de question de « on dit ». Dis toi-même. Mais seulement après avoir vécu tes propres expériences. Chez toi, dans ton pays, tu as aussi subi des humiliations que jamais tu ne subiras ici.

— Chez nous, on est au moins humilié par les nôtres.

— Foutaise! mon vieux, boundanini! Notre problème, c'est ça. Un faux orgueil et des préjugés. Mon vieux, il existe des abus et des injustices partout. Il faut tout simplement apprendre à ne pas en être victime. C'est tout. Moi, je préfère parler des belles filles. À ce chapitre, les Québécoises occupent le haut du pavé, à mon humble goût d'amateur de belles créatures, bien entendu. Ah! ah! ah!

— Chez nous aussi, il y a de très jolies filles.

— Non, mon vieux. C'est pas la même chose. Elles ne sont pas pareilles à celles d'ici. Et puis, c'est pas nouveau comme ici.

— Comment ça?

— Comment, comment ça? Chez nous, c'est l'été à longueur d'année. On n'a pas cette tentation de profiter de l'éphémère. On n'a pas cette sensation que ça va finir et qu'il faut en profiter. Ensuite, elles ne sont pas aussi libérées que les filles d'ici. La mentalité et la vie sont aussi très différentes.

— Ça, je te l'accorde. Par contre, la pudeur, c'est dans notre culture.

— D'accord, vieux. D'accord. C'est aussi et encore ça. Tu peux penser ce que tu veux. On est libres, ici. C'est la démocratie. Mais cela n'empêche pas que les filles d'ici soient fières de leur corps et qu'elles veuillent profiter pleinement de ce don du ciel. Elles se mettent en valeur. Elles sont en étonnement permanent devant leur propre corps et sont heureuses quand quelqu'un apprécie leur beauté. Lorsqu'elles ne trouvent pas d'hommes, elles s'apprécient elles-mêmes. Il fait trop noir dans la pièce, veux-tu allumer? Le commutateur se trouve juste à côté de toi, sur le mur. Par là. Oui, là, là... *tonnè*! là. Oui. Enfin. Merci.

— Oui. Mais pas besoin de t'énerver, je le fais pour la première fois. Pourquoi cries-tu?

— Je m'en excuse, vieux. As-tu déjà vu une Haïtienne se masturber pendant que tu la caresses ou pendant que tu lui fais l'amour? Jamais dans cent ans, tu ne verras chose pareille. Les filles d'ici te disent où et comment elles désirent que tu leur tapes. Ça excite au pas possible, mon vieux! Elles te disent : Assieds-toi, et regarde-moi faire. Eh non! jamais tu ne verras cela chez nos créoles! Elles diront plutôt : « Oh oui! je suis timide! Je ne sais pas faire encore. C'est la première fois que je fais l'amour. Ça me fait mal. Swsst Hhhhyi! pas trop fort. Je n'ai pas l'habitude. Ne rentre pas tout. Ne me donne pas tout, seulement le gland. Je suis encore vierge. » Pas question avec la belle Québécoise. *Toulongue saille*, toute longueur, toute grosseur, mon vieux. *All long side!* Sur le dos, elles maintiennent leurs jambes en l'air tout en écartillant les cuisses. Ainsi, mon vieux, tu as tout pour toi. Pas de *tataouinage*, mon ami!

— C'est parce qu'elles sont perverses.

— Oh non! ne te permets pas de les insulter! C'est parce qu'elles sont sincères. Entières, vieux. Je regrette pour toi, mon vieux, pas du tout. Elles savent ce qu'elles veulent et n'inhibent pas leur pulsion. Les gens d'ici sont civilisés. Ils savent apprécier les belles et les bonnes choses à leur juste valeur. Je me répète. Tiens, un exemple. Tu peux aborder n'importe quelle Québécoise et lui faire un compliment : « Mademoiselle, vous êtes vraiment jolie. Vous avez une belle allure. » Ou encore : « Elle est bien belle, la robe que vous portez, là! »

— Comme ça?

— Oui, mon vieux. Comme ça. Et tu peux toujours faire l'expérience toi-même. Elle te répondra avec un beau sourire : « Merci monsieur. » Elle est contente et heureuse, parce qu'elle apprécie qu'on l'apprécie. Elle ne sera pas fâchée. Ni non plus ne t'enverra au diable. Tandis que nos femmes, hum! Tu ne peux même pas les regarder, sinon elles te toisent, ou elles t'insultent même en disant : « qu'elles ne sont pas une marchandise à vendre. » Je te jure, c'est toute une odyssée, mon vieux!

— Que veux-tu dire?

— Si, après peines et misères, tu réussis à en envoûter une parce qu'elle est très amoureuse et ne voudrait pas te perdre à cause d'une concurrente, c'est possible qu'elle te laisse faire tout ce que tu veux, au point de vue sexuel.

— C'est-à-dire?

— C'est-à-dire accepter des longs baisers mouillés, des attouchements, faire l'amour dans des positions diverses. Elles peuvent se montrer expertes, même insatiables.

— Continue. Je veux voir où tu veux en venir.

— Mais une fois qu'elles ont la conviction de ne plus te perdre, la vanne est fermée. Quand toi, selon ton rythme normal, tu as envie de faire l'amour, elles prétendent être toujours fatiguées. Elles n'aiment pas qu'on leur fasse des attouchements. Et qui pis est, elles refusent catégoriquement de se coucher toutes nues, avec toi. Il faut toujours qu'elles portent, soit un bout de jupon ou une serviette attachée à la taille et les deux bras croisés sur leurs seins.

— Tu ne peux pas les empêcher d'avoir leur pudeur. Moi personnellement, j'aime les femmes pudiques. Ça m'excite beaucoup plus. Le plaisir sexuel, dans ce cas, devient moins monotone, moins bestial, moins mécanique.

— Moi, je ne peux pas perdre de temps avec elles. Autres pays, autres mœurs! Eh vieux! Je vais te dire ce qu'il y a encore de mauvais avec nos filles.

— Quoi?

— Elles ont toujours le front plissé quand un homme croise leur regard. Ensuite, c'est tout un combat à mener. Seulement pour entamer une petite conversation.

— Elles sont ainsi, tu les connais. Je ne vois pas pourquoi tu te plains.

— Elles se donnent des importances que la reine d'Angleterre ne se donne pas dans des circonstances semblables.

— Voyons, Ti Ben, tu exagères !

— Tu crois ? Eh bien ! puisque tu es ici, tu feras tes propres expériences ! Tu n'as pas remarqué que, malgré la canicule, elles sont toujours drapées. Jamais elles ne te laisseront voir un petit bout de ventre chocolaté. Ah ! ah ! ah !

— Non, je n'y ai pas prêté attention. Et puis, elles n'ont pas la même forme physique que les Canadiennes.

— Qu'est-ce que cela fait ?

— Désormais, tu es averti.

— Mon cher, c'est une question d'habitude, de mentalité et de culture.

— D'accord, d'accord, vieux. Je n'en disconviens pas. Mais je ne suis pas le responsable. Et je ne suis pas un bon samaritain non plus. Il ne m'échoit pas cet honneur de faire leur éducation.

— Tu aurais du mal à t'acquitter d'une telle besogne.

— Tu vois, mon vieux, ici, en Amérique du Nord, le temps est excessivement précieux. On n'a pas le droit de le laisser filer pour rien. Je te donne seulement une semaine, et je te garantis, mon vieux, que tu ne seras plus le même homme. Sinon il y a quelque chose qui ne va pas chez toi.

— Ah ! voyons, Ti Ben ! Tu exagères, tu plaisantes. Tantôt tu disais que la couleur de la neige était incompatible avec celle de notre peau...

— Allons voyons, vieux ! Tu ne vas pas me dire que tu prends tout ce que je te dis à la lettre. C'est une métaphore. Quel rapport la pigmentation de la peau a-t-elle avec la blancheur de la neige ? Cependant, mon vieux, quand nous sommes arrivés ici, nous disions tous exactement comme toi...

— Une question, je peux ?

— Vas-y, vieux, vas-y, quelle idée !

Chapitre XVII

Faire l'amour, c'est *l'fun*

Je suis parti chercher de l'eau. Elle est arrivée avant moi.
Il ne reste plus d'eau de coco pour étancher la soif du pays.

Et pis, bonjour la visite !

Tout est si nouveau pour moi que j'aimerais qu'il cesse de me raconter des histoires aussi dures sur nos compatriotes. Mais la réalité est là. Lui, avec ses attaques répétées. Il ne faut pas que je le laisse prendre le dessus. Il cherche à me dominer, je le sens.

— Au pays, on dit que vous méprisez nos belles créoles sitôt que vous mettez les pieds ici. Parce que vous êtes bourrés de préjugés et que vous adorez la peau blanche. Et pour te dire la vérité, ton comportement et tes sujets de conversation n'indiquent pas le contraire.

— Tu veux vraiment connaître la vérité, vieux ?

— J'aimerais, oui. Ça m'éviterait d'être victime par ignorance.

— Ce que je vais te dire, vieux, est mon opinion personnelle. Ceci n'engage en rien d'autres personnes. D'accord ?

— OK. D'accord.

— Bon. Selon moi, nous avions tous décidé de venir au Canada à la recherche de deux choses.

— Quelles sont-elles ?

— Tu les as dites toi-même aussi. N'es-tu pas venu chercher la démocratie pour améliorer ton pays ? N'es-tu pas venu faire fortune pour acheter une flotte de camions à ton oncle ? Ne veux-tu pas faire chercher tes frères pour qu'ils viennent achever leurs études à l'université, ici et…

— Oui, mais toi, n'es-tu pas venu ici pour les mêmes raisons ?
— Non, mon vieux. Aucun d'entre nous n'a les mêmes raisons spécifiques. Mais la base et le principe demeurent l'économique.
— Explique-toi.
— Ce qui veut dire, vieux, que nous venons tous ici à la recherche d'un mieux-être, de la paix et de la fortune. Mais nous prétextons la politique. Nous sommes des réfugiés politiques. Allez voir ! Si on n'avait pas les moyens pour voyager, qu'est-ce que tu penses qui arriverait ? Nous serions à la même place et dans les mêmes conditions que tous les autres restés là-bas, crois-moi. Ce n'est pas un choix que nous faisons, vieux. C'est la conjoncture politico-sociale et principalement économique de notre pays, qui nous pousse dans le dos. Nous pourrions tous y rester et la construire ensemble. Quoique nous pourrions y mourir plus vite de politique ou de faim aussi. Là-bas, c'est la loi du plus fort. Nous n'avons pas l'essentiel, vieux.
— Qui est quoi, selon toi ?
— Le savoir-faire. Les infrastructures. Quand bien même, mon vieux, ne te leurre pas. Il n'y a pas un seul parmi nous qui ne rêve d'y retourner. J'ai hâte de voir le jour où nous aurons suffisamment d'argent pour retourner faire du tourisme chez nous. Quand viendra ce jour-là, je te jure, nous irons nous promener partout, dans tout l'arrière-pays. J'ai l'impression que nous avons un paysage superbe et une richesse incalculable à découvrir. Les gens, la paysannerie vraie, la campagne.
— Oui, oui… c'est vrai, Ti Ben, mais… cela ne répond pas à ma question.
— D'accord, vieux, j'y arrive.
Quelqu'un frappe à la porte. D'un signe de la main, Ti Ben m'indique de me taire. On continue de frapper avec insistance. Il me fait signe d'aller voir, tout en me demandant, à voix basse, de dire qu'il est sorti jusqu'à demain. J'ouvre. Une dame âgée de quarante-cinq ans environ, d'un pas décidé s'apprête à pénétrer dans l'appartement.
— Bonsoir madame. Puis-je vous aider ?
Contrariée par le timbre de ma voix, elle lève la tête pour dévisager celui qui a parlé et lance tout de go :
— Ah ! c'est pas vous ! Bonjour monsieur. *J'peux-tu* parler à Bénito. *Y es-tu laò*, lui ?
— Euh… Bénito, Ti Ben ?

— Oui, m'sieur. *J'peux-tu lui parler?*
— Non madame, il ne sera pas ici de la soirée.
— Bon, je vais entrer l'attendre.
— Je regrette, madame, je vais sortir, moi aussi, et il ne m'avait pas dit que vous viendriez.
— Ah! *le maudit p'tit Chrlist. Mm'a l'avwèr, mon p'tit nwèr de tabarlnak.* Excusez-moi, monsieur.
— Pardon?
— Non, *s'còrrlect d'abord. M'a appeler plus ta-ou dans a swèlrée.*
— Heu… Oui, oui, madame.
— *Bon-hour-laò, m'sieur. Vous, c'est qui ça, vous?*
— Au revoir, madame.

Je reviens dans la cuisine. Ti Ben est visiblement contrarié.
— Je n'ai rien compris de ce qu'elle me baragouinait. Qu'est-ce qu'elle voulait?
— On en reparlera, vieux. C'est une longue histoire. Elle s'appelle Lisette. Où en étions-nous, déjà?
— Tu devais me dire pourquoi vous méprisez nos belles créoles, une fois que vous arrivez ici, au Canada.
— Ah oui! je me souviens! C'est exact, vieux. Je vais te dire.
— Parfait! Je t'écoute.
— Euh… eh… Oui mon vieux. Le proverbe dit : *Deux maigres pas frit.* C'est-à-dire : Deux fiancés démunis ne font point bon ménage.
— Oui, je sais, mais quel rapport?
— Eh bien! c'est cela! C'est un phénomène naturel, vieux. Nous sommes poussés, sans le savoir, par une sorte d'instinct de conservation matérialiste qui n'est ni du parasitisme, ni non plus de la vanité.
— Qu'est-ce que tu racontes là?
— Mon vieux, si nous immigrons tous ici pour des raisons économiques, les filles du pays n'en sont pas exemptes.
— D'accord, et puis après?
— Tu ne vois pas, mon vieux. Tu ne comprends pas. Nous n'avons pas intérêt à courir après elles. Elles sont des filles problèmes. Ensuite, je te répète : *Deux maigres pas frit*, mon vieux. Non, impossible, *deux maigres paka frit.*
— Tu me mélanges, explique-toi plus clairement.
— Écoute bien, vieux. Pourquoi penses-tu qu'on court après ces femmes blanches sans arrêt?

— Pour leur faire l'amour. Profiter de la générosité sexuelle des Blanches. Ça, je le sais. Tu n'as pas cessé de me le claironner.
— On est tous attirés par l'inconnu. Ça va au-delà de la couleur. C'est pareil pour la femme blanche. Elle désire nous découvrir aussi, de son côté. Comme elles disent : *C'est l'fun*. Ce n'est pas la Blanche qu'on cherche ou qu'on aime en elles, c'est la femme, la sorte de femme différente, la femme nouvelle que nous croyons qu'elles projettent. Mais il y a autre chose, car on n'est pas des machines à faire du sexe sans arrêt. Nous ne sommes pas plus puissants ni plus performants que les hommes blancs qui disent que leurs femmes sont insatiables. Ce sont les intérêts, les fantasmes qui sont différents.
— Je ne sais pas si elles sont hystériques ou insatiables, seulement je veux savoir pourquoi vous êtes tous entichés d'elles à ce point.
— C'est pas compliqué, vieux. C'est pour nous un objet d'évasion. Avec elles, on voit la vie en rose ici, dans ce pays de déglingués. On n'est pas des ivrognes, on n'est pas encore des narcomanes. Dieu merci! Et on est pauvres, malheureux, solitaires traqués. Qu'est-ce que tu crois, vieux? C'est pas facile. Avec ces filles, on s'évade. Engloutis dans leur générosité et extasiés devant leur beauté. Et après, vieux, c'est fini. *Bonjour la visite*. Pas d'attaches sentimentales, pas de drame, pas de crainte. Avec les Québécoises, mon vieux, la vie continue et se renouvelle à tout instant. Il faut profiter de la ruée vers le *nwèr*. Bientôt ce sera fini. Avec les années, nous ne serons plus cette bête de curiosité. Nous deviendrons du monde comme tout le monde. Tu penses que les Québécois, eux, n'aimeraient pas *fourrer* nos belles négresses? Mais leur audace est annihilée. Ils croient que leur zizi est trop petit. Alors que nos négresses s'accommodent mal de nos soi-disant gros *zozos*.
— Qu'est-ce que tu racontes? Tu deviens vulgaire.
— Mais oui, nos négresses ne désirent que des hommes comme eux, les Blancs québécois, tendres, ordonnés, du genre bon enfant. Tout le monde a raté le bateau, mon vieux. Tout le monde.
— Ouais!
— L'amour que nous partageons avec les Québécoises, mon vieux, c'est un échange mutuel de plaisir charnel. C'est presque l'unique moyen, à notre portée, d'atteindre à l'insouciance de nos problèmes d'immigrants bourrés de problèmes de toutes sortes. Et elles, de combler la solitude et l'égoïsme du système de leur propre environnement. C'est plus facile pour elles et pour nous aussi. Car

ce que nous faisons ne fait pas partie de l'ordre établi. Si on était mariés avec elles, mon vieux, il n'y aurait plus de fantasmes, plus d'envie, plus de charme.

— Cela devrait être pareil avec les filles de chez nous.

— Ah! Ah! Ah! non, vieux! C'est pas si simple du tout. Tu commets là une erreur grave. On aurait l'impression qu'on abuse d'elles.

— Autant que ça?

— Si, vieux, si. Il est pratiquement impossible de se taper une fille de chez nous, qu'elle ait de l'allure ou pas, dans l'espace d'une soirée. À moins qu'elle t'ait déjà connu et désiré et aussi qu'elle soit assez libérée. Tu comprends ce que je veux dire?

— Oui. Oui, je te suis très bien. Alors?

— Alors, dès que tu abordes une fille de chez nous, la première chose qu'elle se met en tête, c'est le mariage.

— Jusqu'ici, au Canada?

— Oui, mon vieux. Pire. Elle commence à faire toutes sortes de caprices pour te prouver qu'elle vaut la bague. Elle devient maniérée, sophistiquée, délicate, capricieuse, puritaine, distinguée, pour exciter ton appétit d'elle. Entre-temps, elle va mener son enquête sur toi, sur ta famille, sur tes relations. Elle veut savoir si tu n'as pas d'autres femmes. Elle te fait espionner par des amis que tu ne soupçonnes même pas. Tu n'as plus de liberté. Enfin, si elle décide que tu es un bon parti, tu décrocheras ton premier baiser sur la bouche dans trois mois. Et puis gare à toi.

— Pourquoi?

— Ah mon vieux! tu le sais que ce sont des filles à problèmes! Si par ta persévérance et ton savoir-faire tu arrives à lui faire cet amour, Grand Dieu! c'est parce qu'elle a pris sa décision. Tu as quatre-vingt-dix-neuf chances sur cent qu'elle tombe enceinte.

— C'est pas vrai, tu exagères.

— Elle te force la main, mon vieux. Ce sont des femmes pièges. À partir de cet instant, mon ami, tu ne vis plus. Ta maudite vie d'immigrant, tes rêves de millionnaire sont gâchés, mon vieux. Ces filles-là, c'est la peste, la peste, la peste pour quelqu'un qui veut la paix. Car avec l'enfant, elle et le gouvernement deviennent tes maîtres. Tu es pris ici, vieux, là, à la gorge. Et là encore, aux couilles. Avec les allocations à payer, le tribunal, les avocats, la garderie, les couches, le lait, l'école, les médecins. Ça ne finit plus, mon vieux. Ta vie vient de finir avant qu'elle ne commence. Plus de démocratie. C'est l'imposition de la dictature. Elle prend tous les droits sur toi dans la maison.

— Tu dramatises un peu trop la situation, Ti Ben.

— Un peu ? Tu parles ! Cependant, tu peux admettre avec moi qu'elles refusent catégoriquement de prendre des précautions. Si par malheur tu essaies d'utiliser un condom, c'est encore pire. Elles sont insultées. Elles demandent si on ne leur fait pas confiance et disent qu'elles n'ont pas de MTS. Dans certains cas, elles rompent le rapport automatiquement. Ou bien, elles disent : « N'introduisez aucun corps étranger en dedans de moi. » Choquées. Jamais elles n'accepteront de se faire poser un stérilet. Tu peux mener ton enquête auprès des gynécologues. Pas une seule ! Je te dis, mon vieux, avec ces femmes-là, c'est pas facile. C'est trop compliqué.

— C'est comme pour les hommes haïtiens ! Pas un seul n'accepterait de se faire vasectomiser. Tu exagères quand même, Ti Ben. Tu exagères. Tu pousses trop loin.

— Mais non, mon vieux. Ce que je te dis là, c'est la pure vérité. Il y a plein de nos condisciples qui sont pris dans ce piège. Bon, ça, ce n'est rien. Le plus grand problème, c'est qu'une fois qu'elle a conscience de t'avoir embobiné, elle se transforme en une enfant gâtée. Une enfant capricieuse, *naiseuse*. Une enfant *Kata*. Oui, *kata*. *Yen yen yen*. Elle ne sait plus rien faire. C'est toi qui dois penser à tout. La seule consolation que tu as, c'est qu'elle n'arrête pas de t'appeler : *Ti chéri de mon kè, Ti chou, ti tchoupite còcòtte chéri*. Par contre, quand elle se marie avec un Canadien, c'est elle qui pense à tout.

— Ah ! Ah ! Ah ! Ah ! Ah ! Ah ! Tu me fais rire. C'est un peu vrai ce que tu dis-là, tu sais. Tu veux encore un peu du rhum ?

— Oui, merci.

— Une cigarette ?

— D'accord.

— Cependant, celles que tu décris font partie d'une caste sociale bien précise, Ti Ben. Elles ne sont pas toutes ainsi.

La langue de Ti Lilitte

Ti Lilitte elle, a bien fait. Elle ne prend plus contact avec le milieu haïtien, à proprement parler. Elle demeure au Québec depuis trois ans presque. Issue de classe très modeste dans son pays d'origine, elle n'a pas eu la chance d'achever ses études secondaires. Ainsi elle ne maîtrise pas convenablement la langue de Molière.

En Haïti, quand on parle le français, pour la moindre peccadille, on te ridiculise. C'est comme si tu avais commis un crime. À la maison, on ne parle que le créole. À l'école, les livres sont en français.

On ne sait par quelle manigance, Ti Lilite s'est mariée avec un Canadien pure laine, dès son arrivée ici. Élégante, de corpulence assez menue, elle à la peau basanée, les cheveux bouclés. Elle s'habille et se comporte exactement comme une Québécoise. Elle dit tout, tout haut, sans gêne ni préjugés. Elle fait la cuisine créole à son mari qui adore les épices. Quand les Haïtiens lui adressent la parole en français ou en créole, elle leur répond strictement en joual. Et avec quelle assurance. Et si tu ne la connaissais pas auparavant, jamais on ne penserait qu'elle est une Haïtienne pure laine.

C'est la langue et la culture de son époux chéri.

Chapitre XVIII

Le fond volcanique

Chérie! permets-moi de partager ta chatte que je m'y évade!
Pretè'm chat-ou pou m'ka degaje mwen...
(Althiery DORIVAL, dit Ti Ka, troubadour haïtien)

Procès de femme par jurés juges

EN FRAPPANT d'un coup sec à une extrémité, il fait sortir deux bouts de cigarette du paquet qu'il tend vers moi. J'en prends une que je m'empresse de taper à répétition sur l'ongle de mon pouce gauche afin de tasser le tabac, avant de la faire pendre à mes lèvres.

On allume.

— Mon vieux, il arrive qu'à la fin, tu n'as plus de vie. Chez nous, là-bas, au pays, c'est un moindre mal parce que tout le monde est dans le même sac. On peut sortir et laisser la femme à la maison soit avec sa mère, avec la bonne ou avec les voisines. Et puis, c'est la mentalité. On n'est jamais pris tout seul.

— Ah! Ah! Ah! Ho! Ho! Ho!

— Tu ris de ça, toi. Mais, tout de bon, vieux, ici ça ne peut pas être pareil. Elles ne s'adaptent pas.

— Comment peux-tu parler ainsi si tu n'es pas encore marié?

— Mes copains qui sont pris là-dedans en parlent tellement qu'ils sont pitoyables. Il leur arrive même de parler tout seuls dans l'autobus, dans le métro, comme des fous.

— Il ne faut pas généraliser.

— Ils disent qu'une fois marié avec une de ces filles, tu ne peux plus rêver à délivrer le pays de ses problèmes socio-politiques. Des problèmes familiaux pleuvent de partout. C'est inévitable. La peur est là qui te guette en permanence. Tu es stressé.

— Pourquoi ?

— Eh bien ! vieux, tu connais la mentalité ! C'est comme si tu étais marié aussi avec toute sa famille. Tu deviens le débiteur attitré, responsable de tout le monde. Tu te culpabilises vis-à-vis de tes propres parents et de tes amis restés là-bas, à qui tu ne peux plus envoyer un petit quelque chose. Or, tu sais que c'est ce petit quelque chose qu'on envoie qui maintient la vie dans le pays. Ce quelque chose insuffisant que tu arrives difficilement à gagner, tu dois maintenant le trouver pour ta nouvelle belle-famille. Quand les portes de l'immigration seront fermées et que les années lessiveront les liens de la famille et des valeurs culturelles expatriées, notre pays se transformera en une poubelle à ciel ouvert, un bastion de voleurs de grand chemin, de bandits et d'assassins hors de tout contrôle gouvernemental.

— Je dois dire que tu commences à me faire peur.

— Il ne faut pas, mon vieux. Tu dois en être informé pour te protéger. Une fois marié dans ces circonstances, tu ne peux plus penser aux études. Ton esprit est toujours préoccupé. Tout ce que tu possèdes, elle l'envoie à ses parents pour montrer qu'elle a épousé un bon parti. Souvent, elle exige que tu contractes de très gros emprunts simplement pour *fè wè*. Oui, vieux, simplement pour l'apparence, pour faire voir. Et le pire, c'est qu'on ne peut pas la blâmer parce que nous aussi les hommes, on fait pareil. Donc, on joue au chat et à la souris. Il y a toujours une partie du salaire qui flotte. On la surveille à notre tour pour envoyer de quoi à nos parents, à nos anciennes *blondes nwèr* et à des amis mal pris. Sinon, elle te le reproche en disant : « Pourquoi envoies-tu tout ça à ta mère ? Et ma maman alors, elle ne vaut pas ça ? Elle ne connaît pas le goût de sa bouche, hein ? » Compliqué, mon vieux. Compliqué. Du stress perpétuel.

— En général, Ti Ben, c'est la belle-fille qui pense toujours à envoyer quelque chose à la belle-mère.

— C'est vrai. Il y a ça aussi. Seulement, quand le gars est chanceux. Car les belles-mères sont toujours réticentes aux choix de leurs enfants. Encore pour une question de classe sociale, de nom, de familles. Question de *Bizawèl* et de *tatawèl* ! Ah ! quelle misère ! quelle malédiction, Mano !

— Pourtant, on dit que lorsque tu te maries avec une Québécoise, tu ne peux plus penser à envoyer quelque chose à tes vieux parents restés là-bas. Elle contrôle tout et ne te laisse pas un petit joint. Chaque dépense est contrôlée au centime près. Plus rien pour personne de là-bas. Les ponts sont coupés. Sinon, elle divorce. Elles ne se laissent pas humilier ni exploiter comme l'Haïtienne.

— Je ne sais pas, vieux. Elle ne peut pas comprendre ça. Enfin, c'est normal. C'est une question de vécu, de culture. Ah! c'est pas facile! Que tu te tournes à droite ou que tu te tournes à gauche, c'est le même coup de bâton, vieux! Et il fait trop mal, tu sais. Là, oui, là, vieux. Ici, dans la tête. On est toujours en train de calculer. Ça donne des ulcères. Aah! gros problème, vieux, *tèt chaje!*

— C'est pas drôle, Ti Ben. Ce n'est vraiment pas du *caca coq*.

— Eh! Eh! Eh! Oh! Ah! Ah! Je savais que tu allais me sortir ton tic.

— Tic? Moi, tic? Quel tic?

— Ce n'est vraiment pas du « caca coq » Eh! eh! ah! ah! oh! oh!

— Bon, ça peut arriver qu'on lance, de temps à autre, une expression du terroir.

— Ah! vraiment, Manolito! Ce n'est pas toujours drôle, avec nos belles créoles du pays. Mais, nous sommes des sans-honte! Des fois, je te dis, vieux, tu t'assois et tu les vois passer dans leur beauté ensoleillée exhibant leur stéatopyge. Ces belles fesses majestueuses, callipyges bombées, allongées comme un *bounmba*, panier de victuailles. Tu te demandes comment est-ce, en dessous. Tu aimerais ça y faire une tournée insolite dans le champ de ce papillon de Vénus. Et la belle entrée, de quelle couleur est-elle? Mauve? Rosâtre? Violacée? Rougeâtre? Hirsute souple ou crépue dégarnie? Elles sont de toutes les nuances. L'envie te ronge, te brûle, mon vieux, de les écouter susurrer leur fameuse *alcius charmant* singulière. *Rouille! rouille! rouille! à la douce! mete pou mwen! Ay, li bon!* De tous les geignements, elles sont toutes différentes et ont chacune une douceur particulière qui nous imprègne comme une drogue. Tu sais, on ne peut pas être fidèle, c'est impossible. Plutôt être fidèle à toutes. Elles ont chacune un sexe complètement différent. Je te le concède, ce n'est pas comme les Blanches. Étant conscientes de leur nature, elles en font de la surenchère, vieux. Il y en a qui l'ont sec. Ça se lubrifie ou reçoit notre liquide, et en moins de deux, il redevient comme à neuf, sec. D'autres l'ont glissant, toujours plus facile d'accès. Mais d'une douceur exceptionnelle. Certaines l'ont très étroit. Beaucoup d'hommes aiment cette sorte. C'est comme s'ils jouissaient d'une nouvelle défloration à chaque fois. Quelques-unes ont une huître crampon, qu'on appelle encore *bòbòt grip ou kranpon* qui, comme des gencives molles édentées, te mordent par petits happements saccadés. Quand tu la pénètres, on dirait que tu descends des escaliers. Chaque marche est un degré supérieur de plaisir. Il y a aussi le *pichkannen*. Celui-ci te pince le phallus, le relâche. Te le pince, le relâche. Cela tient à la dextérité de la fille de maîtriser correctement ses muscles vénusiens. Lorsqu'on n'est pas encore habitué, ça te fait débander tout de suite. Il y a le *bòbòt* passoire qui est si mal situé que son accès est quasiment impossible. Dans ce cas, la position du chien est idéale pour y accéder. Il y a aussi le *kokolanmè* qui n'a pas de plancher. D'une profondeur interminable. L'homme se sent toujours diminué pour n'avoir pas touché au but. Pour *le foufounn lwil*, il faut que tu sois bien pourvu, sinon tu passeras plus de temps dans le décor que dans le chemin onctueux. Le *bòbòt* caramel ou encore le *siwo*, qui te fait venir en moins de deux, mon ami. Il y a aussi le *bòbòt dlo*, qui n'est pas toujours commode. Il fait du bruit, comme celui d'une mare dans laquelle on lance des pierres à un rythme régulier. Klrk, klrk, klrk... Il y a aussi le *santi*. *Wouch*! Ce dernier, c'est le pire. Il est empreint d'un relent trop fort qui colle sur ton corps et te poursuit partout où tu vas, même après un bain au savon parfumé. Si t'es marié, mon vieux, après avoir martelé dans un *koko santi*, tu ne rentres pas chez toi tout de suite. On te découvrirait instantanément par cette odeur.

— Tu es dégoûtant et vulgaire.

— Et de leur voix sensuelle à leur enfiler un bon bois dur. Ah! nos belles douces femmes! Ça me fait trembler. Tu sais, le monde renaît dans chacune d'elles, et à chaque fois. Mais qu'est-ce que tu veux? Elles ne peuvent pas tout avoir.

— Tu es vraiment un obsédé. Non, non, ce n'est pas possible!

— Vieux, il faut vivre pour savoir! Rien ne peut remplacer l'expérience.

— Tu es fou!

— Non, mon ami, plutôt épicurien. Et leurs poils crépus et souples à la fois, ornant la belle entrée de leur hibiscus à l'odeur de musc à la cannelle au pétale savoureux, corolle nourricière, qui envoûte littéralement ! Après, vieux, après, on peut en mourir oui, mourir complètement.

— Mourir ?

— Oui, complètement, mais pour renaître, vieux. À chaque fois.

— Et vos Blanches, est-ce qu'elles offrent autant de couleurs vaginales et de natures aussi variées ? Sont-elles aussi voluptueuses, aussi sensuelles ? Est-ce que tu renais d'elles autant, à chaque fois ?

— Écoute, ce n'est pas de cela qu'on parle. Chaque race a ses atours et ses fantasmes propres. Et puis, mon vieux, il y a un vécu commun qui fera toute la différence. Tu peux aussi me le dire. T'as pas regardé Sylvane dans les yeux toute la nuit. De toute façon, elle ne te le permettrait pas.

— Je ne t'ai jamais rien dit, moi. Mieux vaut continuer ta théorie de malade.

— Souvent, tu entretiens une maîtresse parce que tu crois qu'elle est plus douce, oui, plus voluptueuse que ta *fanm marye*. Mais tout est dans la tête. Le pire, elle peut être plus âgée, mère de plusieurs enfants et moins jolie que ta chère épouse. Par contre, elle est souvent moins pudique, plus ouverte, plus dévergondée sexuellement et ce sont les *sainte n'y touche* de leur mari.

— Vous êtes tous des infidèles, des pas-sérieux, remplis de maîtresses.

— Fais attention, mon vieux. On doit s'entendre sur le mot.

— Lequel ?

— Fidélité ou infidélité. C'est-à-dire, ce n'est pas parce qu'on fait l'amour avec plusieurs femmes qu'on est infidèle, au contraire…

— Ah bon !

— Évidemment, mon vieux. Le fait de pouvoir butiner à plusieurs sources en même temps et garder sa femme mariée prouve qu'on est fidèle.

— Ah oui ? C'est nouveau, ça ?

— Qu'est-ce que tu chantes ? Alors, où sont les vrais plaisirs de la vie ? On ne peut pas amener notre femme partout où l'on va. Et elle n'aimerait pas nous suivre partout, non plus. Mon vieux, si tu n'es pas un vrai homme authentique, cela ne veut pas dire que les autres ne le sont pas.

— Accepterais-tu que ta femme mariée fasse la même chose ?

— Ah ! ah ! ah ! Tu es un *égaré dondon*, Mano ! *Ce que les yeux ne voient pas ne fait pas retourner le cœur*. On parle de faits et non de moralité. Si tu es un vrai tombeur de femmes, un vrai flanneur, comme on dit, tu dois avoir déjà fait l'amour avec plusieurs femmes mariées, non ?

— Je ne suis pas comme toi, Ti ben.

— On refuse tous d'accepter l'inacceptable, vieux. Le monde est le même partout. Les autres pèchent par pensée. Les hypocrites qui agissent dans le noir. Ils violent. Ils sont pédophiles, sadiques ou pratiquent la bestialité. Moi, je dis vive la vie !

— Tu généralises.

— Peut-être. Mais ça dépend aussi de quel groupe social on parle.

— Il y a matière à discussion, Ti Ben, tu confonds individus et groupes sociaux. Tu généralises. Ce n'est pas parce que tu as eu des rapports avec des femmes qui pensent et agissent comme toi que tu dois penser que tout le monde est ainsi.

— Certes oui. Tu as peut-être raison. J'admets qu'une femme sérieuse a moins de liberté qu'un homme. Je n'ai pas le droit de parler pour elles. Sauf que je sais une chose : on ne peut pas être fidèle à cent pour cent.

— Tu me donnes raison. Je ne suis pas fait comme toi. Et il y a plein de femmes qui sont comme toi ?

— Exactement, vieux. Cela se fait des deux côtés. Elle peut même avoir d'autres hommes. Dans ce cas, tu fais l'aveugle. On accepte tout ça, vieux, parce qu'elle nous accorde l'accès aux interdits, aux illicites, aux inusités. Elle transcende avec nous les tabous hypocrites de la société. Mais tu ne divorces pas pour autant. D'ailleurs, dans la majeure partie du temps, la femme mariée le sait. Elle fait semblant de ne pas comprendre, tout autant qu'il n'y a pas de tripotage public. Que tout le monde n'en parle pas comme quoi qu'elle serait une idiote. Souvent, c'est une fierté pour elle que son mari soit un grand macho possédant plusieurs maîtresses à la fois et qu'elle soit la préférée. Et quand elle arrive dans un bal public et que les maîtresses sont présentes, elle adore se pavaner fièrement au bras de l'époux et danser collée comme une sangsue sur lui. Comme pour montrer aux autres que c'est elle, la vraie. Mais pour la Québécoise, mon vieux, c'est différent ! Prenons Aline en exemple.

– Aline, la mère de Sylvane ?

– Oui, Sylvane, ton premier *coup de bwa* au Canada.

– Je ne t'ai rien dit, moi. Qu'est-ce qu'elle a, Aline ?

– Elle est encore mariée, vieux.

– Encore mariée ?

– Comme je te dis. Elle est tout simplement séparée. Ils font maison à part. Une fois, son mari devait venir réparer quelque chose dans la maison, un samedi matin. La veille, on avait fêté. Mais Aline ne m'avait pas prévenu qu'il allait venir. Pendant que j'étais encore couché dans le lit, Aline lui a demandé de venir me saluer. J'étais gêné comme pas un. Il est venu avec son plus beau sourire me presser la main. S'est assis sur le bout de son lit à me parler, vieux. Pendant ce temps, Aline est venue se faufiler sous le drap à côté de moi, et m'a embrassé sur les lèvres en disant : T'es donc gentil, mon beau petit *chocolaò*.

– C'est fort, oui, c'est fort. C'est pas concevable !

– C'est fort. Oui, tu as raison. Je l'admets. C'est un autre peuple, une autre civilisation. Un pays démocratique. Et pourtant, elle l'a quitté parce qu'elle pensait qu'il avait une autre blonde.

– *Ouais ! Kòmanman ! Kòmatiboulouuut ! Oui, papa !*

– Alors, vieux, je ne pose pas de questions. Je plonge dans le tas et j'y *varge*, comme dit le Québécois, pour éviter d'être encore plus différent d'eux autres *laò*, vieux. Donc, j'aime mieux parler de ce que je sais, de ce que je comprends et que je sens.

– Tu n'en sais pas plus sur nos négresses ?

– Oh non ! Je suis sûr que tu n'as pas encore connu le moment de te trouver seul, avec une professionnelle qui t'aime simplement parce qu'elle est tombée d'amour pour ta couleur noire satinée, ou pour ta voix rauque, ou pour tes dents blanc lait, ou pour ta démarche d'éclopé ou pour ta façon de rire ou pour ton parfum ou pour ton être tout court. Quand tu es son élu et qu'elle n'a de fantasme que pour toi et qu'elle t'a élu serviteur attitré de son antre noirâtre, mon vieux, elle te fera atteindre, avec elle, le septième ciel, seulement à exprimer son désir fou pour toi en te confessant à ce moment solennel… Écoute, vieux, quand une belle négresse, une belle pro, toute nue dans la pénombre d'une chambre embaumée de musc, t'invite à la partager comme suit :

> *M'santi m'ta vale-ou, m'ta vale-ou*
> J'ai envie de toi
> *Pou lwa anvi-m k'a monte-m*
> De ton membre de toi ton être
> *Pou lè sa-a*
> Pour que tu me cloues
> *Pou-m tranble, m'tranble, m'tranble*
> Afin que je me consume toute, toi
> *Epi pou m'dòmi tankou youn timoun piti*
> Que je tremble d'extase profonde
> *Sou zèpòl-ou.*
> Et tomber endormie dans tes épaules.

Tu ne sais pas, mon vieux. Tu n'as pas encore vécu. Je te dis, crois-moi. Imagine-toi. Et tu sais ce qu'il y a de…

— Toi qui ne fréquentes pas les négresses. Hypocrite en même temps. Parlons sérieusement. Est-ce leur faute si elles agissent comme elles le font ? Nous sommes tellement profiteurs. Ne penses-tu pas que c'est à leur avantage, qu'elles se comportent ainsi ?

— En effet, vieux, ce n'est la faute de personne. C'est ainsi. Cependant, tu ne peux pas nous blâmer non plus, lorsque nous cherchons l'évasion, la paix et l'illusion chez la femme blanche.

Chapitre XIX

Les rumeurs continuent

Oh ! que tu es douce, sensuelle, tendre et bonne en plus.
Ou fout dous, ou dous ou gou epi ou bòn ankò
(Ti Paris, troubadour haïtien)

Ne jamais se fier à la démarche de la chatte

Nous faisons silence soudain pour nous apercevoir que nous conversions dans la noirceur. Ti Ben monte le commutateur. La table est couverte de miettes de farine de manioc. La bouteille de rhum Barbancourt érigée phallus. Une soucoupe blanche où gisent quatre mégots, un couteau badigeonné de mamba avec de la confiture et deux verres contenant chacun un soupçon de rhum. Nos regards se croisent un instant. Nous venons de refaire connaissance.

Ti Ben revient s'asseoir. Sans perdre le fil de la conversation.

– Tu vois, vieux, attends, je m'en vais pisser.

Il se lève, traverse le petit salon, mais n'arrête pas de parler.

– Tu vois, vieux, la vieille tradition africaine a toujours traité la femme comme un objet. Aujourd'hui encore, dans certaines tribus, la femme est considérée comme une chose, un instrument, une marchandise de troc. Elle sera traitée selon l'importance de la dot ou de la fortune de ses parents.

Il ne se rend pas compte que l'Afrique est multiple et qu'il y a autant de cultures différentes qu'il y a de pays, de territoires, de tribus.

Il revient de la toilette qui gargarise bruyamment. Je m'y rends à mon tour. Ti Ben tapote sur la table. Je reviens pour poursuivre :

– Qu'est-ce que la dot vient faire dans la question ?

– Beaucoup, vieux, pour ne pas dire trop. La différence entre le comportement des filles de chez nous et celui des Québécoises que nous fréquentons réside surtout dans les relations culturelles et les rapports de force entre pays peu développés et pays sous-développés.

– Là, mon Ben, tu deviens maboul. Je ne comprends plus rien. Tu ne sais plus ce que tu dis. Je t'ai simplement demandé la différence de comportement entre les filles de chez nous et les Québécoises. Et tu me parles de dot. Il n'y a pas ça, chez nous.

– Mon vieux, il ne faut pas généraliser. Tu devrais dire certaines Québécoises.

– Comme tu veux. Certaines Canadiennes ou Québécoises. Je ne connais pas encore la différence.

– Je l'ai déjà dit : « Deux fiancés de petite naissance ne feront point gracieuse alliance. »

– Ah bon! je te comprends! Tu es bourré de préjugés. Tu aimes mieux les Blanches que nos belles négresses. Tu trouves que les Blancs sont supérieurs à nous. C'est ça, n'est-ce pas ?

– Mais non, Manolito, quelle idée. Ne te fâche pas. Je me suis peut-être mal expliqué.

– Je t'écoute.

D'un coup sec, il attrape la bouteille de rhum, se verse quatre doigts, m'en verse deux. Levant le coude très haut, il en avale trois doigts proche. Il essuie son menton du revers de sa main. Poursuit.

– Parlons franchement, vieux, sans hypocrisie. D'une manière générale nous ne pouvons pas prétendre être supérieurs à eux. Cela ne sous-entend pas que nous sommes leurs inférieurs non plus. Mais les faits sont là.

– Quels faits ?

– Nous venons chez eux pour y trouver un refuge économique, social et même politique.

– Non, non. Ti Ben, on est obligés de venir chez eux parce qu'ils ne nous ont rien laissé. Ils ont tout pris avec la colonisation. As-tu oublié l'histoire du pays ?

– Mon vieux, on n'a jamais été colonisés par les Canadiens.

– On n'a jamais été colonisés par les Américains non plus, mais ce sont eux qui nous grugent maintenant.

— Les Américains grugent tout le monde. Ils n'acceptent la démocratie que chez eux, par eux, pour eux. Ailleurs, c'est l'impérialisme qu'ils imposent.

— Un instant, mon vieux. Je crois que nous débordons du cadre de la question. Et cela finira par s'envenimer.

— Ce n'est pas une raison suffisante pour moi.

— Je suis parfaitement d'accord avec toi. Tu viens à peine d'arriver au Canada.

— Pourquoi ?

— Tu n'es pas encore immergé dans notre tragédie quotidienne d'immigrants. Tu es pardonné, vieux. Cependant, il ne te prendra pas longtemps pour t'en rendre compte.

— Je ne suis pas obligé d'être pessimiste comme tout le monde. Je peux bien être différent, non !

— Certainement, mon vieux. Je sais que tu peux être différent, comme tu l'as toujours été. Un passif invétéré. Quand même, tu as fait beaucoup de progrès.

— Vous dites toujours ça parce que vous refusez d'accomplir des efforts. De toutes les façons, je ne suis pas obligé de faire exactement comme vous.

— Je suis d'accord, vieux. Tu as toutes les raisons. Ici, on respecte l'opinion d'autrui. N'empêche que tu n'es pas encore imprégné de la culture canadienne. Tes opinions ne sont pas très crédibles. Est-ce qu'on t'a déjà mis à l'écart à cause de ta façon différente de voir les choses, est-ce qu'on t'a repoussé ?

— Me repousser ? Pourquoi ?

— Parce qu'en général, nous sommes intolérants.

— Quant à ça, c'est vrai. C'est à cause de nos systèmes de gouvernement.

— Toi aussi, tu es intolérant. Personne n'y fait exception.

— Moi ?

— Oui, toi.

— Regarde ce que tu es en train de nous reprocher.

— Quoi ?

— D'avoir délaissé les filles du pays. Espèce de pépère. Tu es un conformiste invétéré, petit chauvin.

— Pourquoi m'insultes-tu ? On peut se parler en gens civilisés.

— Écoute, vieux, je vais te dire. Les Québécoises sont faites pour l'amour, le plaisir, la communication, la joie de vivre et la paix.

— Alors la Canadienne, c'est la fille idéale, d'après toi?

— Ce n'est pas ce que je dis. Mais je sais qu'elles ne sont pas des filles façonnées par le burin de la misère, par la nécessité ni l'indécision liées à des valeurs culturelles vétustes et conservatrices.

— Moi, je défends la cause des filles du pays, qui méritent autant notre attention.

— Ah! Ah! Ah! Tu parles! Eh bien! vieux, c'est exactement ce qui a été notre plus grande erreur!

— Quoi?

— Nous avons toujours regardé le monde avec les visières de nos préjugés bornés. Non, Manolito, ce n'est pas pour rien que l'on va après les Québécoises. Elles sont belles, ouvertes, nouvelles, différentes et coquettes. Nous aimons ce qui est beau. Je ne dis pas que les filles de chez nous ne sont pas belles, mais elles sont embourbées dans des principes traditionnels. Elles sont empêtrées.

Je suis un peu fâché de sa façon cavalière de toujours trancher. Malheureusement, je ne peux pas réagir comme je le voudrais, en lui exprimant complètement ma façon de penser. Je porte mon regard un instant sur la table. Mais ma frustration n'a été que passagère.

Nous tirons simultanément une bouffée à travers les bouts filtres, suivie d'une grande gorgée de rhum. Je reviens à la charge.

— Alors!

— Alors, tu n'as pas le droit, non plus, de nous empêcher de courir après les femmes blanches que nous désirons. Ici, c'est la démocratie! Exactement ce que tu viens chercher pour le pays. La liberté d'action, d'opinion et de pensée. Écoute, vieux…

— Oui, je t'écoute.

— Je vais te répéter ce que je t'ai déjà dit auparavant. Nous, quand on va après une fille, c'est l'évasion, un transport que nous recherchons pour nous amener sans effort, aussi loin que possible de nos multiples et interminables problèmes. Nous recherchons un moment de liberté, un moment d'extase, d'irresponsabilité complète, de bien-être spontané. Tu m'entends, vieux? L'évasion. Oublier les problèmes.

— Oui, je te suis.

— Alors, vieux. Alors, ce ne sont pas les filles du pays et dans les conditions qu'elles vivent ici, qui nous aideront à atteindre le nirvana dans le plaisir charnel.

— Pourquoi pas ?

— Parce qu'elles ont autant de problèmes que nous, mon vieux. Problèmes d'argent, problèmes d'immigration, problèmes de culture, d'adaptation, de classe sociale, de tout ce que tu peux imaginer, politique, psychique, tout. Et le pire, c'est qu'elles n'entendent prendre aucun moyen adéquat non plus pour s'en évader, de temps à autre, comme nous les hommes, nous essayons de le faire. Être prises dans l'engrenage des tabous de la culture. La pudeur ! La bonne conduite !

Hum, et puis !

— Quoi ?

— Tu sais autant que moi comme c'est difficile de les aborder, ces filles-là. D'ailleurs, elles ne sortent pas. Elles ne fréquentent pas de *night club*. Et elles n'acceptent pas qu'un homme les visite non plus, chez elles.

— C'est normal puisqu'au pays, elles n'en ont pas l'habitude.

— D'accord, vieux, d'accord. Je ne suis pas du tout contre ça. Mais je veux que tu comprennes nos raisons. Il y a plein de nos amis qui se sont mariés ici avec des filles du pays. Et c'est pas rose pour eux.

— Il y en a tellement qui ne jurent que par la femme blanche aussi.

— Moi, Ti Ben, qui te le dis. Je te jure sur la tête de tous les compatriotes qui vivent ici que tu épouseras une Blanche, toi. C'est sur des gars comme toi que les Québécoises ont le plus d'emprise. Des gars sans caractère, des souffre-douleur.

— Tu plaisantes, mon cher. Moi, Manolito ? Jamais.

— Marque-le, mon vieux. Tu verras. Il y en a qui avaient dit plus que toi.

— Je ne sais pas pour toi et les autres. Leur peau est trop blanche. Moi, je ne suis fasciné que par la beauté créole. Nos belles négresses bien replètes, aux dents blanches et aux gencives caïmites. Avec la chair ferme et les fesses bombées.

— Tu ne peux les rencontrer que dans des fêtes privées, baptêmes, anniversaires ou mariages. Toujours en compagnie de la parenté. Et nulle part ailleurs, malgré la vaste étendue de Montréal.

– Alors profite de ces occasions pour les aborder.
– Mon vieux, je ne suis ni en rut, ni en mal des filles du pays. Je suis bien comme je suis. Je n'ai pas de troubles de ce côté-là, mon vieux. Ces filles-là ont peur de l'opinion publique.
– C'est réellement compliqué, alors !
– Je ne te le fais pas dire. Jamais elles ne te donneront leur numéro de téléphone ou leur adresse, sans misère.
– Elles restent conséquentes avec elles-mêmes. Elles sont toutes ainsi. Tu le sais. C'est selon son rang social. Elles se font désirer. Elles ne se gaspillent pas. Ainsi, désirables pour toujours, n'est-ce pas ?
– Dans ce cas, mon bon ami, où est l'espoir du peuple pour lequel tu viens chercher la démocratie ? Tu ne peux pas continuer à tout considérer en fonction de la différence entre les classes sociales. Ainsi, il y aura toujours cassure et lutte perpétuelle autour de la plus grosse plaie de notre pays. Le préjugé de classe et de couleur. Je n'ai pas ce problème avec mes Québécoises, moi.
– J'ai simplement dit que c'est ainsi que cela se passe, sans pour autant penser que c'est le meilleur comportement qu'il faut adopter.

Le baiser éternel

Avec sa vivacité d'esprit et sa logique déroutante, je me sens dominé. Pourtant son *manfoubinisme* jure totalement avec la rigidité de ses convictions. Il poursuit :
– Tu vois, vieux. Ces filles-là, on ne peut pas aller chez elles. Ni leur parler en public.
– Pourquoi ?
– Tu connais la mentalité. C'est très mal vu, chez nous, qu'un homme visite régulièrement une fille de famille sans avoir des intentions nobles. Elles se disent toutes des filles de famille !
– Où est-ce qu'il faut les voir, alors ?
– Quelque part, en cachette et à la hâte, vieux. Il ne faut pas que d'autres personnes de la communauté les voient sortir, ou parler avec un homme, sans un engagement officiel préalable. Et dans un pays comme le Canada, les distances sont grandes et le temps rare. On ne peut pas perdre du temps à subir les affres de ces traditions vieillottes.
– Je sais qu'en général, nous n'acceptons jamais la façon d'être des filles de chez nous, mais au moins…

— Non, mon vieux. Il n'y a pas de « au moins ». Ensuite, je vais te dire autre chose. Ça prend toute une éternité avant d'obtenir un baiser sur la bouche. Ici, on n'a pas ce problème avec les Québécoises. Tout se fait du premier coup. *Fast food, fast love, fast everything. Tout bagay vit, rapido presto. No time to loose man!*

— C'est notre culture, Ti Ben. Tu ne peux pas empêcher ça.

— Notre culture! Notre culture! Notre culture de *what*? Elles vivent dans une autre société. Elles peuvent faire un effort pour s'y adapter, quoi!

— Tu sais aussi bien que moi que ce n'est pas facile. La résistance au changement, le divorce avec les valeurs culturelles est presque impossible. C'est leur seule balise de valorisation, leur fierté.

— Ça prendra au moins deux générations.

— Et qu'est-ce qui t'assure qu'elles veulent faire comme les Québécoises?

— D'accord vieux, d'accord. Après tant d'années, elles demeurent nature. Elles auraient pu changer, même un petit peu.

— Dis-moi, Ti Ben! Aimerais-tu ça que nos filles agissent exactement comme celles que tu fréquentes ici? Se laisser aller jusqu'au bout aussi facilement avec le premier venu. Avoir du sexe avec n'importe qui, juste pour le *fun*, comme tu dis.

— Tu sais bien qu'elles ne peuvent pas être pareilles. D'ailleurs, elles ne sont pas de la même couleur, ni de la même race.

— Tu comprends exactement le sens de ma question.

— C'est-à-dire?

— C'est-à-dire, est-ce que tu aimerais que nos filles soient toujours prêtes à se faire baiser par n'importe qui, n'importe où et n'importe quand?

— Toutes les Québécoises ne font pas ça non plus. Et ce n'est pas de cette façon-là, non plus, que je conçois leur adaptation dans le milieu québécois.

— Je te comprends. Tu essayes de ne pas généraliser lorsque cela ne fait pas ton affaire, n'est-ce pas?

— Nous parlions de nos filles vivant ici et non des Québécoises, n'est-ce pas?

— Et puis nos négresses qui naîtront ici seront comme les gens d'ici. Car elles ne connaîtront que la culture d'ici.

— Comme tu veux, Ti Ben. Comme tu veux.

Il s'arrête un moment, coincé par mon argument, s'inquiète :
— Eh! le temps a filé et on ne s'en est pas rendu compte!
— Quelle heure est-il?
— Onze heures et demie.
— Déjà?
— Oui, mon vieux. Et je suis fatigué de rester assis longtemps à ne rien faire.

Chapitre XX

Le prodigue

*À chaque coup de piquoi,
je planterai une gaule de canne à sucre.*

Que cache ta doudouce, douce créole de mon cœur ?

Il se lève. Le verre entre les doigts. Avale d'un coup sec le dernier doigt de rhum restant au fond du verre. Se dirige vers la chambre pour se laisser tomber sur le dos, comme un bloc.

Matelas dénudé.

Je m'assois à l'autre bout, en recroquevillant la jambe gauche vers mon aine.

Un faible souffle de brise traverse doucement l'espace clos.

Sensation soudaine de bien-être.

Brusquement, comme poussé par une force irrésistible.

— Le pire, vieux, le pire, oui le pire, vieux…

— Quoi, le pire ?

— C'est que ça vous prend continuellement de vouloir leur faire l'amour, à ces filles. Elles envoûtent sexuellement. On dirait qu'elles font exprès pour vous torturer. On ne voit aucun renflement dans leur fourche comme on peut voir les grosses lèvres des Québécoises moulées dans leurs jeans serrés. C'est caché loin, mon vieux. Sans espoir. C'est une domination constante. Et les fesses bombées. C'est rageant, vieux. Rageant.

— De toute façon, elles se promènent rarement en pantalons. Tu ne peux rien voir.

— Plus elles vous sentent excités, plus elles vous mènent la vie dure et plus votre orgueil d'animal en rut s'aiguise aussi, vieux. Tu veux tout faire pour les posséder. Leur sexe vous devient un défi. Un fort imprenable. Et finalement, au point culminant de votre découragement, elles vous donnent tout bonnement un grand espoir.

— Ah ! Ah ! Ah ! Je trouve cela beau, très beau. C'est une intrigue excitante. Et je ne trouve rien de mal à cela. Ça maintient le désir.

— Oui, mon vieux, c'est une intrigue excitante et décevante aussi.

— Comment ça, décevante ? Tu es trop pessimiste, vieux. La vie ne demande pas de telles complications.

— Là, tu parles comme moi. Mais attention, parce que, vieux, ça finit toujours exactement pareil.

— Exactement ?

— Oui, exactement pareil. Une déception allumée aux deux bouts.

— Comment ça ?

— Ah ! Ah ! Je t'avais prévenu que tu allais attraper un tic.

— Moi ? Un tic ? Comment ça ?

— Oui vieux, tu ne cesses pas de dire : « Comment ça ? »

— Moi ? Comment ça ?

— Ah ! Ah ! Ah ! Ah !

— Non, mais parlons sérieusement. C'est quoi, cette question de déception allumée dans ses deux bouts ?

— Mais oui, vieux. Ces filles-là, du pays, c'est pas un cadeau. Après cette longue lutte acharnée pour réussir à leur faire l'amour, si tu arrives à leur faire cet amour avant le mariage, tu te trouves toujours pris dans un insoluble dilemme. Soit qu'elles sont pucelles ou déjà déflorées.

— Je suppose qu'elles ne peuvent être autrement. Une fille est vierge ou elle ne l'est pas. Qu'est-ce que vous voulez, à la fin ? Ne courez-vous pas tous après les femmes vierges ? Elles se préservent pour vous.

— C'est exactement cela, vieux. Nous ne savons peut-être pas ce que nous voulons réellement. C'est la culture, vieux. Mais la déception n'est pas facile à absorber.

— Quelle déception ? Une fille encore vierge après l'âge de vingt-cinq ans ne peut pas être normale. Elle doit avoir des vices cachés que, tôt ou tard, vous allez découvrir. Pour moi, son équilibre mental n'est pas bien fixé. D'un autre côté, si elle n'a plus sa cerise, c'est qu'elle s'est foutue de toi. Elle t'a fait marcher. Tu ne sais pas avec quel genre d'homme elle a eu ses premières expériences sexuelles avant toi, alors qu'elle t'a fait courir durant des mois, parfois des années, après cette bouteille qui a déjà été débouchée pendant que tu soupirais. Avec la Canadienne, tu sais précisément où tu en es. Pas d'hypocrisie. Pas de surprise inattendue, vieux. C'est ça ou c'est pas ça. Vive la Québécoise !

— Mais en fait, elle ne te doit rien. Et puis, je suis certain que tu ne lui avais pas demandé si elle était vierge ou pas. Tu vivais dans ton imagination. Quand même, tu obtiens ce que tu voulais. Pourquoi te plains-tu ?

— Mon vieux, je pense qu'avec des hommes comme toi, le monde est condamné à stagner. Tu es un sans-dessein. Voilà ce que tu es, Manolito.

— De toutes les façons, la rumeur court disant qu'une fois arrivés ici, vous vous accouplez toujours avec une Blanche, négligeant ainsi nos belles créoles haïtiennes et oubliant aussi vos parents laissés là-bas, dans la misère noire. Eux, qui ont tout hypothéqué pour vous permettre de voyager à l'étranger.

— Mon vieux, je vais te dire quelque chose avant de clore la conversation, parce que je commence à être fatigué de tout cela. Je ne suis redevable envers personne. Chacun mène sa vie comme il le peut. Les gens qui pensent ainsi sont de purs imbéciles. Écoute vieux, je n'ai jamais vu ni un chien, ni un chat ou un autre animal avoir une préférence de couleur. D'un autre côté, que ce soit en Allemagne, au Mexique, en France, au Canada, en Espagne, en Italie, partout où il y a des immigrants Noirs, ils sont toujours attirés par la beauté et la gentillesse des femmes de ces pays et vice versa. Et si tu remarques bien, mon vieux, ces alliances sont beaucoup plus solides et durables que celles faites entre des couples issus de même ethnie, de même culture. Tu diras que c'est parce qu'ils sont de culture différente, qu'ils restent attachés, mais c'est comme ça.

— Euh... Euh ! Je ne sais pas. Parce que je n'ai pas encore...

— Ensuite je vais te dire, vieux. Prenons les gars les plus traditionnels. Après avoir jeté leur gourme, quand ils sentent le désir de se marier, ils vont chercher une fille de chez nous. Une fille vierge avec sa cerise bien dure.

— Tu crois.

— Exemple, Boucher, Carmen, Loture, Dany, Gréard, Eddy, Absalon, Marc-Yves, Jeanma, Jean Philippe, Mésidor, Amédé, Gérard, Forestal, Fayole, Stève, Dumas, Farot. Ils sont tous fiers de cette qualité chez leurs femmes. Ils ont eux-mêmes débouché leurs bouteilles. Ces gars-là sortaient régulièrement avec des Québécoises. Quand arriva le temps pour eux de se caser, ils ont pris une fille du pays. Alors, qu'est-ce que tu me chantes-là ? Ces jours-ci, la tendance est plutôt vers le contraire. Ce sont les Blancs qui courent après nos filles. Et ils choisissent les plus belles par-dessus le marché. Je ne comprends pas ce que tu es en train de me chanter, mon vieux. Tu divagues. Fais tes propres expériences et laisse courir les rumeurs.

— Tu peux dire ce que tu veux, je sais que ce n'est pas le paradis pour ces filles-là, car sitôt mariées avec vous, elles deviennent automatiquement vos esclaves.

— Pourquoi, vieux ? Tu déconnes ou quoi ? Explique-toi.

— Les rumeurs vont bien plus loin, Ti Ben. Les gens en Haïti savent tout ce qui se passe ici.

— Que disent-elles donc, ces rumeurs ?

— Elles disent que lorsque vous épousez une fille du pays, vous ne faites rien dans la maison. C'est elle qui s'occupe des enfants, fait à manger, la lessive, le marché, le ménage, tout. Quoique toujours en chômage, vous n'êtes jamais à la maison. Vous fréquentez plusieurs autres femmes en même temps, et en plus, c'est elle qui travaille pour faire fonctionner la maison. Lorsque vous marchez dans la rue, vous êtes toujours en avant et elle en arrière. On dirait qu'il n'existe pas de communication entre vous. Tandis que lorsque vous êtes mariés avec une Blanche, vous formez un bicolore inséparable. Vous travaillez comme des bêtes de somme dans la maison. Vous êtes toujours au foyer, en train de veiller sur votre épouse blanche. Prévenants, vous faites la bouffe, la lessive, le gazon, vous passez l'aspirateur et que sais-je encore. As-tu des arguments contre ça ?

— Mon cher, je ne m'immisce pas dans la vie privée des gens. Et puis, mon vieux, je ne suis pas habilité à te fournir des explications là-dessus car je ne suis marié ni avec une fille de chez nous, ni avec une Blanche. Je n'ai pas d'expertise, vieux. Je pense qu'il est temps de se reposer. Il est tard.

— Je comprends. Oui, ça veut tout dire, pour moi.

— Pense ce que tu veux.

Deuxième partie

La communion

Chapitre XXI

La niche

La jeunesse en bonne santé physique et mentale est immortelle sauf quand elle meurt prématurément. La survivance prend alors acte d'impuissance face à l'ultime phénomène.

Le sofa-bed est un lit

Nous avons trop parlé. Par la fenêtre ouverte l'air reste sec, inerte. Nous avons le corps humecté. Ti Ben, immobile sur son dos, a les yeux fermés. Une flèche de nostalgie transperce sans résistance mon esprit, mon cœur, mon être.

Frémissement.

Des larmes gonflent un instant les paupières.

J'ai comme un espoir dans cette attente que soudain la brise venant de la mer fera trembler les feuilles des cocotiers géants. Je m'imagine que dehors, au carrefour, ils sont quelques-uns debout et d'autres assis sous le lampadaire du soir, devisant autour de la marchande de fritures et du marchand de canne à sucre épluchée.

Et ainsi s'alléger du poids de l'humide canicule canadienne.

L'on vit, l'on devise, l'on discute. Nous sommes la jeunesse qui rêve de renverser un gouvernement irresponsable. Nous applaudissons, nous excitons des jeunes batailleurs comme on le fait au combat de coq. Et nous sifflons au passage des jeunes filles qui se balancent avec élégance dans leur démarche sensuelle, cadencée au rythme de la proéminence fessière. Avant-hier, voilà ce que j'ai vécu au pays. Aujourd'hui, dans mon esprit, à cinq heures de vol d'avion. Et hier à cette heure, j'étais dans le lit de Sylvane.

Tout à coup, la voix de Ti Ben interrompt mon rêve.

— Manolito, tu éteindras la lumière avant d'aller te coucher.

Il se retourne sur le côté, pliant les genoux sous le ventre. Il fait nuit. J'y suis plongé, solitaire. Par la suite, j'ai remarqué que Ti Ben n'a qu'un seul drap dans la maison. Quelle misère !

Heureusement que Jacqueline en avait mis dans mon trousseau.

Ti Ben n'arrive pas à dormir. Il fait trop chaud. Il se lève, allume une cigarette.

— Ti Ben, fait-il toujours chaud comme ça, ici ?
— Je ne peux pas te répondre.
— Pourquoi ?
— Ce pays, mon vieux, dit-il, tirant une longue bouffée, ce pays est imprévisible, impitoyable, traître. Un pays qui ne fait pas de quartier. Pas de sentimentalité. Un système infernal, le Canada.
— Comment ça ?
— Exactement comme les gens qui l'habitent. Ce ne serait pas une surprise si demain il faisait deux degrés sous zéro. Ou qu'il neige même.

Moins deux sous zéro ? De quoi parle-t-il, me dis-je à moi-même.

— Je ne comprends pas, Ti Ben. Sois plus explicite. Veux-tu ?
— Tu vois, vieux…

Il tire encore sur sa cigarette. Même fatigué, il ne parvient pas à se contenir :

— Hier soir, tu as fait l'amour à Sylvane, n'est-ce pas ?
— Je ne t'ai rien dit.
— Tu ne comprendras pas. Mais ne t'étonne pas si demain, en te rencontrant, elle fait semblant de ne t'avoir jamais vu de sa vie. Tu n'es qu'un instrument, mon vieux. Elle t'a utilisé comme elle pourrait utiliser un concombre, une banane, une carotte ou un vibrateur. Ici, on appelle ça avoir du *fun*, vieux. C'est là que tu as raison. Car après avoir fait l'amour avec une fille de chez nous, il y a un lien qui s'établit. Et l'on se devra mutuellement quelque chose d'impalpable dans la complicité d'une communion. Et jamais ce lien ne s'effacera. Advienne que pourra. Elle ne se donne pas pour rien à n'importe qui et on ne les prend pas pour rien, non plus. Elles ne font pas le sexe pour le *fun*.

— Tu ne m'apprends rien de nouveau. Et je ne vois pas le rapport.

— J'y arrive, vieux, j'y arrive. Alors, c'est ainsi que sont les gens d'ici. Ils sont semblables aux saisons et à la température du pays. Aujourd'hui tu crèves de chaleur, demain, de froid. Toute la province, son système, sa structure, la mentalité des gens, c'est comme ça. On dit que ce n'était pas comme ça avant. Maintenant, c'est comme ça. Il n'existe pas de zone grisâtre. D'ailleurs, on n'aime pas les Indiens, ici. Pas de milieu, vieux. Tu vois, au pays, on a de toutes les teintes, du Noir *bounda chodyè*, du petit Blanc *mannan*, en passant par le mulâtre, le *grimo chaudé*, et le *ti rouge*. Il n'y a pas ça, ici.

— Tu m'en donnes pour ma question, n'est-ce pas ? Fait-il toujours chaud comme ça, ici ?

— Le Québec, mon vieux, est monolithique. Pas de demi-mesure, vieux. Toujours d'un extrême à l'autre.

— Tu divagues. Tu es fatigué, c'est ça.

— Bientôt tu comprendras, vieux. Le Canada n'est pas la terre promise dont on a toujours rêvé. Ici, quand il fait chaud, c'est comme si le froid n'avait jamais existé. Et quand il fait froid, on se demande : qu'est-ce qu'on est en train de foutre dans ce congélateur ?

— Merci, mon ami. Merci, et bonne nuit.

— Bonne nuit.

J'empoigne ma valise. Je sors de la chambre, en allant m'asseoir sur le sofa, mon nouveau compagnon de nuit. J'ouvre la grosse valise, de tout son poids de similicuir brun étalée sur le plancher. Tout est chiffonné là-dedans.

J'en sors un de mes deux draps. Tiens, le voilà ! Mon pyjama en molleton. On nous avait toujours dit qu'il faisait si froid au Canada, qu'il fallait prendre ses précautions en conséquence. Voilà que maintenant le molleton est trop chaud dans cette suffocante canicule. Je resterai en *slip*. Franchement, on était mieux chez Sylvane, hier. Oh là là ! Je n'arrive pas à fermer l'œil. En Haïti, dans une chaleur pareille, j'entendrais craquer les traverses du plafond et le crépitement sporadique du zinc. Allongé sur le sofa, je gigote comme un lombric posé sur le ciment de plancher de douche, au pays, exposé au soleil du mois de juillet.

Les ressorts du sofa n'arrêtent pas de crisser sous mes brusques sursauts. Crissement me rappelant le cauchemar que j'ai vécu sous le petit lit chez mon cousin Tony, avant de venir ici. La voix de Ti Ben retentit subitement.

— Eh vieux ! tu en mènes, du train, avec le sofa !
— La chaleur n'est pas facile à supporter. Tu le sais.
— D'accord. Mais moi, je ne fais pas autant de bruit.
— Ça se comprend puisque tu as un lit tout entier pour toi. Moi, je n'ai qu'un canapé pour dormir. Je ne suis pas encore habitué.
— Un canapé, tu dis ? Ça ne va pas, vieux ! C'est un sofa-lit que tu as. Un *sofa-bed*. Il est aussi grand que mon lit.
— Un *sofa-bed*. Qu'est-ce que c'est ?
— Comment, tu ne l'as pas ouvert ?
— Ouvert quoi ?
— Mais le sofa, vieux, le sofa ! Attends, je vais te montrer.

Il arrive en avant de moi tout en ricanant.

— C'est vrai. Au pays, on n'a pas ces sortes de *gadgets-là*. Allez, lève-toi. Je vais te montrer.

Je me lève, curieux de savoir ce qui va se passer. Est-ce possible qu'un sofa se transforme en lit, me dis-je à moi-même ?

— Enlève ta valise de là, vieux. Et tu vas voir.

Je m'exécute. Il tire légèrement le siège vers lui en le tenant par le rebord du bas. Il le fait basculer en forme de V avec le dossier. Et hop ! Le sofa se transforme en lit. *Sofa-bed*.

— Merci, Ben. Je n'avais jamais vu ça avant.
— De rien, vieux. De rien. On est tous passé par là. Et je t'assure, vieux, qu'il y a plein d'autres choses que tu ne sais pas encore.
— Je n'en doute pas.

Il retourne se coucher dans un petit rire étouffé.

Il s'étend à peine sur le lit que je l'entends se plaindre : *Roye ! Roooye ah ! Bondye papa-m sa m'genyen !*

— Qu'est-ce que tu as, Ti Ben ?
— Je ne sais pas, j'ai mal au ventre.

Il tient son ventre entre ses bras et roule sur le lit, ne pouvant pas se tenir en place, tant la douleur est terrible.

— J'ai l'impression que tu es gonflé, Ti Ben. Oui, tu fais une indigestion.
— Tu n'es pas médecin, comment peux-tu savoir ? *Roye ! Waaaye ! Hayayaye !*

Il continue de rouler sur le lit qui crisse de plus en plus fort.

— C'est cela, il n'y a pas de doute. Tu es gonflé. Tu as mangé trop de choses différentes en même temps. La cassave a dû fermenter dans ton ventre avec cette chaleur.

— *Waaaye*! Qu'est-ce que tu racontes, je n'ai jamais été gonflé avant!

— C'est ça. Tu me donnes raison. Tu es gonflé. Je vais te faire un thé aux feuilles de cachiman que je t'ai apportées.

— Mais non, Mano! Laisse faire. Ici, quand on est malade, c'est à l'hôpital qu'on va. À l'urgence. *Haaaaaye! Houyouyouye Bondye papa-m. M'ap mouri, m'ap mouri, m'ap mouriiiiii.* Je me meurs!

— Ah! ah! ah! tu dis ça comme une femme!

— C'est pas le moment de rire, Mano. C'est très sérieux, ma douleur.

— Si tu juges que c'est sérieux, va à l'urgence, comme tu dis.

— Oui, mais ça va prendre une éternité avant qu'ils me soignent. Et puis, ils vont me prescrire des remèdes qui vont me coûter les yeux de la tête. *Haaaye!*

— Moi, je te dis que tu es gonflé et tu devrais prendre un thé cachiman.

— Moi, je ne suis pas gonflé.

— Écoute, on va faire une chose. Je vais te prouver que tu es gonflé. Si je te le prouve, est-ce que tu vas accepter de prendre le thé cachiman?

— Prouve-le donc, si tu peux!

— D'accord. Tu vas t'asseoir et avec la patte de ta main, tu vas taper légèrement sur ton ventre. S'il fait un son pla, pla, pla, c'est que tu n'es pas gonflé. Mais s'il résonne creux, bim, bim, bim, tu es gonflé. Allez, essaye! Fais-le donc.

En tapant sur son ventre, il sonne creux : bim, bim, bim.

— Tu vois, je te l'ai dit, tu es gonflé. Où as-tu mis les feuilles? Je vais aller te faire un thé.

— Sous l'évier. Dépêche-toi, ça fait aussi mal que pour une femme enceinte en train d'accoucher.

— C'est la cassave mélangée avec le manba, la confiture, le jus de mangues et tout le reste qui ont fermenté dans ton ventre à cause de la canicule.

Je prends trois feuilles de cachiman. Je les rince sous l'eau limpide du robinet. Je les dépose dans une casserole. Je sors un couteau que je dépose sur les feuilles séchées. Je fais couler deux tasses d'eau sur le couteau tout en m'adressant aux feuilles, leur demandant d'agir efficacement contre le mal de Ti Ben. Ensuite je pose la casserole sur le rond incandescent dans laquelle je jette trois pincées de sel.

Je sais que les feuilles ont été traumatisées. Arrachées, déchirées, séchées, étouffées ensuite trimbalées. Elles ont perdu de leurs propriétés. Il faut leur parler pour raviver, profiter de leur vertu.

C'est Ti Joseph, notre jeune serviteur, qui m'a appris tout cela. J'ai aussi ajouté à l'infusion deux clous de girofle et de la pelure d'ail. Ti Ben n'arrête pas de gigoter dans le lit en gémissant. En lui versant un peu d'infusion dans une tasse, je prononce trois mots.

– Tiens, Ti Ben, bois. Ça te fera du bien.
– Je vais le boire, mais c'est uniquement pour te faire plaisir.
– Depuis quand ? D'accord, fais-moi plaisir.
– Haye ! c'est chaud.
– Il faut souffler dessus.

La douleur semble se calmer puisqu'après avoir bu tout le contenu de la tasse, il s'est profondément endormi. Il ronfle à présent. Si la douleur persiste au cours de la nuit, demain matin, je lui suggérerai de boire un peu de son urine fraîche avant de se brosser les dents, et d'en passer un peu sur son ventre.

Chapitre XXII

Étranger en sursis

Il fallait que l'oiseau se pose pour me rendre compte que jamais plus, je ne me reposerai.

Instance de sommeil

Après avoir étalé mon drap sur le *sofa-bed*, je m'étends enfin avec plus de liberté et d'aisance. Mais il y a le creux du milieu qui rend le plaisir moins complet. Je n'arrive pas à fermer l'œil. Salé de sueur. Le sofa a beau être un lit, mais si je ne fais attention, je risque d'être transpercé par du métal spiralé. Déjà encore, la nostalgie hante mon insomnie. Un dialogue silencieux avec la conscience usurpe mon esprit.

À vivre toujours enfermé entre quatre murs.

Il faut être courageux pour supporter cette vie de prisonnier en liberté conditionnelle, sans sauter sur la première occasion de retourner au pays. Quand il fait chaud là-bas, on peut sortir de la maison. Rester dans la cour. Se promener dans la rue. Parler avec des copains. Badiner un peu, jouir de la vie quoi! Et sans attendre, un brin d'air frais viendrait quand même consoler.

Je sens que je serai toujours un étranger, ici. La vue des blocs d'appartements me donne déjà la sensation d'être pris ici pour longtemps. Sera-t-il possible de passer le reste de sa vie emprisonné ainsi? Libre choix? Le four est à deux pas de moi dans la cuisinette. La toilette, à un demi-pas du *sofa-bed*. Je suis moi-même à cinq pas de Ti Ben. Est-ce que cela veut dire que tous mes compatriotes, mes condisciples, mes camarades ont fui la liberté du pays où ils avaient le choix de rester pour transformer la misère en paradis, ou encore crever par la politique? Ils sont venus ici pour s'emprisonner dans des cellules comme celle-ci. Ce n'est pas possible. D'ailleurs, c'est de la fiction réelle. Ti Ben doit être un cas particulier. Mais non, tous ces blocs d'appartements sont faits de cellules comme celle-ci. C'est vrai, j'avais vu aussi d'autres Noirs, d'autres Blancs qui y rentraient, en sortaient. Cela veut-il dire qu'ils sont tous des prisonniers comme Ti Ben et moi? Non, non, ce n'est pas vrai. Ceux que j'ai vus, ils sont sans doute nés ici. Ils sont habitués. Ils ne savent pas ce qu'il leur manque. Ils ne souffrent pas. Moi, je suis habitué à la liberté de mon pays. Cette liberté première qui permet de rêver et de choisir aveuglément. La claustrophobie sera désormais ma hantise. Je me répète. Je suis sans doute fatigué. J'ai fui mon pays parce que je croyais que je n'étais pas libre. Maintenant je me plains parce que je sais que je ne serai plus jamais libre. Même dans la démocratie canadienne… *Bizzzzzzz…*

Chapitre XXIII

Profonde ceinture

L'arbre géant se vante. Il dit qu'il peut voir très loin. Mais toi, si tu voyages, tu verras encore plus loin que l'arbre.

La connaissance

MIDI juste, lorsque la lumière du soleil en sa torride promenade me réveille aujourd'hui. Étourdi encore, j'essaie de m'asseoir, un moment, sur le rebord du *sofa-bed*, en me penchant en avant. Mon poids le fait basculer. Je me lève par réflexe. Le *sofa-bed* retombe sur les pieds de derrière. *Blendenng*!

Ti Ben se précipite.

— Qu'est-ce qu'il y a, Manolito? Qu'est-ce qu'il y a? s'inquiète-t-il.

— C'est le *sofa-bed*!

— Attends, je vais te montrer comment ça se referme.

Il plie le siège vers le dossier, pour obtenir un V rigide qu'il ramène ensuite vers l'armature.

On s'étire les membres dans un long bâillement.

— Eh vieux! Pendant que je vais me laver, va ranger tes effets dans la garde-robe.

Après m'être habillé, je me sens tout étrange. Un peu fatigué.

Ti Ben s'assoit sur le *sofa-bed*. Il écoute les nouvelles. Je m'assois à côté de lui.

— On fume une cigarette, vieux! Tiens!

— Il est trop tôt pour fumer, Ti Ben. Voyons!

— Trop tôt! Ah! Ah! Ah! Qu'est-ce que tu racontes, vieux. Il est passé midi.

— Excuse-moi, c'est venu machinalement sur mes lèvres. C'est ce que me disait toujours Mimine, la bonne de chez nous. Je crois que je vais en fumer une, merci.

Il m'allume. Je vais m'étendre sur son lit, dans la chambre. Comme film déjà visionné, je revois Mimine dans notre petite maison familiale.

Après avoir jeté le pot de chambre, balayé les pièces, essuyé les meubles et mis le couvert, elle me sert un délicieux déjeuner chaud. Ici, je suis pris dans le pétrin. Qui va laver et repasser, faire les provisions et prendre soin de mes affaires et de moi-même ?

Subito, la porte de la chambre en s'ouvrant fait trembler le tiroir de la table de chevet.

— Eh vieux ! grouille-toi ! Allez, viens ! Il n'y a pas de bonne, ici. Il faut tout faire soi-même. Viens, on va se préparer quelque chose à bouffer.

Le réfrigérateur est encore vide. Il ronronne creux. Après avoir mangé de la cassave beurrée avec du beurre d'arachide et de la confiture, on a bu de l'eau. C'est alors que je me souviens que j'avais apporté du café en poudre.

On se fait alors un bon café fort, coulé dans une *grèp café*, que j'ai aussi apportée d'Haïti. On s'allume chacun une autre cigarette. Ti Ben s'excuse du fait qu'il n'y a plus de provisions dans la maison.

— Eh vieux ! on ne va pas passer toute la journée enfermés dans cette souricière ! Ça nous rendra fous, tu sais, à crever de chaleur et d'ennui. Je vais t'emmener faire le tour de la ville. Te montrer certains aspects de la vie d'ici.

— Tu as raison. Ce n'est pas une mauvaise idée.

Ti Ben s'enquiert adroitement du montant d'argent que j'ai. Je lui en révèle seulement la moitié. Il m'informe que deux cents dollars américains valent à peu près deux cent dix dollars canadiens.

Aussi me suggère-t-il de convertir une centaine de dollars. Nous quittons l'appartement. Il est une heure et demie de l'après-midi. Nous nous embarquons dans l'autobus. Je ne sais plus quel numéro. Et quelle importance pour moi ? Je ne connais nulle part où aller. La propreté et l'ordre régnant dans cette ville m'épatent. Les gens sereins, confiants dans leurs gestes, dans leurs mouvements. Placides. Je me sens comme un paysan des mornes qui descend en ville pour la première fois. Des voitures par milliers se croisent, s'entrecroisent. Pas un coup de klaxon. Dans l'autobus, des passagers montent, descendent, montent, descendent. Pas de confusion. Pas d'interpellations, ni d'invectives.

La mécanique humaine est parfaite. Ils jettent de la monnaie dans une boîte transparente que le chauffeur ne contrôle même pas. Regardez-moi ça, les beaux édifices ! La rue est propre, sans papiers ni marmites jonchant pêle-mêle. On descend. S'engouffrer dans le métro. Et la rue, par cette petite ouverture, nous avale. Après avoir passé par un tourniquet métallique et pris une correspondance, nous entamons une descente interminable d'escaliers.

Comme une grosse chenille sur des roues en caoutchouc. Le train d'en face, silencieux, vomit des passagers. En ravale d'autres. Tiens, là ! C'est le nôtre qui arrive. Embarquement éclair. Direction je ne sais pas.

Après quelques stations dans la veine de la terre, à Berri de Montigny, Ti Ben descend. M'entraîne derrière lui. Des escaliers dans tous les sens. Des escaliers roulants aussi pour les handicapés. Des enseignes indiquant toutes les directions. Sur la plate-forme centrale, des kiosques partout. Ti Ben me dit que dans ces kiosques, on trouve de tout. Il me suggère d'acheter deux journaux : *Haïti Observateur* et *Haïti Progrès*, si je désire m'informer de ce qui se passe dans le pays.

Je ne peux m'empêcher d'en acheter, puisque ce sont des hebdomadaires de l'opposition, interdits en Haïti. Ti Ben comprend mon excitation ! La joie que j'éprouve à ma découverte de la liberté, de la démocratie.

Je regarde tout ce monde-là qui monte, descend, s'entrecroise, fait tourner les tourniquets. Dans le cœur de la terre, une merveille !

Quel silence dans le vacarme. Mon Dieu ! Personne ne se regarde, ni ne s'adresse la parole.

On aurait dit du cinéma ou… je ne sais plus. Grandiose, étonnant. Je rencontre deux de mes anciens condisciples d'école secondaire.

Échange d'adresses et de numéros de téléphone. On remonte dans la grosse chenille qui vrombit agréablement. Direction place Bonaventure. Interminable tunnel.

– Ce n'est pas possible. Le cinéma me devient réalité. Je suis un acteur. Et ces centaines de magasins !

Nous ne sommes pas restés trop longtemps. Voici la Gare centrale. Hôtel Queen Elizabeth, rue Sainte-Catherine, Sears, Eaton.

Fantastique! Merveilleux! C'est immense. Toujours avec la même correspondance, on monte dans un autre autobus. On change à une intersection.

– Tiens là, ici, Ti Ben. Je reconnais. C'est le parc où l'on était venus hier après-midi!

Chapitre XXIV

Christophe Colomb dit bonjour à Jacques Cartier

*À observer le fils de mon père,
je peux compter toutes ses côtes une par une.
Comme le clissage d'une maisonnette en terre battue.*

Le verbe suivant est au conditionnel

Il s'arrête de parler un moment. Je me tourne vers lui. En avant d'un petit bloc d'appartements, il est en train de regarder les lignes de la silhouette sensuelle d'une Québécoise étendue à plat ventre sur le gazon, présentant au public sa fourche très bombée. Je lui assène un petit coup de coude au flanc. Il revient sur terre.

– Oui, vieux, c'est exact. Tu vois, Manolito, avec seulement un billet d'autobus, nous avons presque fait le tour de la ville. Quand on n'a pas d'argent dans ce pays, il faut apprendre tous les trucs.

Quelque trois arrêts plus loin, Ti Ben tire sur la corde longitudinale qui indique au chauffeur d'immobiliser le bolide. On descend en face d'un centre commercial. Le mot *Dominion* est inscrit en rouge sur fond blanc. En face, de l'autre côté du stationnement, est plantée une maison à étages, peinte en blanc, dont la devanture est complètement vitrée. À l'intérieur, on y fait pousser des plantes. À l'enseigne, c'est écrit : *Jules d'Alcantara fleuriste*.

Nous traversons la rue Sherbrooke vers l'entrée du magasin d'alimentation.

– C'est ici, vieux, que nous nous approvisionnerons. Je vais te montrer comment ça marche.

Nous y pénétrons. Ti Ben me fait prendre un panier sur roulettes, semblable à celui que j'ai utilisé à l'aéroport, pour transporter ma grosse valise en similicuir brun. Les étagères sont remplies. Jamais je n'ai vu autant de provisions. Il commence déjà à choisir. Du lait, du pain, du riz, du sucre, du beurre, du spaghetti, des oranges, de l'huile, des pommes et des raisins. C'est impressionnant de voir comment tous les articles sont bien emballés et étiquetés et avec le prix déjà inscrit dessus. Donc, on ne pourra pas marchander.

– La viande est trop chère, ici. On ira prendre ça au marché Saint-Laurent. Ainsi que de la banane *plantain* et de la patate douce aussi. Pas celles à la pulpe orange, non, mais les patates blanches. Celles qui sont fermes. Allons payer, Mano, on s'en va. Il se fait tard.

Derrière ses talons, je pousse le panier roulant. J'ai la sensation d'être comme Mimine, la bonne de chez nous. Comme j'ai honte. J'ai l'impression que tout le monde ne regarde que moi.

Après avoir enlevé les articles du panier, il les dépose sur le comptoir roulant. La caissière, avec un beau sourire, nous adresse le bonjour. J'ai appris plus tard que ce sourire est fictif, mécanique et n'est en fait qu'une mimique de courtoisie exigée par la direction du magasin.

Ti Ben la regarde droit dans les yeux, presque avec dédain. Il me dit en créole que ces gens-là sont presque comme des machines. Des automates. Mais la caissière continue sa mécanique en tapant un à un, sur sa caisse enregistreuse, le prix inscrit sur les articles.

Total 15 dollars et 50 centimes

C'est comme si je venais de recevoir la nouvelle de la mort d'un être cher. Très cher. Quinze dollars et cinquante centimes. Seulement pour ces deux petits sacs de plastique remplis de provisions ? C'est inconcevable ! Ce ne sera pas possible pour moi de subsister dans ce pays si je ne gagne pas une fortune !

Ti Ben me suggère de profiter de l'occasion pour payer. Ainsi, ajoute-t-il, je pourrai convertir mon argent américain en devises canadiennes. Dans mon cœur, je ne cesse de me demander combien de temps je vais pouvoir tenir avec ce qu'il me reste, si cela doit continuer ainsi. Ti Ben, lui, ne semble pas avoir un sou dans ses poches. Il a une façon adroite de m'inviter à dépenser. Je vais le surveiller pour qu'il ne me ruine pas avant mon rendez-vous à l'Immigration.

Nous sortons de là avec dans la main chacun un petit sac rouge et blanc.

Ça me fait tout drôle de porter un sac de provisions dans la rue. Jamais je ne l'avais fait auparavant. Au pays, c'est une dégradation sociale, pour un homme, de porter des sacs de provisions dans la rue. C'est réservé aux serviteurs, aux bonnes, aux gardiens de cours et aux saute-ruisseau. Oui, les *restavèk*, comme on les appelle.

Mais puisque Ti Ben le fait, je me dis que c'est normal, ici. Je n'ai pas besoin d'avoir honte.

Ça va être dur de s'adapter. Je le sens. Je devrai aussi laver mon linge, faire la cuisine, arranger mon lit, cirer mes chaussures, balayer l'appartement, nettoyer la salle de bain. Je n'ai jamais fait ces choses-là, moi. Grand Dieu, quel traquenard !

Oh ! si j'avais su !

Chapitre XXV

Mon pays est aussi un pays étranger

Le petit couteau fera toujours mieux que l'ongle.
Dicton haïtien

L'eau sucrée de ma grand-mère

Aux extrémités de nos bras, nous avons balancé les sacs de plastique pendant environ sept minutes avant d'arriver à l'appartement. Entre-temps, la chaleur a fait des siennes. Après avoir déposé les sacs sur la table, j'attrape un verre dans lequel j'échappe, à la hâte, quelques glaçons, puis je fais couler un peu de sucre blanc et verse de l'eau. À l'aide du crayon qui traîne sur la table, je brasse. Le vide d'un seul trait dans mon gosier. Ti Ben éclate de rire en disant que ce sont de mauvaises mœurs que de boire de l'eau sucrée. C'est des mœurs de paysans qui font tremper leur pain dans du cola, dit-il.

Je n'en disconviens pas. Mais je lui en fais aussi. Il vide son verre sans commentaires. Après, on a bu, chacun, deux autres verres d'eau froide.

Nous enlevons nos chemises. Le ventre rempli d'eau, on s'assoit un instant, l'un en face de l'autre autour de la table, en attendant de ranger les provisions. Je ne suis pas tout à fait moi-même. Je pense à cette somme d'argent que je viens de débourser, d'un seul coup, seulement pour payer deux petits sacs de provisions. Ti Ben fume tranquillement sa cigarette. Il a l'air de réfléchir à quelque chose. Les métamorphoses soudaines dans son caractère me fascinent depuis le début. Il trouve toujours une explication à tout. Maintenant, il se lève et commence à ranger les provisions dans les placards vides. Il dit que l'endroit où l'on a acheté les provisions est parmi les magasins qui vendent le moins cher. Il continue toujours, en répétant qu'il a fait exprès de m'amener faire des achats, afin que je me rende compte de la différence. Pour que je me *débatte pour vivre*, a-t-il encore ajouté, d'un ton sec. Il poursuit, en disant que si on ne lutte pas très fort dans ce pays, jamais on ne pourra y survivre convenablement. Tout est beau, ici. C'est vrai. Ce n'est pas une illusion. Tout paraît simple, facile et accessible, martèle-t-il. Mais les moyens de se procurer les choses exigent des sacrifices énormes, surhumains même, souvent. Et jamais on ne parviendra à s'en accommoder complètement. On n'a pas l'habitude. Ce n'est pas dans notre culture de bosser aussi fort pour ce que ça donne au bout. Nos valeurs culturelles, notre philosophie de la vie sont si différentes. Les gens d'ici sont toujours à la course pour rattraper on ne sait quoi!

— Nous sommes condamnés, mon vieux, à traîner cette réticence à nous adapter à d'autres valeurs sociales. C'est une caractéristique culturelle très forte chez nous. Et ce sera pire tant que nous ne trouverons pas un moyen de retourner au pays. Et cela ne s'est jamais vu. Les émigrés ne retournent jamais chez eux, quels que soient les changements à survenir dans leur pays. Une fois parti, c'est fait. Le monde se recommence de nouveau, aux deux places. Je te jure, bientôt, les centres psychiatriques d'ici seront remplis des nôtres. Il y a dichotomie d'adaptation, de langage, d'être tout court. Ça ne marchera pas tout de suite.

Cousines du côté des cuisses

Il n'arrête pas de parler. On dirait que c'est un besoin vital chez lui. Mais c'est pour se cacher derrière ces mots et théories qu'il martèle avec autorité. Il paraît tourmenté, préoccupé par quelque indéfinissable inquiétude. Je lui demande s'il a de la famille ici, au Canada. Il répond sans hésitation :

— Oui, j'ai beaucoup de famille à Montréal, Manolito. J'ai une tante, ma marraine, beaucoup d'amis et une cousine. Cette dernière, du reste, ne demeure pas très loin d'ici. Juste à deux pas. En face.

— Comment s'appelle-t-elle?

— Rosaline, mon vieux. Rosaline Sincère. Quelle idée d'appeler quelqu'un Sincère! Ah! mon vieux, on n'est pas prêt de sortir du sous-développement!

— Pourquoi dis-tu cela ?
— Tu vois, Rosaline est le prototype de la femme de chez nous, issue de famille modeste venue en terre étrangère. On ira faire un tour chez elle plus tard et tu comprendras ce que je suis en train de te dire. Elle partage l'appartement avec une amie. À les observer vivre, on se demande des fois si ça vaut le coup.
— Qu'est-ce qu'il y a ?
— Elles ne savent pas ce que c'est que de jouir de la vie. Elles existent. Et pourtant, elles vivent mieux que moi.
— Je ne comprends pas, Ti Ben. Explique-toi.
— Elles ne prennent pas le temps de penser. Elles ne souffrent pas comme moi ou comme toi.
— C'est la confirmation des proverbes qui disent : *Mò pa kònn konbyen dra blan koute*. C'est exactement cela. *Les morts ne savent pas combien coûte le drap blanc avec lequel on les recouvre avant les obsèques*. Donc, tes cousines ne souffrent pas. Quel mal y a-t-il ? Et faut-il quand même souffrir pour être immigrant ?
— Vieux, elles ne sont concernées que par leur besoin de subsister. Se faire exploiter à la manufacture, dans l'industrie du textile sur la rue Chabanel, pour moins que le salaire minimum. Elles ne sont pas informées de leurs droits. Elles ne gagnent que soixante centimes de l'heure. Ça leur permet de payer le loyer de l'appartement, faire le marché, payer une fortune à Bell Canada pour les appels en Haïti et enfin, envoyer le peu qui leur reste là-bas, au pays, pour tout le monde. À manman, papa, mon oncle, matante, cousins, cousines, voisins et amis. Un dollar pour celui-ci, deux dollars pour celle-là. Souvent, cela leur coûte plus cher en frais de téléphone pour expliquer ou en frais de transfert, que la pitance elle-même envoyée là-bas. C'est tout, rien d'autre. Pour elles, la qualité de la vie s'accomplit ainsi. Et tant pis pour le reste. Elles ne vont pas au cinéma, prétextant que la télé leur suffit. Nulle part, vieux, nulle part. Tu as voyagé, toi, parce que tu crois dans l'espoir de voir le pays délivré d'une dictature. Mais elles ? Elles ne souffrent pas. Elles sont ici et travaillent, c'est tout. Elles se foutent des causes de leur situation. D'ailleurs, elles n'en sont même pas conscientes. Elles espèrent. Elles attendent en place pendant que les Blancs ne se lassent pas de courir. Toujours pressés, ces Blancs. En fin de compte, ni Blancs ni Noirs ne savent ni où, ni quand, ni comment ça va s'arrêter.
— On est tous ici pour la même raison, n'est-ce pas ?

— Manolito, tu ne te fais pas une idée du nombre de ces femmes-là, qui ne font simplement qu'aller à l'église chaque dimanche. Leur seul loisir. Elles ne se plaisent qu'à dire « Bon Dieu Bon ! » Elles ne sont pas faites pour la vie d'ici.

— Que veux-tu, il n'est pas donné à tous d'être comme toi. C'est la loi de la société, de la vie. Pas vrai ?

La douleur des 15 dollars et 50 centimes

Neuf heures du soir déjà, à ma montre. Mon estomac crie famine. D'un seul coup, Ti Ben se dresse debout et dit, en me fixant dans les yeux :

— Mon cher Manolito, j'ai senti ta douleur au plus profond de mon âme, quand tu devais débourser les quinze dollars et cinquante centimes pour payer les provisions.

— Comment as-tu fait ?

— Voyons, mon vieux ! Nous sommes de la même souche. La sève nourricière contiendra toujours les mêmes éléments.

— Alors, pourquoi tu ne m'as rien dit ?

— Plusieurs raisons, mon vieux. D'abord, je n'ai pas un sou en poche. Deuxièmement, il faut que tu t'inities à la vie d'ici en prenant conscience que tu dois toi-même subvenir à tes propres besoins.

— Si ça continue ainsi, d'ici quelques jours, je serai ruiné.

— C'est exact, mon vieux. C'est à partir de cela que tu vas commencer à te rendre compte de la différence économique entre le pays réel et celui d'ici.

— Quant à ça, je le vois déjà.

— Tu vois, mon vieux. Moi je conclus qu'à certains points de vue, notre pays n'est pas plus pauvre que le Canada.

— Là, mon Ben, tu exagères.

— Tu crois ! Je vais t'expliquer.

— Vas-y.

— Considérons les conditions circonstancielles où toutes les situations socio-économiques ne dépendent que des actions sensées des dirigeants du pays.

— D'accord, et puis après ?

— Eh bien ! les problèmes du pays sont tributaires simplement d'une carence totale du savoir-faire !

— Savoir faire quoi ?
— Du savoir-faire, en général. Aucune notion d'administration, de responsabilité collective, de développement national, d'éducation scolaire, d'économie… il n'y a aucune organisation sociale viable au pays, rien.
— C'est ce que j'ai toujours pensé. Et c'est la raison pour laquelle le pays est l'un des plus pauvres dans cet hémisphère.
— Non, mon vieux. Je ne suis pas d'accord quand on dit qu'il est le plus pauvre. Sa richesse est là. Tout simplement, elle est mal évaluée, mal comprise, mal gérée, mal exploitée.
— C'est quoi, notre richesse ?
— C'est l'amour de la réussite du peuple. C'est le peuple lui-même, illettré. C'est sa terre qu'on lui vole. C'est son droit à la pensée et à la parole qu'il n'a pas. C'est son folklore qui perd son intimité. C'est nous, la jeunesse. C'est sa terre montagneuse qu'il faut utiliser à bon escient. C'est son système économique et social qu'il faut adapter à la culture du peuple, la définir. C'est vivre la vie dans tout ce qu'elle offre de naturel. C'est la fuite. C'est notre suicide. C'est tout ça qu'il faut rassembler, organiser, canaliser, tu verras combien nous sommes riches.

Ayiti machin	**Haïti Voiture**
ayiti ou wè la-a	On la voit
hmmmm	Mais on ne la connaît pas
se kawosri li wi ki piti	Modeste carrosserie
louvri vant kapo nen an	Ouvrez le capot et regardez
pou wè pisans motè	La puissance du moteur insoupçonnée
ki nan lestomak vant li	Dans ses entrailles
l'ap trennen	Capable de remorquer
ken nenpòt kèl gwo traktè	D'énormes tracteurs même
jwenn bon mekanisyen pou li	Trouvez-lui de bons mécaniciens
ba li bon jan gaz pou wè	De la bonne qualité d'essence
se pi rèd	Jamais vous ne reviendrez
w'ap sezi jouk ou kaka sou rou.	De vos surprises.

— Pour cela, il faudrait de l'argent, beaucoup d'argent et des consensus.
— La richesse, mon vieux, ce n'est pas seulement les belles autoroutes de bitume qui s'entrecroisent en serpents géants au-dessus des

villes-lumières. Souvent, elles ont des conséquences néfastes sur l'environnement et sur le mode de vie de ceux qui la subissent. La richesse, mon vieux, ce n'est pas se comparer aux valeurs convoitées par les puissances dites développées. La richesse réside dans ses propres notions de valeurs culturelles locales. Elle fait partie de ses propres entrailles. Chaque peuple doit se développer en fonction de ses impératifs environnants. C'est en voulant égaler les autres, c'est en se laissant influencer par les valeurs sociales et économiques des autres qu'on crée ses misères interminables. Qu'on s'appauvrit soi-même, qu'on se sent sous-développés. De quel droit peut-on se permettre de crier à travers le monde entier que le salaire per capita annuel du pays est de trois cents dollars !

— Parce qu'ils ont évalué la situation en établissant des statistiques.

— Qui ça, ils ?

— Eh bien les Blancs ! Les organismes de développement international.

— Non, mon vieux. Ils n'ont pas le droit.

— En tout cas, ce sont les seuls qui le font.

— Non, vieux. Ils n'ont pas de paramètres tangibles. Ils n'ont pas de données réelles et fiables pour appuyer leurs conclusions. Ils se basent tout simplement sur leur imagination. Et surtout sur leur manie de toujours vouloir absolument tracer la destinée des autres. Dire aux autres ce qui est bon pour eux. Cela fait plus d'un siècle qu'on nous fait l'aumône, alors que nous nous appauvrissons davantage. Et ils appellent cela de l'aide aux pays sous-développés. Tout ce qu'on entreprend finit par un fiasco. Qui donc est à la base ? Ce sont eux, les Blancs !

— En tout cas, les tontonmakout qui volent et tuent le peuple ne sont pas des Blancs. Ceux qui volent l'argent de l'aide étrangère et l'envoient déposer dans des comptes à numéros dans des banques en Suisse, ne sont pas des Blancs. C'est nous.

— Mais qui soudoie ? Qui tire les ficelles ? Qui fomente les complots, les magouilles ? Qui fournit les armes à ceux qui n'ont rien à manger ? Et Dieu seul sait combien les armes coûtent cher. Les Nègres ne fabriquent ni l'argent, ni les armes, mon vieux.

— De toute façon, ici, au Canada, on gagne beaucoup plus qu'au pays. C'est pour cela que nous y sommes tous venus.

— Certes oui. Mais ici aussi, au Canada, quand tu gagnes quatre cents dollars par mois, tu crèves tout bonnement. Alors qu'ils persistent à admettre que notre trois cents dollars per capita nous maintient continuellement en vie. Quelle aberration ! Écoute, vieux. Le revenu moyen d'un pays est fonction des exigences de son niveau de vie. Quand on dit que trois cents dollars annuels est en dessous du niveau de la pauvreté, c'est comparé aux dix mille dollars de revenu annuel moyen, per capita, nécessaires à la subsistance d'un Canadien moyen.

— Mais les valeurs culturelles sont étroitement liées au niveau de vie d'un peuple distinct et non aux valeurs décidées et imposées par une puissance étrangère, à un autre pays plus démuni.

— Mon vieux, les faux besoins, les apparats, le luxe effréné et la consommation, plaies de l'Amérique du Nord, sont les seuls responsables de cette pauvreté réelle et factice à la fois, à bien des égards. Nous sommes victimes du principe de la relation de forces, à l'échelle mondiale. Ils nous ont mis à la course à l'argent. Bientôt, on va connaître l'inflation comme eux commencent déjà à la subir. Au pays, nous sommes encore chanceux économiquement. Ça nous prend toujours cinq gourdes pour faire un dollar américain. Donc pas de fluctuation d'aucune sorte. Que ça monte, que ça descende ailleurs, c'est pas le problème du pays. Cinq pour un. On ne se casse pas la tête. Mais le jour où la gourde prendra sa valeur intrinsèque, on ne pourra plus rien acheter. Ça prendra entre deux à trois cents gourdes pour faire un dollar américain.

Chapitre XXVI

Si c'est dur, retourne au pays

*De trop gros seins ne seront jamais
un fardeau pour leur poitrine.*

Famille typique du pays

Comme si on lui avait confié une mission divine que l'égoïsme humain lui aurait empêché de réaliser en public, alors, il profite de la situation. Il parle, critique, me prêche, se heurte à tous les sujets à la fois qui concernent le pays et ses ressortissants vivant tant au pays qu'en terre étrangère.

— Prenons le cas de l'un de nous, issu d'une famille typique du pays et qui vit maintenant à l'étranger.

— Qu'est-ce que donc une famille typique de chez nous? Il y a tellement de castes familiales au pays.

— Une famille typique, chez nous, signifie que l'on possède sa maison, un lopin de terre cultivée à la campagne avec des animaux dessus. Le père est fonctionnaire. La mère ne travaille pas et les enfants ont le privilège de demeurer à la maison aussi longtemps qu'ils le désirent avec bonnes et serviteurs.

— Ti Ben, toute la campagne est presque rendue à la Capitale. On ne trouve plus ça au pays. Tous les paysans que le président avait fait rentrer à la Capitale pour venir fêter la fête des makout 22 mai, 22 novembre, 22 juin, 22 septembre, ne sont jamais retournés chez eux. Les mornes sont vidés. Port-au-Prince déborde.

— Et toi, mon vieux, avais-tu ta propre maison ou pas?

— Oui, nous avons la nôtre.

— Alors, qu'est-ce que tu me chantes là, maintenant ? Le crédit n'existe pas chez nous. Tous les gens doivent payer comptant les biens chers qu'ils désirent consommer. C'est le premier déroutement de la théorie économique de ces Blancs américains qui ont toujours tout pensé pour nous. Et c'est aussi ce qui se passe maintenant ici, au Canada…

— Tu m'expliqueras ça plus tard. Restons-en à notre théorie.

— D'accord. Donc, on va dire que le marché du crédit est absorbé par la propriété.

L'économie se confond avec l'épargne.

— Explique !

— Tout simplement, on ne paye pas l'intérêt qui constitue le plus gros roulement monétaire en Amérique du Nord. Ce qui signifie aussi qu'une bonne partie du salaire des gens d'ici est utilisé à payer leurs dettes. On vit de stress, mon vieux. À travailler, rien que pour payer des dettes. Les *bills*, mon vieux, nous passent dans le sang.

— Je commence à comprendre. Par contre, je pense qu'il y a aussi autre chose.

— Certainement, mon vieux, il y a autre chose. Mais ce sera encore la même chose. Prenons le cas d'un Canadien moyen qui gagne six mille dollars par année…

— Quoi ? six mille dollars par année, c'est beaucoup, ça !

— Mais non, mon vieux. Ça, c'est le salaire de celui qui vit au seuil de la pauvreté, ici.

— Tu plaisantes, Ti Ben. Six mille dollars ? *Hololoye* !

— Quand je dis six mille dollars, c'est le brut.

— C'est le brut… Le brut, tu dis ?

— Oui, le salaire brut, avant les taxes.

— Les taxes ? Pourquoi les taxes ?

— Évidemment. Qu'est-ce que tu crois ? Les métros, les autobus, l'assurance-chômage, l'assurance sociale, les travaux publics, l'école, les hôpitaux, les pensions de vieillesse et des améliorations de tout genre, l'entretien des routes, etc. Où penses-tu que le gouvernement prend l'argent pour payer tout ça ? Hein ? C'est avec le produit des taxes, des impôts, mon ami. Avec la seule différence, c'est qu'ils ont une administration et un système de contrôle qui surveille et punit toute tentative de détournement de fonds.

— Oui, mais quoi?

— Eh bien! une partie de ton salaire paye pour tous ces services! Ça s'appelle les transferts, mon vieux. Les interminables transferts! À tous les jours, il y a de nouveaux programmes. Et les taxes augmentent sans cesse.

— Si je comprends bien, on ne me paye pas réellement ce qu'on dit que je gagne. Ils m'en donnent moins, c'est ça?

— Tu es très *smart*, mon vieux. Très intelligent pour un *just come*.

— Ah bon? C'est comme ça. Je commence à *cliquer*.

— Je disais donc que les six mille dollars, après les déductions à la source des impôts, de l'assurance-chômage, de l'assurance-maladie, de l'assurance-vie, de l'assurance-salaire, de l'assurance-décès, de la cotisation syndicale, du régime de rentes du Québec, du régime de retraite du Canada et autres, n'ont pour valeur résiduelle que quatre mille cinq cents dollars. En le divisant par cinquante-deux semaines, on obtient quatre-vingt-six dollars et cinquante centimes qui multiplié par quatre, donne trois cents quarante-six dollars par mois.

— Trois cent quarante-six dollars par mois, c'est un gros salaire, Ti Ben. C'est beaucoup. Tu vois, trois cent quarante-six multiplié par cinq donne mille sept cent vingt-cinq gourdes par mois. Avec ça, on est riche! Vive le Canada! C'est presque comme à New York!

— Tu vas voir.

— Quoi? Il faut que je me trouve un job tout de suite! Je vais être riche!

— Utilisons les trois cent quarante-six dollars et tu verras combien on est riche. Un appartement comme cette corniche d'ici coûte cent quinze dollars par mois. Vas-y, prends ton crayon et calcule! Ton marché te coûte cent quarante dollars par mois. Les billets d'autobus, dix dollars. Ton argent de poche pour les menues dépenses, trente dollars, plus tes paiements mensuels sur ton stéréo, ou tes meubles. En plus de ça, une fois, de temps en temps, en fin de semaine, on peut aller se prélasser dans un *night club*. Disons que l'on dépense dix dollars pour le mois.

— Mais, Ti Ben, il ne reste plus rien!

— Eh bien! vieux, c'est là que commencent tes tribulations! Des maux de tête de toutes sortes. C'est ici que le système de crédit te gruge. Une fois pris là-dedans, tu n'en sors plus jamais.

— Comment ça?

— En plus de toutes ces dépenses, si tu as une voiture, il faut payer les échéances entre trente et quatre-vingts dollars par mois. Il faut la faire réparer, l'entretenir, payer l'essence, les assurances.

— Mais c'est vrai. J'y ai pensé. Mais je croyais que les dépenses étaient moins que cela.

— C'est pas fini, vieux. C'est pas fini. Les saisons ici sont très marquées. Il faut nécessairement qu'on s'habille toujours en conséquence. Et ça, ça coûte cher. Les manteaux, les bottes d'hiver, le foulard, les débardeurs, les caleçons à jambes longues.

— C'est pas vrai, tu dis cela pour me faire peur. Tu recommences. Si c'était vrai, comment feraient tous ceux qui vivent ici?

— Tu ne me crois pas, alors tu ne me laisses pas finir. Comme ça, mon vieux, les factures ne cessent de rentrer. Canadian Tire, Sears, Eaton, Chargex, La Baie et Hydro-Québec, pour le chauffage et l'électricité. On devient traqué, vieux, par ce stress constant. On ne vit plus, mon vieux. On ne travaille que pour payer les *bills* des fournisseurs, des taxes, des intérêts excessifs, qui parfois, peuvent aller jusqu'à quarante-deux pour cent calculés en intérêts composés.

— C'est à devenir *maboul*, rien qu'à y penser, Ti Ben!

— Non seulement c'est possible, c'est la vie de tous ceux qui s'en tiennent aux dépenses strictement minimales. Nous qui apprécions le luxe et qui n'aimons pas devoir de l'argent, n'ayant pas l'habitude du crédit, nous passons toujours une longue période à essayer de réparer une mauvaise expérience causée par cette fausse abondance. Et aussi, vieux, il y a plein de maisons de finance qui naissent comme des champignons, pour profiter de l'ignorance des immigrants. Elles font des fortunes colossales. Je ne comprends pas comment le gouvernement canadien peut leur permettre d'exiger autant d'intérêts sur les prêts. Ça ruine tout le monde et le pays avec. Un cercle vicieux. Et le gouvernement lui-même te réclame des taux excessifs quand tu dois à l'impôt. Il se tire dans les pattes, je crois. C'est suicidaire, cette course affolée à l'argent.

L'autre paire de manches

— Si c'est aussi dur que tu le prétends, pourquoi on reste ici? Personne n'est retourné?

— C'est encore un autre dilemme. On est menés par la hantise de la réussite et l'habitude, aussi. On se fait de nouveaux amis. On ne sait plus ce qui nous attend là-bas, quoiqu'on n'ait jamais su ce qui nous attendait ici. Et puis, une fois parti, le pays n'est plus le pays. On va continuer de souffrir de la nostalgie, de la solitude, de l'éloignement. Mais il y a quand même quelque chose ici qui nous fera croire qu'on est aussi d'ici.

— C'est quoi, ce quelque chose-là ?

— C'est le laps de temps qu'on y a passé. Oui, c'est comme une complicité avec l'environnement, avec les Canadiens, malgré eux, malgré soi. D'ailleurs, on apprend à y vivre, avec toute la conjecture migrante. On est constamment relancés par le pays et en même temps entachés de la terre d'accueil. Comme un nouveau pays, une nouvelle naissance. Comme une réincarnation consciente, presque.

— Ah !

— C'est dur, tu sais. C'est un phénomène inexplicable. Toi, tu viens d'arriver. Tu ne peux pas encore jouir de cette forme de nostalgie aigre-douce.

Nostalgie mi-figue mi-raisin.

— Ti Ben, tu sais qu'au pays, un professeur ne gagne que cinquante dollars par mois.

— J'admets que c'est peu. Mais deux petits sacs de provisions ne coûtent pas quinze dollars et cinquante centimes, non plus. On ne paye pas de chauffage, on n'achète pas de manteaux, on n'a pas toutes ces cartes de crédit à payer. On n'a pas cette hantise et ce stress de savoir qu'on doit se tuer à travailler comme un esclave, pour subsister. On a de la famille en province qui, de temps en temps, nous envoie des provisions à la capitale. On ne paye pas ce loyer exorbitant. On ne mange, ni on ne vit, non plus, des mêmes expédients, vieux. Vivre dans la crasse et dans la pauvreté n'est pas comme subsister dans l'illusion de la richesse. Il suffirait qu'on soit mieux organisés nous-mêmes.

— Hélas ! Je crains que ce ne soit plus tout à fait la même chose, Ti Ben. La vie et les maisons commencent à devenir très chères au pays, maintenant. Depuis que les Blancs sont venus imposer leurs systèmes de crédit et de consommation, la campagne a envahi la capitale.

— Port-au-Prince n'est pas Haïti, mon vieux. Aussi tout cela est passager. Tôt ou tard, le gouvernement devra tomber.

— Cela fait seize ans qu'on n'espère que ça. Et il est encore là, le foutu gouvernement truffé d'obscurantistes invétérés.

— Non, mon vieux, maintenant c'est différent. La jeunesse s'est mise de la partie. Et tu verras à quelle vitesse il chutera, le gouvernement. Avant, la jeunesse n'avait pas droit à la parole. C'était toujours l'apprentissage, la soumission aveugle, les vieux et le clergé, avec leurs théories vétustes et des préjugés archaïques.

— Espérons-le. Je sais quand même que la jeunesse n'a ni l'expérience ni les connaissances suffisantes. De toute façon, pour tout ce qui arrive au pays, on dit que c'est la faute des Américains. Des Haïtiens tuent d'autres Haïtiens, c'est la faute des Américains. Quand est-ce que ce sera notre faute à nous, aussi? Si l'Américain me dit de tuer ma mère et que je la tue, c'est moi qui suis l'assassin. Le peuple meurt de faim, le paysan déboise le pays pour en faire du charbon de bois, on dit que c'est la faute des Américains. J'aimerais que ce soit au moins une fois notre faute un jour! On prendrait conscience de ce qui pourrait nous arriver. Si ce laxisme continue, il sera un jour trop tard pour récupérer le pays. Maintenant, on commence à dire que c'est la faute des *loas* du vodou qui, fâchés à cause de cette même incompétence, punissent le peuple. Quelle irresponsabilité! Quand est-ce qu'on va comprendre que ce sont les dirigeants qui sont incompétents?

— Mon vieux, l'avenir du pays va dépendre de la conception de la vie sociale qu'on lui tracera. Le pays entamera un nouveau tournant historique dans le contexte mondial. Nous avons toujours défié toutes les théories économiques, statistiques, de santé et sociales, basées sur des valeurs occidentales. Si les dirigeants de la relève nous viennent avec ces mêmes théories désuètes, sans les adapter à nos besoins et sans non plus tenir compte des changements culturels, de l'économie environnante, de la vie paysanne, le pays entier subira la crise que les mondes capitalistes et communistes vivent présentement. Les conséquences seront fatales et irréversibles. Nous n'avons ni infrastructure, ni éducation technique. Ni même de tradition artisanale.

— Qu'est-ce que tu racontes encore? Tout le monde quitte le pays à cause de la misère qui y sévit et toi, tu m'arrives avec des théories décousues. Il y a maintenant plus d'un million des nôtres à l'extérieur.

— C'est exactement là que tu fais erreur, mon vieux. Si on part, c'est pour y revenir.

— J'aimerais ça, que tu m'expliques, mais j'ai très faim.
— Ne t'en fais pas, mon vieux. On va manger tout de suite.

Ti Ben s'empare du téléphone et compose. Il appelle chez Rosaline Sincère.

Rosaline est sa cousine du côté maternel. Elle demeure dans le petit bloc d'appartements d'en face, avec Laurencia, une cousine du côté paternel de cette dernière. De ce fait, à cause de Rosaline, la pratique a décidé que Laurencia est aussi la cousine de Ti Ben. Et moi, à cause de Ti Ben, je deviens le cousin de Rosaline, de Laurencia et finalement le cousin de Ti Ben. Ti Ben commande à Rosaline de faire à manger suffisamment pour quatre personnes.

— On reprendra la conversation une autre fois, clôt-il.

Nous quittons l'appartement, laissant derrière nous, le tic tic tac tac dans la baignoire qui saigne de sa rouille au compte-gouttes.

Chapitre XXVII

La tendre chaleur trahie

*Nous ferons boucaner la banane musquée
et la patate Ti Malice sous la cendre du feu.
Nous les ferons piler dans le mortier aux épices
à l'heure du manger.*

Le souper des cousines

Nous descendons la rue Davidson jusqu'à la rue Hochelaga que nous traversons. Je suis stressé par l'austérité de ces petits blocs. Cubes de briques jaunes. Cubes de briques rouges. Cubes de briques brunes. Parfois aussi cubes de briques blanches tirant sur le gris cendre. Je sais qu'il y a, là-dedans, plein de cellules. Et que chacune d'elles contient plusieurs personnes qui attendent à demain, à après-demain, à après après-demain. Simplement pour aller travailler et exister, comme Ti Ben a dit. Ça ne doit pas être drôle d'attendre toujours comme ça, consciemment, après leurs demains. Où est la vie? Elle ne se trouve plus aux carrefours avec les copains. Elle n'est pas dans les remous des marchés publics créoles, dans les bourgs, à la rivière, dans les jardins, à la campagne! Elle ne se trouve pas non plus dans cette indolence, ni dans cette habitude de vouloir communiquer avec tous ceux qui, simplement en parlant, donnent un sens à l'existence qui s'achemine, s'achemine, s'achemine sans fin vers le sens insensé que nous lui chercherons sur la trajectoire des points d'une circonférence.

Ah! mon doux pays vodou me manque! Il me relance fort, si fort!

Sur la rue Ontario, dont l'aspect est un peu plus pauvre à ce niveau, tous ceux qui se côtoient paraissent très isolés. On pourrait, si on le désire, dire que l'égoïsme est marqué en grandes lettres sur chaque visage. En plus de la solitude. Si tous ces gens-là ne s'ignoraient pas, je croirais que leur mépris pour notre présence relève du racisme. Ti Ben m'explique que cette petite boutique bien garnie s'appelle un « dépanneur ». Il se dirige vers la section des boissons gazeuses. C'est annoncé : *Vente de Coke 750 ml. 59 cents*. Ti Ben en attrape deux bouteilles. Il dit que c'est pour emporter chez les cousines. À la caisse, il m'invite à payer : un dollar quatre-vingt-douze cents. Mon Dieu que c'est cher ! C'est très cher ! Je n'y comprends rien. Pourtant, on a annoncé cinquante-neuf centimes la bouteille. Ti Ben m'explique qu'ils ont chargé trente cents supplémentaires, comme consignation, par bouteille, plus la taxe. Ça fait quand même neuf gourdes soixante. C'est presque le salaire mensuel de Mimine, la bonne de chez nous, en Haïti.

Nous sortons du dépanneur. En remontant la rue Davidson. La scène de la rue n'est pas plus animée qu'elle l'était lorsque nous la descendions. Un autre petit bloc d'appartements dans le même style. Sans même frapper, Ti Ben pousse la porte après avoir tourné la poignée. Nous sommes accueillis par une forte vapeur épicée mais typique. Comme, aussi mélangée, de cette odeur aphrodisiaque remarquable de cannelle, feutrée à l'anis étoilé, encore mêlée avec de la vaseline et de l'eau de lavande. La petite place est sympathique, remplie. Les meubles sont un peu disproportionnés pour l'espace disponible. Des rideaux à volants pendent presque sur chaque mur. Des pots de fleurs synthétiques bigarrées jonchent toutes les surfaces libres. Dans l'entrebâillement de la porte de la chambre, trône un large lit à tête habillé d'un couvre-lit en velours brodé.

Style américain des USA. *Made in Taiwan* ou peut-être même d'Haïti.

Laurencia est assise sur le sofa au tissu fleuri, recouvert de plastique transparent. Elle a les yeux rivés sur la télé. Elle fait semblant de ne pas nous voir arriver dans le petit appartement. Pourtant, nous sommes passés entre elle et la télévision.

Une belle négresse crue, nature.

Elle rappelle Anaïse, cette négresse élancée symbolisant la beauté paysanne, si merveilleusement décrite par Jacques Roumain dans son formidable roman *Gouverneur de la rosée*. Ou comme *Choucoune*, le poème d'Oswald Durant, ce barde extraordinaire. Ou encore la *Marabou* d'Émile Roumer, cette femme aux gencives violettes, aux fesses de *boumba* qui exciterait tant, tant elle est comparée continuellement aux victuailles les plus prisées du terroir. Elle a des seins proéminents, des grands yeux noirs marrons, une vulve buccale charnue, époustouflante. Ça donne une idée de l'autre vulve, combien elle peut être pulpeuse.

Qu'importe, c'est cette sensualité naturelle qui se dégage de partout et des pores de ces femmes caramel, dans leur ingénuité déroutante, qui fascine et maintient dans une sorte de constante concupiscence et qui rend les hommes salaces.

Pendant un instant, je sens la pesanteur de son regard scruter les moindres détails de ma personne. Ti Ben, qui me précède, se retourne et demande : « Comment ça va, Laurencia ? »

– Oh! Oh! franchement je ne vous ai pas vus rentrer, non! Bonjour *m'sieur*, lance-t-elle en s'adressant à moi.

Je lui réponds bonjour. Ti Ben dépose les bouteilles de boisson gazeuse sur la table. Rosaline est encore debout devant la cuisinière. Elle est portée par un physique semblable à sa cousine. Ti Ben s'approche d'elle. Lui plaque une tape sur la stéatopygie, tout en la chatouillant de manière sensuelle. *Sssst haïe*! fait-elle en sursautant. Avec un sourire malicieux, mêlé d'une certaine pudeur, elle lève son couteau de cuisine, comme pour le menacer :

– Si tu es un homme tout de bon, viens te rasseyer et je te garantis que tu ne verras pas la fin de cette soirée.

Ti Ben s'en approche, la tient par la taille. L'embrasse sur le cou et lui tapote encore les fesses. Comme pour appeler à son secours, elle crie :

– Laurencia, dis à Ti Ben de me laisser tranquille! Tu entends!

– C'est ton cousin chéri! Je ne m'en mêle pas, réplique Laurencia.

Rosaline se tourne vers moi. Me regarde avec ses grands yeux vifs, plantés dans un visage timide, pour lancer finalement :

– *Bonswa m'sye!*

– Bonsoir, mademoiselle, réponds-je.

Elle continue à s'affairer en nous tournant le dos. Mais toujours de façon à attirer tous les regards sur son physique rondelet, sensuel.

Sa démarche, ses gestes lascifs, ses airs et les bruits d'ustensiles.

— Bon, Ti Ben, devant l'étranger oui, que tu fais tout ce mal élevé-là ?

Une façon de m'inviter à me joindre à la complicité singulière du petit appartement et de ses occupants. Je rentre dans le jeu, comme suggéré et espéré :

— Ah bon ! si tu me considères comme un étranger, vaut mieux que je m'en aille !

Les deux filles répondent en tandem :

— Mais non, Mano ! Si tu étais un étranger, Ti Ben ne t'aurait pas amené ici. Qu'est-ce que tu comprends ?

— Voilà ma gloire ! Parlez-moi de ça ! C'est ce que je sais, dit Ti Ben.

— Eh bien ! assieds-toi donc !

Ti Ben est déjà étendu sur le beau grand lit bien fait, recouvert d'une riche couverture. Des taies d'oreillers à paillettes. Les filles commencent à me poser des questions et à s'enquérir des nouvelles du pays et de moi, sans même me laisser le temps de répondre.

— Comment as-tu quitté le pays ?
— Où habitais-tu ?
— Quel est ton nom de famille ?
— As-tu des sœurs ? Des frères ? Comment s'appellent-ils ?
— As-tu ta résidence permanente, ici ?

Ça ne finissait plus quand Ti Ben coupe court à l'interrogation serrée.

— Eh les filles ! cessez donc de fouiller le bonhomme ! Il n'est pas une plantation de patates.

— Oh ! Oh ! Qu'est-ce que tu as, alors, Ti Ben ? On ne peut pas parler, à tort à…

— Rosaline ! Manolito a faim. Est-ce que ça vient, le souper ?

— Franchement, je vais me dépêcher, c'est à cause de Manolito, oui. Si c'était pour toi, tu dormirais ce soir sans souper. Tu es trop mal élevé, Ti Ben !

Sans mot dire, Ti Ben se lève. Va s'attabler.

— Je ne t'y ai pas encore invité, lui fait remarquer Rosaline.

— Va donc t'asseoir, monsieur, m'invite Laurencia. Le manger est prêt.

Je vais m'attabler en rejoignant Ti Ben. L'appartement des deux cousines n'est pas plus grand que celui de Ti Ben. Il est plus encombré et malgré tout, il donne l'impression d'être plus spacieux. Plus chaleureux. Les deux cousines s'appliquent à nous servir comme si nous étions des rois. Elles prennent un plaisir maternel à veiller sur notre bien-être. Sentant d'instinct que nous sommes des faibles, des incapables.

Oui, je le crois. Nous, les hommes, nous constituons le sexe faible. Tout ce que nous entreprenons, en fin de compte, n'est que pour assouvir notre soif de satisfaire les désirs féminins. Que cela nous fasse plaisir ou non, c'est elle, la femme, qui est au bout de la ligne.

Naissance d'espoir

Les inquiétudes et les angoisses qu'avait générées en moi l'atmosphère austère et lugubre du petit appartement de Ti Ben se dissipent dans ce nouvel espoir que je pourrai toujours venir me consoler à l'ombre furtive de ce petit foyer animé par la chaleur féminine. Je viendrai me consoler des affres de la réalité nord-américaine de laquelle Ti Ben ne cesse, avec peine, de bêcher à me prévenir des mauvais détours.

Dans un large plat ovale, pas trop creux, que Rosaline a déposé en plein milieu de la petite table, du maïs moulu d'un jaune appétissant et crémeux, cuit avec des oignons et des tomates et des fèves de Lima. Le fumet embaume discrètement de façon particulière les alentours de la table en volutes sporadiques mais drues.

Entre-temps, Laurencia s'affaire à trancher et à éplucher un gros avocat au cœur jaune beurre, à la chair pulpeuse.

Je salive déjà, abondamment. Ti Ben prend un immense plaisir à observer mon délire silencieux. Il ne me concède pas une seconde de répit à me regarder de son regard pesant, renforcé d'un rictus malicieux. Il domine. Rosaline revient avec un gros bol rempli, aux trois quarts, d'une salaise aux harengs saurs, fricassée avec des oignons et des tomates cerises coupées en deux et égrenées. Sa forte teneur en assaisonnement aux *piments boucs*, envahit complètement l'hermétique espace. Pour m'agacer davantage, Ti Ben attrape un morceau avec le bout de sa fourchette. Le porte à sa bouche et apprécie :

— *Humm*! C'est délicieux à s'en couper le doigt. Tu veux goûter un morceau, Manolito ?

— Non, merci. Je préfère attendre de commencer pour de bon. Je ne voudrais pas me couper l'appétit.

Dans un pot en cristal que Rosaline dépose sur la table, se balancent dans un liquide rougeâtre de fines particules de melon d'eau et où fondent, en silence suspensif, des glaçons.

Sur le dos des Haïtiennes

Laurencia apporte enfin sa salade dorée recouverte d'une sauce pimentée au vinaigre et à l'huile. Ti Ben annonce aux filles de se dépêcher pour venir partager le repas qu'elles ont préparé. Sinon, il ne leur laissera que les ustensiles à laver. Elles ne semblent pas aimer cette plaisanterie. Et cela a suffi pour qu'elles protestent vigoureusement. Après s'être assises et que l'on a commencé, à peine, à se délecter de ce mets du pays, Rosaline entame :

— Mais oui ! C'est ainsi que vous êtes tous, bande de snobs.

— Qu'est-ce qu'il y a encore, Rosasa, fait Ti Ben, qui voit venir l'orageux débat qu'il a sciemment provoqué.

— Ne m'appelle pas Rosasa. Je ne suis pas ta *ménaj*. Franchement, ça me choque lorsque vous agissez ainsi.

— Qu'est-ce qui leur arrive, donc ? me lance Ti Ben, comme pour me demander de le supporter.

— Laisse Manolito en dehors de ça. Il ne sait pas encore ce qui se passe dans ce domaine ici, fait remarquer Laurencia.

— Ne t'en fais pas, Laurencia. Ils sont tous pareils, s'empresse de préciser Rosaline. Je ne lui donne pas un mois, et tu vas voir.

— Veut-on me dire de quoi ou de qui vous parlez, à la fin ?

— Comment ? Tu n'avais pas compris ce qu'avait dit Ti Ben ?

— Oui. Il vous a demandé de venir manger, sinon il ne vous laisserait que les ustensiles à laver.

— C'est exactement ce qu'il a dit.

— Est-ce un si grave péché que de vouloir plaisanter ?

— Eh ! Manolito, je vais te donner un conseil ! Mieux vaut te taire parce que tu viens à peine d'arriver ici. Nous savons exactement ce que nous disons. Tu vois Ti Ben, mais tu ne le connais pas encore !

— D'accord ! Je me tais.

— Tu vois, les hommes haïtiens ici, ils viennent toujours chez nous pour nous exploiter.

— Oui, ils nous demandent de leur faire à manger, de laver leurs assiettes, leur linge, tout.

— On va faire le marché, passer l'aspirateur. Et eux, ils ne font rien. Absolument rien.

— Tu dois sans doute avoir entendu parler de ça, Manolito. Je ne sais pas si tu vas adopter le même comportement. Par contre, nous tenons à te prévenir.

— Me prévenir de quoi?

— Tous ceux-là qui ne nous aident pas à la maison, une fois qu'ils sortent ou qu'ils se marient avec une femme blanche, ils prennent soin de la maison. Ils font à manger, lavent la vaisselle, tondent le gazon, passent l'aspirateur. Et en plus, ils se promènent partout, main dans la main, avec la femme blanche.

— C'est vrai. Avez-vous jamais vu un Haïtien marcher la main dans la main avec sa femme haïtienne dans la rue? Jamais. Il est toujours en avant, et l'Haïtienne, en arrière. Comme l'Africain qui est toujours en arrière et la femme en avant. Quant aux Chinois, on ne les voit que rarement avec leur femme.

— Peux-tu expliquer pourquoi ils ne le font pas pour une Haïtienne, Ti Ben?

— Qu'est-ce que j'en sais, moi. Je ne suis marié ni avec une Haïtienne, ni avec une Québécoise. Qu'est... Qu'est-ce que tu me demandes, là?

— Mais oui! tu essayes de te dérober! Bande d'inconséquents!

— Je peux vous dire une chose, par exemple. Ces femmes Canadiennes-là ne se font pas prier quand il s'agit de passer un bon moment, renchérit Ti Ben.

— Alors, c'est ça. Sexe, sexe, sexe. Ensuite bonjour la visite!

— Je regrette ça, en pile pour vous. L'homme qui sera mon époux me trouvera comme ma maman m'avait faite. *Tifi*, Vierge. Et ça ne me dérange pas de le rester toute ma vie.

— La vie n'a pas que ça, le sexe!

— Ce n'est rien, ça. Ils acceptent que la femme blanche ne soit pas pucelle quand ils l'épousent. Et elle arrive même à les tromper avec d'autres Haïtiens. Ils font semblant d'être aveugles. Prétextent que c'est sa mentalité, et que la femme blanche est libérée. Qu'elle a une autre éducation. Mon œil! Qu'elle ne trompe pas par l'acte sexuel mais par l'intention avec laquelle elle agit. C'est-à-dire qu'elle peut faire l'amour avec qui elle veut pour le *fun*. Mais si elle le fait exprès pour se venger de l'époux ou par amour pour le concubin, ça c'est tromper.

— Pourquoi c'est pas pareil pour nous aussi, les femmes haïtiennes ? Hein ?

— C'est vrai, continue Laurencia. Mais si par malheur, au jour des noces, ils trouvent la femme haïtienne dépucelée, *ahye*! S'ils ne demandent pas le divorce tout de suite, croyez-moi, mes amis! ils la harcèleront jusqu'à ce qu'ils trouvent le nom de celui qui l'avait crevée la première fois.

— En plus de cela, si par malheur cette femme, pensant faire confiance à son mari, lui dévoilait un béguin qu'elle aurait eu pour quelqu'un pendant son adolescence même, c'est la fin du monde. C'est le divorce, c'est la bastonnade. Ils sont impitoyables pour la femme haïtienne. Et toujours complaisants et compréhensibles pour la femme blanche.

— Chose bizarre, ils ne sont jamais à la maison. Ils ont plein de maîtresses. Ils exigent d'accepter ça. Mais ils respectent la Blanche. Qu'est-ce que tu comprends dans ça, hein, toi, Manolito ?

— Je suis un peu mal placé pour me prononcer sur la question tout de suite. Cependant une chose est certaine, il y a un problème à résoudre de ce côté-là.

— En tout cas, les filles de la nouvelle génération d'Haïtiennes ne sont pas des *bègwè* comme nous autres. Elles font l'amour *sans regarder en arrière*, exactement comme les Blanches. Et avec des Blancs par-dessus le marché.

— Oui, des bons genres de Blancs, avec de très beaux cheveux, comme de la soie! lance Rosaline.

— D'accord! Elles n'ont pas la même mentalité que vous, non plus, les filles de la nouvelle génération. Elles n'ont pas vécu dans la misère, ni connu vos tabous et vos préjugés. C'est un autre monde, une autre mentalité, reprend Ti Ben.

— Pourquoi vous ne les épousez pas, alors ? réplique Laurencia.

— Il y a plein de Canadiens qui les épousent aussi, oui, dit Ti Ben.

Entre-temps, on a mangé tout ce qu'il y avait de comestible sur la table. Le manger était vraiment délicieux. Rosaline nous sert un verre de jus à chacun. Ti Ben ne semble pas aimer la tournure de la conversation. Il est un peu préoccupé. Laurencia se lève et revient avec une boîte de crème glacée. Elle en sert à tout le monde. Après le dessert, pendant que Rosaline se retire dans la chambre et que l'attention de Laurencia est retenue par la télévision, Ti Ben dessert la table. Lorsque Rosaline revient, tous les ustensiles sont submergés dans de l'eau savonneuse.

— Qu'est-ce que tu as fait là, Ti Ben ? crie-t-elle. Es-tu devenu fou ? Tu sais, bien propre, que les hommes ne font pas ces genres de travaux. S'il y a un étranger qui arrive là, tu ne crains pas qu'il aille dire que tu es un garçon *Makòmè* ?

— Mais enfin, vous ne savez pas ce que vous voulez ! Vous dites que les hommes de chez nous ne font rien quand ils épousent les femmes du pays. Voilà que je veux faire la vaisselle, vous refusez. Qu'est-ce que vous voulez à la fin ?

— Ne prends pas ta honte en colère, Ti Ben, dit Laurencia.

— Laurencia, tu sais bien que ce n'est pas pour toi seulement qu'on parlait. Nous sommes fâchées du comportement et de la tendance générale dans notre communauté mâle vis-à-vis de la femme blanche et de nous. Pourquoi ce dédoublement de comportement ?

J'observe et j'écoute sans mot dire. Il est déjà vingt-deux heures. Les filles travaillent tôt demain.

Revenus dans notre logis, Ti Ben m'offre une cigarette que je m'empresse d'allumer.

Nous sommes installés sur le *sofa-bed*. J'allume la télé. Ti Ben ne peut plus se contenir. Il déballe ce qui lui pèse sur le cœur :

— Tu vois, mon vieux, tu vois ce que je te disais.

— Quoi ?

— T'as pas compris ? Ces filles du pays, ce n'est pas un cadeau ! Tu vois comme elles sont frustrées. On ne peut pas facilement passer un bon moment en leur compagnie sans qu'elles ne te stressent.

Le travail aux Noires

La police fait une descente, investit une manufacture de textile sur la rue Chabanel. Les immigrantes noires qui y travaillent sont embarquées. Elles sont accusées de travailler illégalement. Elles n'ont pas le permis du ministère de l'Immigration. Quelle importance, elles gagnent beaucoup moins que le salaire minimum. Quarante centimes de l'heure. Les propriétaires ne sont pas inquiétés. La liste des postulantes est interminable. Seule la foreman, une Italienne, a ses papiers en règle.

Chapitre XXVIII

Surveille-toi quand tu vas aux toilettes

*Je cherche un cheval à seller que je chevaucherai
en m'abritant sous son ventre.
Comme ma maison.*

Étaler la sexualité

Ti Ben se rend à la cuisine. Ramène deux verres dans lesquels il a versé deux doigts de rhum, sans glace. J'accepte avec plaisir. On allume une autre cigarette. Ti Ben se rassoit la tête baissée et les yeux fixant nulle part. Je m'apprête aussi à en faire autant, mais une soudaine envie me force à déposer rapidement ma cigarette dans la soucoupe qui nous sert de cendrier. D'un pas précipité, je traverse le petit salon étroit.

Un filet de rouille s'engloutit interminablement dans l'orifice d'évacuation du lavabo. Le bol de toilette est cerné d'une couronne jaunâtre tirant sur la rouille. Je fais couler longuement ma pisse qui écume toute blanche de bulles les unes plus grosses que les autres. Après avoir terminé, je crache une première fois là-dedans. À l'école, les élèves disaient que cracher dans son pissat empêche qu'un autre s'empare de ta force, s'il y crache avant toi. Je secoue mon *pigeon* pour l'évider des dernières gouttes. Je le range à droite, dans mon pantalon et *ziiiiiiiip* ! Je crache encore une fois dans mon pipi, puis je chasse l'eau de la citerne. Je retourne me rasseoir pour continuer la conversation.

— Eh ! dis donc, vieux ! tu en as des manies, toi !
— Qu'est-ce que j'ai encore fait ?

— Es-tu obligé de te laver les mains après avoir pissé ?
— Non, mais toi, te laves-tu les mains après avoir chié ?
— Oui. Et c'est normal, non ? Où veux-tu en venir ?
— À l'exception, Ti Ben. À l'exception qui justifie la règle.

La façon dont je mène la conversation avec lui depuis un certain temps me surprend. Je subis moins la pression de ses attaques didactiques.

— Eh vieux ! note que tu ne m'as pas encore donné une explication à ton comportement !

— D'accord, puisque tu y tiens. Le comportement sexuel des gars de chez nous s'expliquerait, d'après moi, par le concours de plusieurs éléments.

— À savoir, vieux ? Parle vite ! Ça m'intéresse, puisque tu n'as jamais parlé autant.

— Tout le tabou qui entoure la virginité des filles avant le mariage n'a pas aidé non plus. C'est comme le fruit défendu. Alors, on est toujours hantés par ce désir insatiable de conquérir les jeunes beautés créoles, de les posséder pour goûter, en premier, à ce fruit tant conservé. Entre-temps, on va calmer sa libido dans l'antre noire des prostituées et dans celle des petites servantes sans défense. Ainsi, on a développé cet appétit sexuel insatiable, par habitude et par l'envie prédatrice d'un objet sexuel distinct. Tu sais aussi que beaucoup de filles ont été victimes de vengeance.

— À savoir ?

— Par les chasseurs de pucelles qui usent de leur charme pour séduire les filles les plus chastes. Ils font la demande aux parents, se fiancent, les couchent, les déflorent et fichent le camp.

— Des salauds !

— Comme ça, mon vieux, tu admets qu'il existe un déséquilibre flagrant au niveau de l'éducation sexuelle de certains. Tout cela, pour conserver de la virginité des filles de chez nous en vue du mariage.

— Je ne te comprends pas. Il n'y a jamais eu d'éducation sexuelle chez nous. Le sexe qui est, en fait, le sujet le plus discuté et le plus répandu dans les conversations les plus secrètes des deux sexes de notre jeunesse est en même temps le sujet le plus tabou. Le moins compris. Il n'y a pas de cours de sexologie dans les écoles. Et les parents n'en parlent qu'avec des coups de fouet.

— Je t'avoue, mon vieux, que je ne comprends pas trop clairement ta théorie. Mais quand même, j'aimerais que tu m'expliques ton comportement, disons, réticent, vis-à-vis le sexe.

— Je te le répète, Ti Ben, une belle femme m'excite autant qu'elle t'excite, sinon plus même que toi. Mais je peux me contrôler et m'empêcher de courir après elle comme si j'étais un animal en chaleur.

— Est-ce que, par hasard, tu essayes de m'insulter ?

— Mais non, quelle idée ! Mais il y a un autre élément très important que j'aimerais ajouter.

— Quoi ?

— J'ai fini par comprendre que la passion du sexe, chez les Noirs, est étroitement liée à la situation sociale créée par leurs problèmes économiques.

— Ça m'intéresse, mon vieux. Explique-toi plus clairement.

— Je vais me prendre en exemple.

— Vas-y, je t'écoute.

— Quand j'étudiais et que je travaillais en même temps, je n'avais jamais le temps de penser réellement au sexe. Et lorsque j'ai cessé de travailler et que je buvais démesurément, j'avais beaucoup de temps libre, alors il m'arrivait beaucoup plus souvent de penser au sexe.

— Excuse moi, mon vieux. Tu viens de me donner une idée. Si je comprends bien, ce puissant appétit sexuel chez les Noirs du tiers-monde n'est rien d'autre qu'une disposition acquise par la réitération de l'acte sexuel. Cela lui devient comme un genre de drogue, une habitude. N'ayant pas de moyens financiers pour d'autres loisirs, il s'adonne presque uniquement au plaisir sexuel. Et une fois son esprit et son temps occupés ailleurs, il devient normal. C'est ça ?

— Je ne sais pas... peut-être...

— Je vais t'expliquer, vieux. Je connais des Noirs qui sont nés et ont grandi ici au Québec qui sont nettement différents de nous, mon vieux. Ils n'ont pas cette épice forte dans le sang. Ce *piment bouc*, dans la vie. Ils sont fades, posés et calmes, comme des Blancs d'ici. Ils n'improvisent pas ni ne communiquent autant, en mettant du piquant dans les relations. Ils ne ricanent même pas beaucoup. Alors que les Blancs qui sont nés et ont grandi chez nous, dès que tu les rencontres, tu vois qu'ils ont cette négritude dans le sang. C'est l'environnement qui façonne les hommes et non le contraire.

— J'comprends pas.
— C'est simple, mon vieux, très simple. Tous les Syriens et les autres Blancs qui sont nés en Haïti, ils sont portés sur le sexe, comme nous. Les Canadiens qui ont demeuré longtemps là-bas, c'est pareil. Ils dansent et sentent la musique comme s'ils étaient des nègres d'origine. Tu vois que ce n'est ni la couleur, ni la race qui fait la différence.
— D'accord.
— Savais-tu que parmi les multiples indices du sous-développement, se trouve le taux très élevé de natalité et de mort infantile.
— Oui, je sais !
— Donc, on ne peut pas avoir d'enfants sans faire l'amour. Le sexe, mon vieux, c'est l'organe de reproduction par excellence. Et durant les neuf mois que ça prend pour avoir le petit, on peut quand même faire du sexe au minimum deux cents fois.
— Voyons, Ti Ben ! n'exagère pas ! Il arrive souvent qu'une femme tombe enceinte seulement au cours du premier coït.
— Soit, vieux, soit. Mais ce n'est pas là l'idée que je veux faire ressortir.
— C'est quoi ?
— Dans les théories de pays sous-développés, de pays développés, de pays peu développés, et de pays en voie de développement, il existe une réalité que l'on ne doit pas ignorer.
— Laquelle ?
— Tu vois, les gens dans ces pays dits du tiers-monde sont plus portés vers le sexe parce qu'ils n'ont pas d'autres loisirs.
— Eh ! Tu rigoles ou quoi ?
— Tiens ! Justement *rigoler* est un mot que les Africains utilisent beaucoup. Allons-y dans la brousse pour essayer de démontrer ce que j'avance.
— Je t'écoute. Et je te fais remarquer que tu es raciste aussi.
— Continuons, vieux. Dans la brousse où il n'y a pas d'électricité, donc pas de télévision, qui est un moyen de contraception par excellence, il n'y a pas non plus les commodités minimales, les loisirs et les artifices qui rongent le monde occidental. Après le crépuscule, mon vieux, qu'est-ce que tu crois qui remplace la frénésie et la vie trépidante du monde industriel ? Qu'est-ce que tu crois qui remplace tout ça hein ? Dis-le, Mano ! Dis-le !

— D'accord, c'est le sexe.
— Oui, mon vieux, le coït ! La superposition, la plantation de la femme par l'homme. L'homme qui se fait aspirer par la femme. Englouti. Et ils le font si souvent qu'ils en acquièrent une habitude de drogue qui nous a valu le renom. Cependant, mon vieux, le Noir n'est pas plus vicieux que le Blanc. Et le Blanc canadien qui se fait vasectomiser ? Pourquoi penses-tu que les Blanches se font ligaturer les trompes ? Tu crois que c'est pour pratiquer l'abstinence ? Les Blancs font beaucoup l'amour. Plus même que nous. Parce que chez nous, il faut se cacher et trouver le moment propice. Tandis qu'ici, le sexe est une institution. N'a-t-on pas dit que le plus haut taux de maladies vénériennes se trouve ici ? Ce sont aussi les Blancs qui ont propagé ces maladies aux aborigènes, aux Indiens, aux Noirs et qui en ont décimé une grande majorité. Même les Indiens d'ici furent ainsi décimés.
— Tu as raison. Cependant ils s'abstiennent d'être aussi prolifiques que nous. Parce qu'ils ont des moyens contraceptifs. Nous considérons l'enfant plus comme une sorte d'assurance-vieillesse, alors que pour eux, ils sont un fardeau.

Notre attention est attirée par les nouvelles à la télé qui annoncent qu'un groupe de rebelles a été massacré par l'armée du dictateur à vie du pays. L'annonceur précise que le gouvernement était au courant des moindres détails de leur stratégie.

Dénoncés probablement par un mouchard en quête de fortune et de pouvoir.

On est allés se coucher tôt ce matin-là.

Chapitre XXIX

Travailler c'est trop dur, et voler c'est pas beau

Nous avons amené la couleuvre à l'école.
Mais nous n'avions pas pu la faire asseoir sur le banc
Dicton haïtien

Faut-il demander la charité ?

Plongé dans ce monde nouveau de Montréal, je prends conscience du défilement des jours qui ne m'apportent rien de neuf. Je m'inquiète de mon avenir. Assis sur le *sofa-bed*, j'endure passivement toutes les manifestations du petit appartement. Le robinet du lavabo continue son taquetac tiquetic d'écoulement, dans l'étroite toilette. Ti Ben et les cousines continuent d'échanger leur affection par le truchement de leurs pseudo-chicanes. Lui et moi, dans nos interminables discussions. Il m'a beaucoup appris sur la vie nord-américaine ainsi que sur la mentalité québécoise. Il m'a amené plusieurs fois en visite chez des membres de la communauté haïtienne.

Mon impression n'a pas encore changé. Et je me pose la question : est-ce que fuir son pays pour venir subir la vie en terre étrangère, c'est continuer de vivre ou d'exister ? J'ai des doutes.

Depuis que j'ai quitté le pays, je n'ai plus revu le sourire béat caractéristique sur aucun des visages sombres que j'ai croisés. Chaque jour, je me lève dans la petite cellule pour attendre. Tantôt, au cours d'un de nos dialogues, j'ai demandé à Ti Ben de quoi il vivait puisque, depuis mon arrivée, il n'est jamais sorti pour aller travailler.

— J'étais surpris que tu ne m'aies pas encore posé cette question, toi qui veux tout savoir. Eh bien! je reçois de l'assurance-chômage, mon vieux!

— Assurance-chômage?

— Ah! c'est vrai! Tu ne sais pas encore ce que c'est.

— Non. Explique-moi. J'aimerais bien savoir ce que c'est.

— Ouais! C'est assez difficile à t'expliquer, mon vieux. Mais c'est quand même très simple à comprendre.

— Comment cela? Si toi, tu peux le comprendre et en bénéficier, pourquoi pas moi aussi?

— C'est que tu n'es pas encore habitué au terme chômage. Ça n'existe pas encore en Haïti.

— Voyons, Ti Ben. Tout le monde sait ce que c'est, le chômage!

— Oui, mon vieux. Mais pas ceux qui viennent tout juste d'arriver.

— Tu veux m'insulter ou quoi?

— Non, non! Point du tout, mon vieux.

— Bon, alors c'est quoi, le chômage?

— Qu'en penses-tu, toi?

— D'accord. Le chômage, c'est quand on ne fait rien. Quand on ne travaille pas.

— Donc tu insinues qu'en Haïti, il y a quatre millions de chômeurs? Tu n'es pas sérieux, Manolito, tu n'es pas sérieux!

— Alors, c'est quoi le chômage?

— Moi, mon vieux, je te donne la définition d'un chômeur qui est celle de celui qui a perdu son emploi et qui espère, dans un avenir plus ou moins proche, en trouver un autre.

— Oui, je comprends.

— Alors mon vieux, ici l'organisation sociale est structurée d'une manière telle que ceux qui perdent leur emploi reçoivent de quoi payer leurs dépenses vitales, sur une période jugée suffisante afin de trouver un autre emploi. Passé cette période, l'assurance-chômage est coupée. Alors, on passe au B.S., vieux. Le bien-être social.

— Et si on ne trouve pas un autre emploi?

— En général, ceux qui veulent travailler en trouvent. Mais ils refusent de travailler.

— Pourquoi?

— Pour plusieurs raisons. D'abord, ils gagnent plus en ne travaillant pas. Ils sont nourris, blanchis, logés, avec tous les frais médicaux et de dentistes payés. Soit qu'ils trouvent les emplois disponibles trop dégradants ou pas assez payants. Enfin, ils ont compris qu'ils sont payés davantage et que c'est mieux quand ils ne travaillent pas. Celui qui ne travaille pas gagne presque le double de celui qui travaille à salaire minimum, puisqu'il a la possibilité de travailler au noir.

— Au noir ?

— Cela veut dire illégalement. C'est-à-dire, il ne paye pas d'impôts.

— Cette question d'impôts est très frustrante.

— Tu parles, vieux. De toutes les façons, ils sont toujours partis en Floride.

— Je ne comprends pas.

— Ne t'en fais pas, Manolito. Tu auras le temps de savoir et de comprendre tout ça. Il y a plein de trucs que tu dois savoir. Carte d'assurance-maladie, carte d'assurance-sociale, papier de résidence, déclaration d'impôts, permis de travail, etc. Tu vas savoir tout ça. Et bien plus vite que tu ne le penses.

Chapitre XXX

La loi du plus fort

*J'atteindrai l'autre berge
en me jetant dans la rivière enragée.
Et la traverser de biais en biais.
Dans le sens du courant.*

Personne n'est obligé

La MONOTONE routine quotidienne québécoise commence à prendre possession de mes pores. En ouvrant le frigo ce matin, j'y trouve seulement deux œufs et quelques tranches de pain rassies. Ti Ben s'empresse de donner sa quote-part.

— Ce soir, nous soupons avec les cousines, Mano !

Son chèque suffit, peut-être, à peine à payer son loyer et ses factures de téléphone. Les dépenses qu'il m'a fait faire ont grugé une bonne partie de mon argent. J'ai une très grande peur d'aller affronter les agents de l'immigration. Il a essayé, à maintes reprises, de me rassurer, mais sans trop de conviction. Il me dit que c'était la même chose pour tout le monde pris dans ce guet-apens.

— Si tu tombes sur le bon agent, il t'arrangera les papiers et tu n'auras pas de problèmes. Mais il y en a d'autres qui sont extrêmement négrophobes. Ceux-là, vieux, ils sont à craindre. Et il n'y a pas un Dieu qui pourrait intercéder en ta faveur. Je te dis, mon vieux, la vie des Noirs n'est agréable nulle part au monde. Jusqu'ici, nous avons été chanceux avec le Canada. Mais quand même, la discrimination voilée et ouverte à la fois que tu auras à subir dans les manufactures, sur la rue, surtout de la part des policiers, dans les autobus… *Haie*! mon vieux, *hum*! Je te préviens, si tu crois que c'est le paradis, ici, oublie ça. Il viendra des jours où la vie d'ici te dégoûtera avec tout ce qu'elle comporte, ses richesses, sa propreté, ses belles femmes, tout. Pourtant, quand un Blanc se rend dans notre pays, nous le recevons comme un roi. Tout le monde est prêt à lui rendre service gratuitement. Nos plus belles plages, nos meilleurs hôtels leur appartiennent. Je crois que c'est cette affabilité à leur égard qui les rend aussi irrespectueux envers nous. Plus on est indépendant et méprisant, plus ils chercheront à vous connaître et vous respecteront. Mais lorsque vous leur offrez tout, ils vous écrasent et vous *dérespecteront*. Hitler, Napoléon, Mussolini, Machiavel, Papa Doc sont des champions du mépris d'autrui.

— Ce que tu dis là, Mano, a toute son importance. Malheureusement, c'est dans notre culture d'être accueillant, affable, patient et respectueux des étrangers.

— Oui, c'est vrai. Des souffre-douleur, voilà ce que nous sommes! Tout ça, c'est l'héritage laissé par la religion catholique. Parce que, regarde depuis combien de temps nous endurons cette cruelle dictature, sans jamais rien faire, sauf nous plaindre. Prier et demeurer à la volonté du grand Maître.

Grand Dieu

Pourquoi nous as-tu
Maudits ainsi

Devrions-nous continuer
À tendre l'autre joue?

— Mon vieux, c'est rien, ça! C'est rien! Ce comportement est un atavisme. Il ne fallait pas être Noir. C'est tout. Être Noir, c'est être docile, généreux, patient, compatissant, travailleur. Et ils le savent puisqu'ils nous ont dressés ainsi par la colonisation. Ils en profitent, en abusent.

— C'est qui ça, ils?

— Mais les Blancs, mon vieux, les Blancs! Quelle question!

— Tu as raison. À la base de toutes les révoltes dans notre histoire, il y a toujours eu une quelconque participation de Blancs ou de mulâtres.

— Mon vieux, je te dis, nous sommes tous condamnés.

— C'est vrai ?

— Vois ce qui se passe en Afrique du Sud, où les Blancs veulent exterminer les Noirs. Vois ce qui se passe et qui s'est passé aux USA, où l'abolition de l'esclavage n'a jamais été acceptée par les Sudistes. En Allemagne, où Hitler, craignant une certaine suprématie des Juifs, tenta de les exterminer tous. Les Chinois qui font disparaître les Tibétains.

— Au Canada, ce n'est pas pareil, parce que c'est un pays neuf.

— Tu plaisantes. Qu'est-ce que tu crois ? Ici au Canada, on maquille tout pour que tout paraisse bien. Mais au fond, c'est partout la même chose.

— C'est pas vrai, je ne te crois pas !

— Tu vois, ici, on avait tellement maltraité les Amérindiens que maintenant, on leur paye une pension à vie. Car si le gouvernement ne se sentait pas coupable, il les aurait traités comme tous les autres citoyens. Mais on les garde quand même dans des réserves.

— Nous parlions des Noirs, Ti Ben !

— Quelle que soit la race, cela ne fait aucune différence, mon vieux. À Halifax, végète la communauté noire la plus pauvre et la plus maltraitée au Canada.

— Je croyais que les Haïtiens constituaient la plus grande communauté noire émigrée au Canada ?

— Tu te mets le doigt dans l'œil, mon ami. La plus grande communauté noire francophone, oui. À part ces Noirs d'Halifax qui se sont introduits au Canada par la voie dite du *Chemin de fer souterrain*, il y a eu le phénomène des Seminoles appelés aussi les Alisemoles. Oui, les Indiens noirs ou les Noirs indiens, par adoption ou par croisement. C'est arrivé à l'époque où des Noirs fuyaient l'esclavage aux États-Unis. Les Indiens les ont recueillis dans leurs camps pour former le clan des *Black Cattle*, Les Chaudrons noirs. Ils disaient : « Ils sont rejetés comme nous les frères mais ils sont de couleur différente. » Ensuite, le chemin de fer national canadien a été construit avec la sueur et le sang de Chinois, mon vieux.

— Tu en sais des choses, toi.

— Quand tu vis dans un pays et que tu es étranger, il faut s'informer pour se défendre, mon vieux. Pense à ce qui s'est passé dans les colonies, en Afrique, dans les Antilles, au Brésil, en Amérique du Sud. Et aujourd'hui encore, vois ce que nous subissons à Paris, à New York, ici. C'est une tare, mon vieux, c'est une tare que d'être aussi amorphes. Nous faisons trop confiance aux autres, à l'équité, mon vieux. Ce sont les Blancs qui ont raison. La justice, on se la fait. Elle n'existe pas toute seule. Les Blancs ne subissent pas. Ils agissent et font bouger les choses.

— Les Blancs, ces cruels!

— Non, mon vieux. Ils ne sont pas plus méchants avec nous qu'ils le sont avec eux-mêmes. Et nous ne sommes pas des saints, non plus. Et c'est cela notre plus grand tort. Nous attendons que les Blancs deviennent moins méchants.

— ?????!!

— Non, mon vieux. J'ai fini par réaliser que la vie, c'est une épreuve de force perpétuelle à tous les niveaux et entre tous les éléments. Et c'est en fonction de cette relation de force que le plus puissant domine et mène les plus faibles.

— Prônerais-tu la violence, par hasard, Ti Ben?

— Je suis plutôt pour l'évolution naturelle des choses.

— Ce qui veut dire?

— Ce qui veut dire que la loi de la survivance repose sur l'épreuve de force. Il y en a toujours eu entre les puissances. La Grèce et la Rome antiques, le Nord et le Sud, l'Est et l'Ouest, la Russie et les USA, le Noir et le Blanc.

— Tu n'es pas un pacifiste toi, Ti Ben!

— Plus que tu ne le crois. Je le suis selon les lois évidentes de la nature.

— À savoir.

— Tu vois, mon vieux. Ça va te paraître absurde ce que je vais te dire. Cependant, c'est la stricte vérité.

— Quoi?

— La paix, mon vieux, c'est la vie. La vie, c'est la progéniture directe de l'épreuve de force, de la lutte, de la guerre. C'est le plus fort qui gagne. La vie naît de la lutte.

— Tu divagues, Ti Ben! Qu'est-ce que tu me chantes là?

— Je sais exactement ce que je dis. N'as-tu jamais été sous l'emprise d'une libido farouche? Je veux dire possédé par une envie extrême de faire l'amour, où tu bandes au moindre contact de ton pantalon avec ton pénis et que tu râles, obsédé, possédé par l'envie d'enfourcher la première femelle qui braverait la chance de se donner en pâture.

— Pourquoi reviens-tu sur le sexe ?

— Le sexe, Mano, c'est la vie, l'espoir, la continuité de l'espèce. Aussi sa destruction, par la jalousie morbide qu'il peut provoquer.

— D'accord, continue.

— Oui vieux. Alors, si cette femme à son tour avait eu une aussi forte envie, je te jure, et tu le sais, que ce coït ne serait qu'une lutte acharnée où l'envie si forte anesthésierait la douleur du mal qu'on se serait infligé aux parties génitales, par frottement, par martèlement, par masturbation.

— Ouais ! Tu en as de l'imagination !

— Et puis, mon vieux, c'est après que la lutte commencera. La vraie guerre. Après qu'on est épuisé de cette copulation frénétique. Immédiatement, les spermes entameraient leur lutte à mort. Il faut se démener, se battre, tuer les plus faibles pour remporter la victoire, pour générer la vie. Et cette vie elle-même doit se battre, lutter contre elle-même, contre ses ennemis pour se remporter.

— Assez audacieuse, ta théorie !

— Je le sais, Mano ! Et c'est la vérité. On n'y peut rien. Depuis que le monde est monde, il guerroie. Dans la mer, les plus gros poissons protègent les plus petits pour les manger ensuite. Dans la forêt, les plus petits animaux et les plus faibles se font manger sans pitié ni regret. Les plantes en font autant. C'est comme nous qui tuons et mangeons les poules, les porcs, les bœufs, etc.

— Oh ! que tu es sadique et machiavélique, Ti Ben !

— Pourtant, mon vieux, c'est la réalité, n'est-ce pas ?

— Malheureusement que si.

— Alors, c'est cela que nous, immigrants noirs, devrions comprendre. Cette épreuve de force a pris divers noms tels que discrimination, préjugé, racisme, apartheid. Mais ce n'est rien d'autre que prétextes et moyens qu'utilisent les autres pour gagner la lutte. Les Blancs entre eux, quand ils n'ont pas un élément disparate commun sur lequel ils peuvent déverser leur trop-plein sous une forme discriminatoire, ils s'entre-tuent.

— Donne-moi un exemple.

— C'est la chose la plus facile, mon vieux. Le racisme s'exerce différemment d'une place à l'autre. Cela dépend du mobile évoqué. Il y a eu les Allemands et les Juifs, les Grecs et les Turcs, les pays africains entre eux, les pays arabes entre eux, les guerres de religions, les Nordistes et les Sudistes aux USA, les Canadiens et les Amérindiens. La liste n'en finit plus.

— Où veux-tu en venir ?

— Eh bien mon vieux ! je veux te mettre en garde ! La vie ici au Canada et même ailleurs n'est pas rose. Et il ne faudra pas que tu te leurres. Je te préviens.

— Que faudra-t-il que je fasse ?

— Il ne faudra pas que tu t'apitoies sur ton sort et penser que parce que tu es un Noir, il faut subir et dire tout le temps : *Il me fait ça, c'est parce que je suis noir. Je suis pauvre, c'est parce que je suis noir. Je ne suis pas un intellectuel médecin, ingénieur, sociologue, psychologue, c'est parce que je suis noir.* Non, mon vieux. Nous sommes désavantagés souvent et partout. C'est peut-être parce que nous ne sommes pas vraiment ce qu'ils s'évertuent à nous faire croire que nous sommes. Ils utilisent toutes les formes de nos arts à leur avantage en écrivant partout que nous sommes des sauvages. Eh ! Qu'ils sont fiers de se vanter à parler de leur connaissance de l'art nègre, de la musique nègre. C'est un fait que nous sommes ostracisés partout. Mais nous devons foncer, marcher la tête haute. Il faut lutter et les regarder dans le blanc des yeux. Sinon, mon vieux, tu es foutu. Car ils ne te laisseront pas de chance. La société ici n'est pas amorphe, indolente, pitoyable ni résignée. Elle est extrêmement violente, égoïste, concurrentielle, cruelle, dynamique. Ils ont une qualité, ici. S'ils ne t'aiment pas, ils respectent tes connaissances et exploitent ton savoir. Une société de lutte et de victoires continues qui n'attend après personne ni après la poésie. C'est une société de négociations, de tractations, d'adversaires et d'adversités. C'est ce qui fait aussi sa grandeur. Tout le monde est indépendant et refuse de dépendre des autres. C'est aussi une société de collaboration où chacun respecte la capacité de l'autre. Tu dois toujours savoir cela, Mano.

— Qu'est-ce qui est le plus important dans tout cela ?

— C'est d'en comprendre le mécanisme. Celui de la relation de force entre les choses et les humains qui est le fondement de base de

toute forme d'existence. Pour nous, l'important, mon vieux. L'important...
– C'est quoi ?

BAVARDE COULEUR

Blancheur ah ! confier froidement

*« Si je ne l'attaquais pas avec autant de rage
de méchanceté de préjugés de rancune de constance
de rancœur même*

*La noirceur aurait depuis longtemps compris
que l'immaculée est la plus souillée de toutes les couleurs »*

*Espèce de
Muette noirceur
Imbécile !
Que fais-tu encore à vautrer
Latence ?
Qu'y a-t-il à attendre ?*

Le temps jamais ne brisera le sablier.

Chapitre XXXI

La grande erreur

Les nègres n'ont pas la dent à l'effigie de l'immaculée.
C'est leur enveloppe qu'on a gardée
trop longtemps au four crématoire.

Une question pastel

Il porte un bras vers la tête pour essuyer son front du dos de la main, pendant que de l'autre il gratte sa jambe gauche.

— L'important, c'est de jouer gagnant. Constituer une force redoutable. Et lorsque l'adversaire n'arrive pas à la vaincre, cette force, il sera obligé de négocier avec elle, l'usurper ou la respecter.

— Tu le sais bien que ce n'est pas facile.

— Rien n'est facile, ici-bas, mon vieux. L'essentiel, c'est d'essayer de se définir, de savoir ce que l'on veut pour prendre les dispositions nécessaires à la réussite.

— Ce n'est pas facile, Ti Ben. Et je ne crois pas que nous en serons capables.

— C'est toi qui divagues, mon vieux. C'est la conviction et l'audace qu'il faut. C'est tout. Les Juifs, comme tu sais, constituent une puissance économique importante à travers le monde. La plus grande force au monde, c'est l'économie. Si tu veux qu'on te respecte, qu'on t'adore, qu'on adopte tes valeurs nègres et de nègres, ton vodou, tes tam-tams, tes boubous, ton parler chantant et tout ce qu'ils utilisent pour te ridiculiser, mon vieux, il faut t'approprier d'une partie de cette force immuable. À Saint-Léonard, dans Montréal-Nord, les Italiens étaient rejetés et ridiculisés aussi. On les traitait de WOPS.

— Wops, pour signifier quoi ?

— Je te dirai tantôt. Ce qu'il faut comprendre, c'est que celui qui était déjà là se sent menacé par l'arrivée d'un nouveau. Alors, ce qui compte pour lui, c'est de trouver un prétexte pour importuner celui qui vient d'ailleurs, celui qui parle différemment, celui qui vit une culture différente, celui qui pratique une autre religion.

— Si je comprends bien, le racisme se pratique même entre Blancs ?

— Certainement, vieux. Mais il est passager et temporaire en même temps.

— Comment expliquer ?

— Les Blancs sont de la même couleur. Si le nouvel arrivant n'ouvre pas la bouche, personne ne saura qu'il est Italien ou Allemand. Il sera pas importuné. Mais quand tu es Noir, mon vieux, tu es visible à cent mille lieues à la ronde. Tu deviens comme une mouche tombée dans un verre de lait. Ils n'ont plus besoin d'attendre de trouver un indice pour t'attaquer car ta peau, mon vieux. Ta peau !

— Tu ne m'as pas encore dit pourquoi on les appelle wops ?

— Wops, mon ami, est un acronyme anglais pour signifier : *Without Official Papers*, vieux. Des illégaux. Sans papiers officiels, comme toi. Je te l'ai dit, il n'y a pas de différence. Toutes les couleurs courent après ce maudit papier officiel de l'Immigration. Noirs ou Blancs. Et la population ne les prive pas de sa méchanceté.

— Je vois cela.

— Mais aujourd'hui, on les respecte, les Italiens. Ils constituent une force politique et économique bien organisée. Avant les Italiens, les Québécois s'acharnaient contre les Allemands.

— Qu'est-ce que tu veux insinuer ?

— Ce n'est pas que je veuille insinuer, mon vieux. Ce qu'il faut comprendre, c'est que les Noirs veulent qu'on s'apitoie sur leur sort. Dans la vie, on n'obtient jamais rien pour rien. C'est de le vouloir, cette lutte. Et c'est surtout la connaissance, ce pouvoir immuable, et l'organisation qui imposent le respect. Tant qu'on ne se mettra pas cela dans la tête, mon vieux, on n'a pas fini de croire que les Blancs ne veulent pas voir les Noirs. Est-ce que c'est faux ?

— Tu exagères, Ti Ben. Tu trahis. Tu ne t'aimes pas. C'est cela. Tu as honte de ta couleur, Pas vrai ?

— Voyons, Manolito ! Il va suffire que tu réfléchisses juste un peu.
— Comment ?
— Nos ancêtres ont subi l'esclavage pendant trois cents ans. Et le jour où ils ont décidé de se révolter, ils ont contraint les colons à faire la guerre. Et ils les ont vaincus.
— D'accord, mais…
— Il n'y a pas de mais, mon vieux. Cette forme de racisme n'est que prétexte, astuces, subterfuges et force pour imposer la peur, la crainte, l'ostracisme et ainsi obtenir la soumission. Duvalier a fait la même chose. Il a utilisé les tontonmakout comme préjugé pour soumettre le peuple et piller le pays. Mais le jour où tout le monde se fera makout, en utilisant la même arme de la répression ; le jour où la jeunesse dira non en s'organisant, nous constituerons une force politique et populaire redoutable. Duvalier déguerpira sans demander son reste. C'est partout pareil, mon vieux. Il est temps que nous cessions de nous apitoyer sur notre sort. Il faut bouger.
— Les exemples que tu viens de donner sur Haïti ne me convainquent pas totalement. Tu devras être plus concret.
— Et pourtant, mon vieux, ils sont au poil. Si tu veux bien, je peux t'en donner d'autres. Les Juifs par exemple.
— Qu'est-ce qu'ils ont encore, eux ?
— Ils ont tout.
— Tout quoi ?
— Fortune, richesse, division, haine, malédiction, respect et une grande force économique et politique mondiale. Tout cela parce qu'ils ne se sont pas apitoyés sur leur sort. Tout cela parce qu'ils se sont dit : On ne nous aime pas, le monde est antisémite, on nous persécute, on nous a décimés, nous sommes éparpillés, nous sommes en minorité, nous n'avons pas de patrie ! Alors, on va constituer une force économique pour qu'on nous respecte. Et c'est ainsi qu'ils sont devenus les maîtres du monde.
— Les maîtres du monde ?
— Si, mon vieux, si. Les grandes chaînes de magasins d'alimentation, les fabriques d'armes, les banques, l'immobilier, tout ce que tu voudras, les Juifs en sont les maîtres et propriétaires. Ce qui a permis tout leur succès, ce n'est ni la soumission, ni la plainte, ni la pleurnicherie. Non, mon vieux. C'est l'union illicite, c'est l'endoctrinement, la détermination, la religion, l'ordre, la rigidité, l'organisation

et par-dessus tout, la fierté d'être ce qu'ils sont. Tu savais qu'ils ont fait pousser de la nourriture dans le désert ?

— Non.

— Tu vois. Ils l'ont fait en y transportant de la terre arable, poignée par poignée, comme des fourmis. Ils ont tiré de l'impossible ce que le monde leur a refusé. Mon vieux, le Blanc, lui-même, n'est pas différent. Il n'accepte pas l'ostracisme. Il se débat sans cesse pour se faire respecter par les siens. Car les siens ne le ratent pas non plus. C'est à partir de cette lutte interne, ce rapport de forces, pour ne pas se détruire tous et s'affaiblir, qu'ils sont arrivés à cette démocratie que nous prétendons venir chercher chez eux. Ils se sont mis d'accord pour se départir de leurs droits individuels et de les confier à un pouvoir central qui est chargé de les appliquer et de les faire respecter par les pouvoirs juridique et exécutif. Et malgré tout, mon vieux, ils ne cessent de lutter pour tendre vers la perfection ou la décadence même, à la limite. Alors que nous, entre-temps, on s'apitoie sur notre couleur.

— Ce n'est pas tout à fait cela, Ti Ben.

— De par le monde, on entend parler de terrorisme blanc. Il y a eu aussi Robin des Bois, Jeanne d'Arc, des guerres entre royautés, entre les différentes nations de l'Europe, en Asie, en Amérique, partout. Et là où la domination n'était pas acceptée, il y a eu partage du territoire en nations souveraines. Les Espagnols et les Français par le Traité de Riswick de 1697 ont partagé Saint-Domingue pour le triomphe de l'esclavagisme. Alors, vieux, si nous ne réalisons pas que nous devons nous constituer en une force monolithique ordonnée, méthodique et harmonieuse, nous demeurerons leurs Négros. Leurs petits nègres singes qui ne savent pas encore singer.

— De toute façon, on ne changera pas de couleur.

— C'est vrai. Mais le sens de la couleur pourrait changer si on s'y met. Il faut utiliser notre faiblesse à notre avantage. La balance du rapport des forces peut faire que les anges et le diable dansent ensemble, mais en se respectant mutuellement.

— On ne peut pas lutter sans cesse.

— C'est justement cela, notre faiblesse, mon vieux. Qui dit vivre, dit lutte, guerre, intrigue. Que le plus fort gagne ! La ville, c'est le prolongement de la jungle, de la mer ou de l'espace. Ce n'est pas parce que ta fortune t'appartient que tu dois négliger de la protéger. Non, mon vieux. Il faut faire comme les Québécois.

– Quoi ?
– *Ne pas se laisser manger la laine sur le dos.* Tu vois, mon vieux, le principe occidental est un genre super actif, impérialiste. Il ne respecte rien pour obtenir ce qu'il désire. Son équité réside dans l'usurpation. L'Occident, toujours à l'affût du gros gibier. L'histoire coloniale nous l'a clairement démontré.
– Quant à cela, tu peux le dire.
– Le Blanc sait qu'il est loin d'être supérieur au Noir car il se fait bronzer pour apprécier la beauté de l'ébène, il se fait injecter un liquide spécial pour jouir du plaisir des lèvres charnues, il adore le jazz, le blues, et la plupart des musiques nègres. Parcourir le monde entier à la recherche des meilleurs joueurs de basket, de football, d'athlètes de tous genres, qui sont, en majorité, des Noirs. Et ne parlons pas des comédiens, des danseurs, des chanteurs à la voix d'ange, des modes vestimentaires, des coiffures, des démarches et j'en passe. Et le pire, mon vieux, tous ces Noirs sont des autodidactes. Parce que le Blanc leur a coupé l'accès à la connaissance et au savoir.

LES BLOCS

Il y eut des blocs peints en blanc
Et des blocs noirs
Depuis
Il y a
Le bloc blanc   le bloc noir

Quand il fallait ériger le firmament
Les blocs blancs enfourchaient les blocs noirs

Blocs blancs blocs noirs
Les blancs… et…
                    les blocs noirs…
Quand il fallait bâtir la maison
Ils ont mis les blocs noirs dans la fondation
Les blocs blancs sur le toit
Où la brise ventait constance
Seulement les nez aquilins avaient le droit de humer…

— C'est vrai ! Il compare toujours les Noirs déshérités aux Blancs nantis, pour conclure à des généralités.

— Mais cela n'a pas empêché que nombre d'inventions très utiles ont été réalisées par ces savants déshérités, ces laissés-pour-compte. Le Blanc va les utiliser mais il ne nommera jamais le nom de l'inventeur.

— Tu vas trop loin, Ti Ben. On dirait que tu es paranoïaque. Tu parles trop.

— Toi aussi, je vois, tu es conditionné. Même avec un congénère, tu as peur de toi-même. Tu ne voudrais pas que le Blanc t'entende pour qu'il te punisse ?

— Pourquoi aurais-je peur de moi-même ?

— Tu m'accuses d'être paranoïaque, au lieu d'écouter ce que j'ai à dire. Je suis certain que tu ne sais même pas qui a inventé le système des feux de circulation ? Qui a développé des méthodes de préservation du sang ? Qui a établi la première banque de sang ? Qui a dérivé trois cents produits de l'arachide et cent produits de la patate douce ? Qui a inventé l'inhalateur de gaz transformé en masque à gaz pour les troupes de combat ? Qui a synthétisé le médicament appelé physostigmine, utilisé aujourd'hui dans le traitement du glaucome ? Qui a créé le premier camion réfrigéré pour transporter les produits frais et congelés ? Qui a créé une machine portative à rayon X, hein ?

— Pourquoi toutes ces interrogations ? Quel rapport ? De toute façon, les Noirs n'ont jamais rien inventé. J'en ai assez d'apprendre par cœur les inventions de Louis Pasteur, de Bell, des frères Lumière, de Koch, de Nobel, Hertz, Gütenberg et de tout ce que tu veux. J'arrive très difficilement à m'identifier à tous ces inventeurs Blancs. Ils ont tout inventé pendant que nous, on était esclaves. J'ai appris les principaux à l'école. Mais je ne vais pas continuer à mémoriser le nom de tous les inventeurs Blancs, voyons ! Si au moins, il y en avait des Noirs aussi, là, je serais plus intéressé à les apprendre tous et maintenant à comparer. Mais j'ai quand même l'espoir qu'un jour, notre tour viendra.

— Eh bien, vieux ! C'est là que tu as tort, et...

— Tort ?

— Attends, attends ! J'ai pas fini. Oui, tu as tort et tu as raison en même temps.

— Sois plus explicite.

— Le Blanc fait bien ce qu'il fait. Tu vois, on n'a jamais été informé des noms de ceux qui ont inventé tout ce que je t'ai énuméré plus haut, n'est-ce pas. Mais, ces inventions sont des nécessités de tous les jours.

— Oui. Et puis après ?

— Eh bien ! mon vieux, toutes ces choses ont été inventées par des Noirs ! Et ils s'appellent : Garrett Morgan, Dr Charles Drew, Frederic Jones, Dr Percy Julian, Georges Carver et la liste est longue, vieux.

— Pas vrai. Où as-tu été chercher ça ? Les Noirs n'ont jamais rien inventé, tu le sais toi-même aussi. Ils n'ont fait que danser des hanches, jouer du tam tam et pratiquer le vodou. C'est ce qu'on nous a toujours enseigné. Les Blancs sont tellement avides de sensationnalisme qu'ils nous les auraient longtemps claironnés.

— Pourtant ce ne sont pas tous les Noirs qui connaissent le vodou ni danser des hanches. Cela va dépendre de leur culture.

— Comment, tous les Africains n'ont pas la même culture ?

— Voyons Mano, l'Afrique est un vaste continent semé de pays, d'ethnies et de tribus.

— Oui, c'est vrai.

— Si je te disais que la musique ruandaise se rapproche un peu même de la musique classique et que leur danse n'a rien à voir avec le déhanchement qu'on prête à tous les Noirs...

— Je ne sais pas, je n'ai jamais vu un Ruandais de ma vie.

— Tu vois, il faudra, mon ami, que tu lises les bons documents. Que tu fouilles aux bonnes places pour te découvrir. Notre vraie histoire se trouve enfouie dans les caves des musées et des bibliothèques d'Angleterre, de France, du Portugal, d'Espagne et même de Russie.

— Comment peux-tu être si sûr de ce que tu avances ?

— Lis, mon vieux. Lis. Le Blanc te dira que la culture noire est orale et n'est pas écrite, pour te cacher sa grandeur. Il ne te laissera pas savoir que le téléphone cellulaire a été inventé par un Noir, ni le climatiseur, la machine à sécher le linge, l'extincteur, la guitare, la table à repasser, la tondeuse à gazon, le réfrigérateur, la cuisinière, la machine à écrire, la signalisation des chemins de fer, la boîte aux lettres et j'en passe. Des Noirs oui, vieux des Noirs ont inventé tout cela. Lis la Sainte Bible, tu apprendras beaucoup sur notre vraie histoire. Où vont les Blancs quand ils ont besoin de faire de très bonnes fouilles archéologiques pour apprendre l'histoire de l'humanité ? Va dans les encyclopédies et dans les dictionnaires, le Blanc est catégorique sur la description du nègre : « Il a la peau noire, le nez aplati, les cheveux crépus, les lèvres épaisses. »

— Oui, c'est vrai. On a étudié tout ça dans la petite géographie où il y a quatre races : la race blanche, la race jaune, la race rouge et la race noire avec chacune leurs caractéristiques propres. Si je me souviens bien, ils nous ont appris que la longueur et la grosseur du pénis étaient différentes, que le Blanc résiste plus à la soif que le Noir parce que son poumon est plus gros, etc.

— Non, mon vieux. La race noire est multiple. Et le Blanc le sait. Ensuite, il ne s'est jamais prononcé sur la race des Éthiopiens, des Sri Lankais, des aborigènes de l'Australie qui ont les cheveux aussi souples que lui et la forme du nez presque aquilin. Et tant d'autres humanoïdes, à l'épiderme noir qui présentent des caractéristiques physiques complètement différentes du stéréotype nègre imposé par le Blanc durant des siècles d'esclavage.

— Même si c'était vrai ce que tu avances là, il n'y a personne qui va le savoir parce que c'est le Blanc qui détient et qui censure les moyens de diffusion.

— Pour une fois, tu es d'accord avec moi sans réserve. Le roi mage Gaspard sorti d'Iran pour aller visiter le messie, un grand astrologue, était un Noir, vieux.

— Oui, je sais. De même que le Roi Salomon.

— Mais dans les films d'histoire, les Pharaons et surtout les Ramsès du début de la dynastie sont représentés par des acteurs blancs. Mais les masques mortuaires, les coiffures, les perruques et que sais-je d'autre sont négroïdes. Ce sont eux qui ont percé le mystère de la mort. Consulte les bibliothèques sur les traits de Toutankhamon, les pyramides d'Égypte et conclus par toi-même, Mano. L'UNESCO a confirmé que l'histoire de l'Égypte ancienne était bien l'histoire des peuples noirs. Cette grande civilisation a précédé la civilisation gréco-romaine.

— Voyons, Ti Ben ! Voyons, tu en mets trop ! Personne ne te croira.

— Mon vieux, tu devrais lire les études du Dr Cheikh Antha Diop, le Sénégalais. Oui, il est temps que nous mettions de côté cette indolence, cette léthargie, cette tendance à la servitude.

— Tu es en train de te plaindre. Qu'est-ce que cela va rapporter ?

— Non, vieux, si tu ne connais pas ton histoire et celle de tes adversaires, tu ne réussiras jamais à t'intégrer, sans ambages, dans le système.

— Ce système sanguinaire ?

— Lequel ne l'est pas ou ne l'a jamais été ? L'Orient, le Moyen-Orient, l'Afrique, l'Asie, la préhistoire, le paléolithique, le néolithique, le Moyen Âge, tous l'ont été.

— Tu as raison. Il y a eu des guerres et des conquêtes tout au long de l'histoire de l'humanité. Mais nous sommes naturellement fraternels et dociles.

— Tout cela, c'est du passé, mon frère. Si nous refusons de lutter, nous ne devrions pas venir dans leur pays. Si nous restons chez nous, ils viendront nous conquérir comme ils l'ont toujours fait, partout où ils l'ont fait. Semer la peste, le désastre. Nous n'avons pas le choix, mon vieux. Notre lutte, comme la leur, doit résider dans chaque acte que nous poserons. Elle doit être consciente, méthodique, soutenue par le but ultime de réussir. L'emploi efficace des armes de l'adversaire pour maintenir l'équilibre. L'équilibre des forces, mon vieux. C'est cela qu'il nous faut. L'adversaire est partout dans tout, pour tous, tout le temps. Il nous faudra tous être conscients de la réalité réelle. La réalité vraie.

— Ti Ben, j'ai l'impression que tu souffres beaucoup.

— Perpétuellement, mon vieux. De frustration, d'impuissance et d'incompréhension. Cela me rend malheureux. Ne t'en fais pas cependant. Je ne flancherai pas. Non, jamais. Je vaincrai.

Chapitre XXXII

Et qui sait celui qui sait et qui ne sait pas qui sait ? C'est lui.

À transpirer tout son jus et celui des autres, tout seul, ensuite avec eux ; pour se retrouver sur la circonférence du cercle indéfini.

Une autre morsure de la bête traquée

L<small>E SOMMEIL</small> de la veille nous a empêchés d'achever l'enrichissante prise de conscience.

L'atrocité de la solitude est vécue en l'espace d'une journée, dans l'enceinte d'un petit appartement à Montréal.

Consumée dans son essence.

Ti Ben est parti très tôt. Je l'ai aperçu sortant sur la pointe des pieds, ce matin. Il évitait de me réveiller.

Il tenait à la main *Les Damnés de la terre*, de Frantz Fanon que J.P. avait l'habitude de nous citer, à tout bout de champ, à l'école. L'appartement est vide de tout. Le taktak ou le tiktik du robinet martèle mes nerfs.

En proie aussi à la nostalgie, à la frayeur de la nouvelle réalité… je ne sais plus. Une journée terrible pour moi. Trois fois, j'ai répondu au téléphone pour dire que Ti Ben était absent. Une dame. Une voix résonnant la quarantaine avancée. Le réfrigérateur ronronne creux. En duo avec le taktak ou le tiktik. Le petit appartement est envahi. Encore du vide, encore. Rien à bouffer. La tranchée s'est creusée dans l'estomac de l'immigrant en sursis. Il ne peut pas tout dépenser ce qui lui reste en poche avant le rendez-vous à l'immigration.

Mon Dieu, que suis-je venu faire ici, au Canada ? N'étant ni touriste, ni résident, ni travailleur, ni immigrant.

Devant les yeux du rêve défile l'errance des compatriotes qui amerrissent à Miami, à Cuba, en République Dominicaine, à Nassau, à la Martinique, en Guyane, aux Bahamas, partout où la terre a horreur de l'accueil de ceux qui viennent partager l'insuffisance. L'usurper, la violer pour perpétuer l'espérance.

Pourtant je devrais m'estimer heureux. Ici, la jungle est moins cruelle. Je subis et crains ma propre interrogation.

La solitude, dans l'immensité multiple, n'en est que plus atroce.

Maintenant, l'estomac est en ébullition. Et les placards toujours vides. Le frigo continue la morne plainte.

Creux métallique d'aluminium. Pas de café, pas de thé, pas de sucre, pas de ketchup, pas de… C'est vide, vide, vide. Un trou rond sans fond.

Déjà deux heures et demie de l'après-midi. Il a fait beau toute la matinée. Pas trop chaud ni trop humide non plus. Je m'habille. Je sors. Je longe la côte d'Hochelaga et en tournant à gauche sur Sherbrooke, je me rends au Dominion pour acheter quelque chose à manger. La rue Sherbrooke est encore merveilleuse. Propre et large. La population qui y déambule est calme et aussi bien vêtue.

Retour à la maison… Oui, à la maison maintenant. La provision est en grande partie constituée de pâtes alimentaires. Spaghetti, macaroni de marque Catelli, pasta de tomato, ketchup Heinz.

Six heures du soir quand Ti Ben fait son apparition. J'avais déjà mangé ma portion. Il va faire réchauffer sa part dans la casserole. Il ne pose pas de question. Cela ne lui a pas pris de temps pour tout avaler. Deux verres d'eau d'un seul trait. Un long rot. Mes yeux nonchalants rivés sur la télévision.

— Eh vieux ! tu as passé une bonne journée ?
— Si. On peut dire.
— C'est ennuyant, n'est-ce pas, d'être toujours enfermé comme ça ?
— Oui, c'est vrai.
— Et à chaque fois qu'on sort, il faut nécessairement dépenser.
— Ça aussi, je l'ai appris. Et toi, tu es parti bien longtemps ?
— J'ai horreur de moisir ici à longueur de journée, mon vieux.
— Comment es-tu entré ?
— La porte était restée ouverte.

– Il faut faire attention, vieux. Tu verras que toi aussi, tu finiras par trouver un moyen pour la remplir, ta journée.
– Je l'espère bien.
– Ti Ben, je suis inquiet.
– Je sais.
– Comment ça, tu sais ? Toi, tu sais toujours tout avant même qu'on pense à te parler.
– Non.
– Non quoi ?
– Je ne sais pas toujours tout avant qu'on me parle. Dans certaines circonstances, si.
– Qu'est-ce alors que tu sais de ma présente inquiétude ?
– Ta situation vis-à-vis de l'Immigration. N'est-ce pas ?
– Si.
– Il n'y a rien que tu peux faire. Il faudra attendre et jouer sur ta chance. La seule chose, souhaite que tu ne tombes pas sur un négrophobe. Mon vieux, ces agents de l'immigration ont tous les pouvoirs.
– C'est-à-dire ?
– Il y a une loi de l'immigration. Mais les agents l'interprètent de multiples façons, selon la binette du postulant.
– Pourquoi dis-tu cela ?
– Je le dis pour la stupidité et le non sens des résultats des interprétations de la loi par ces agents d'immigration. Tu vois, mon vieux, dans cette affaire-là, tu ne peux pas compter sur la logique des choses. Tu comptes sur ta chance. À l'Immigration, mon vieux, un plus un ne feront plus deux. Leur somme peut varier de zéro à l'infini.
– Tu me perds en même temps que tu me fais peur.
– Avec raison, mon vieux. Tu peux être intelligent, charmant, sympathique, cultivé, tu as autant de chances d'être reçu ou répudié qu'un illettré grossier. Il y a plusieurs de nos condisciples qui ont été refoulés, alors que les rues de Montréal sont bourrées d'incultes qui ne peuvent même pas lire le numéro de l'autobus qu'ils doivent prendre pour se déplacer dans la ville. Et ils ont le culot de dire que tes chances d'être reçu dépendent du nombre de points que tu accumules.
– C'est quoi ça, cette question de points ?
– Celui qui parle une ou les deux langues officielles du Québec aura plus de points que celui qui est muet. Alors que la logique de

l'application de la loi fait qu'il y a presque autant de *bèbès* oui, de muets, incultes, illettrés, reçus au Canada, qu'il y a de gens bien éduqués, qui sont refusés. Ils sont cons, cons et cons encore, mon ami.

— Il y a sûrement une raison à cela.

— Sûrement, mon vieux. C'est une question de chance.

— Et toi, comment cela s'est passé dans ton cas ?

— Ne me prends pas en exemple, veux-tu ? Je suis un cas spécial.

— Pourquoi ?

— J'ai été reçu dans l'illégalité légale.

— Je commence à m'habituer à tes tournures, mais explique-moi tout de même ce que cela veut dire.

— D'accord. Je suis sûr que chacun de nous qui est prêt à conquérir cette terre, découverte par Jacques Cartier, a connu une odyssée singulière. Nous sommes le peuple de la souffrance et de l'errance. Manolito, on a toujours tendance à choisir l'inconnu plutôt que sa souffrance qu'on croit toujours être la limite de ses forces.

— Je te comprends parfaitement.

— Tu vois, mon vieux. Avant de venir ici, ça allait très mal pour moi. Comme cela a été le cas pour la majorité d'entre nous qui sommes venus chercher la fortune, la délivrance et la liberté ici. Personne dans la maison ne travaillait. J'étais en première année à la faculté de médecine.

— Oui, je me souviens.

— *Le sac vide ne tient pas debout.* Ne pouvant pas toujours manger à ma faim, il m'était difficile d'étudier. D'ailleurs, c'est ton oncle Josapha qui m'a sauvé la vie. J'ai failli mourir d'inanition et de maladie vénérienne. Il m'a soigné gratuitement.

— Je sais.

— Alors, à ma sortie de l'hôpital, je me suis dit qu'il fallait que je parte. Sinon, c'était la fin certaine. Je me suis transformé en guide touristique.

— La jeunesse de notre pays, une génération de prostitués durant les dernières années.

— C'est vrai, mon vieux. Nous avons tous une histoire migrante à peu près similaire.

— Comme ça, toi, tu étais devenu guide touristique ?

— Eh oui ! vieux !

— Finis donc ton histoire. Elle m'intéresse.

– Alors, mon vieux. Un beau matin je me rendis devant un de ces luxueux hôtels du pays. J'avais faim. J'avais mis, je ne sais pas pourquoi, mon costume du dimanche. Et décidé de faire les cent pas dans l'entrée, près de la barrière. Il y avait plein de marchands d'objets mal conçus. Des statuettes disproportionnées, semblables à des caricatures sculptées se dandinant sur leur base mal équerrée, des paniers tressés grossièrement. Il y avait aussi tout un essaim de petits vendeurs, dont la physionomie trahissait le vrai visage. La faim était là, dessinée, figée dans le sourire grimacé à chaque fois. C'était la prostitution collective à son apogée. Une voiture à l'horizon. Et la horde, comme un troupeau de chèvres, s'y précipite en trombe. Beaucoup plus de mains tendues que d'objets en acajou offerts. Et moi, Mano. Moi, oui, moi Ti Ben, moi-même, je faisais partie de cette horde-là. La voiture a foncé sans s'arrêter. J'ai eu l'impression que si on ne s'était pas écartés du chemin, elle nous aurait passé sur le corps. Et cela n'a pas cessé de toute la matinée. Pour avoir vécu cela, je te dis, mon vieux, ce n'était drôle ni pour nous qui avions faim ni surtout pour les touristes qui étaient censés venir se prélasser.

– Comment ça s'est-il donc terminé ?

– Très bizarre. Je ne sais par quel miracle, vers la fin de la matinée, je me trouvais étendu sur la margelle de la piscine bleue de l'hôtel.

– Auprès de la piscine ?

– Si. Elle était jonchée de belles cuisses blanches. Des corps de toutes les formes humaines et des plus insolites qui ne savaient plus quoi faire pour que toute la douceur tropicale les pénètre. J'en ai vu, des costumes de bain de toutes les sortes. Certains étaient confectionnés de simples cordonnets dont une des branches séparait nettement les deux quartiers des fesses. Une réelle croupière. Il y en avait d'autres qui déambulaient presque toutes nues. Étendues. Couchées. Verres fumés. Enrobées de crème solaire. C'était beau mais moi, j'avais faim.

– Que s'est-il passé ensuite ?

– Soudain, mes yeux croisèrent ceux d'une dame qui, avec un large sourire intéressé, me fit signe. Je la rejoignis. Elle m'offrit un verre de rhum. Je lui dis que je préférerais du jus d'orange. C'était mon premier repas de la journée.

– Ensuite ? Allez ! Raconte, vite !

– C'était pas drôle, mon vieux.

– À qui le dis-tu ?
– Tout le personnel de l'hôtel était là, qui rôdait, surveillait, nettoyait, qui tournoyait autour des touristes. On chassait énergiquement les importuns, les mendiants, les colporteurs improvisés.
– Et toi alors, ils ne t'ont pas chassé ?
– Moi ? Ils m'ont sans doute pris pour quelqu'un d'important. Comme le journaliste au bâton qui accompagne toujours les touristes blanches. Quelqu'un pas comme tous les autres.
– Pourquoi ?
– J'étais costumé, mon vieux. J'avais ma veste sur le dos. Ma veste bleue, je me souviens. Ma cravate rouge grenat et mon pantalon gris foncé. Une chemise blanche. On m'avait pris pour quelqu'un d'important. Mon allure maladroite jouait aussi en ma faveur. Eh vieux ! Quand on m'amena le verre de jus, je te le dis, j'ai salivé comme le chien de Pavlov. En vrai gentleman, je pris mon temps. D'un air hautain, je fis signe au garçon de le déposer sur la table, à côté.
– Parle-moi de ça !
– Eh oui mon vieux ! j'avais tellement faim que j'aurais pu manger le verre tout entier ! J'ai pris mon temps pour « dévorer » ce jus, pulpe par pulpe.
– Et que s'est-il passé entre toi et elle ?
– Ah oui ! Elle était étendue sur une longue chaise. Une large serviette bariolée multicolore lui couvrait la moitié du corps. Elle me paraissait une belle femme, comme celle qu'on voit dans les catalogues, à la poitrine généreuse. J'avais tellement faim que j'ai eu l'impression que je pourrais la manger saignante, si on me la faisait rôtir. Elle portait bien et aussi en beauté sa quarantaine avancée. La première chose qu'elle m'a dite :
– Tu es beau. Très beau et propre, toi. Viens dans ma chambre.
Je la suivis. Nonchalant.
C'était la première fois que j'avais l'occasion d'entrer dans une chambre d'hôtel. Le luxe transpirait dans les rideaux, les lustres et le mobilier antique bien entretenu. Elle tira sur un cordon de velours. Une voix répondit à travers l'Interphone. Je tremblai d'inanition. Fébrile, j'éprouvai de la difficulté à trouver mon orifice buccal pour fumer. Un mince brouillard voilait sporadiquement ma vue. Elle commanda deux dîners. Je ressuscitai aussitôt.

Chapitre XXXIII

La résignation fait l'homme

À me faire cadeau d'un poisson ne me sera que d'un repas.
À m'apprendre à pêcher naîtra l'espoir
d'attraper régulièrement un poisson.
Dicton haïtien

Le départ du voyage

EN RACONTANT son histoire, Ti Ben paraît hargneux. Il y a une certaine aigreur dans sa voix qui trahit son impuissance face à la situation qui n'a fait qu'empirer depuis. Et pourtant, le soleil luit encore tous les jours dans le pays. Nos frères ne goûtent pas aux bienfaits de ses rayons. La jeunesse ne demande que du travail. Ti Ben revient avec deux cigarettes allumées. Il m'en tend une et poursuit :

— Oui, vieux. Elle me dit : « Pardonne-moi si je prends la liberté de commander un dîner pour toi, sans demander ton avis. »

— Que lui as-tu répondu ?

— Qu'elle avait bien fait.

Installé dans un confortable sofa du petit salon attenant à la chambre, je fume comme un train à vapeur.

Elle vient s'asseoir à côté de moi.

— Je m'appelle Lisette. C'est quoi, ton nom, toi ?

— Bénito ? fis-je.

— Bénito ! C'est pas commun, ce nom, par ici. Mais c'est beau quand même.

On apporte la commande. Quel arôme!

— Pour te dire la vérité, pendant tout le temps que Lisette me parlait, je me rêvais tout simplement en train de goinfrer. Et le dîner était enfin là. Je ne sais plus. Je suis même allé prendre le plateau, pour aider la serveuse.

— Mais non, laisse faire. Elle est une experte, Bénito, suggéra Lisette.

Suspendu aux lèvres de Ti Ben, je me souviens des histoires de tous ceux-là que j'ai quittés là-bas.

Les mêmes histoires. Me voici ici fuyant la mienne.

Tort d'avoir fait quoi? Raison de n'avoir pas fait quoi?

Ti Ben poursuit :

— Je me suis tout de même contenu malgré la rage de ma faim. On a dîné en tête à tête. Au début, je ne parlais pas beaucoup. Après avoir avalé ma première gorgée de vin et entamé mon assiette, j'ai commencé à partager les intérêts de Lisette. Là, je pouvais sourire, rire, parler. Je lui ai demandé si elle était venue pour rester longtemps.

— Mon beau Bénito, je viens régulièrement passer trois semaines dans votre pays, chaque année. Et ça depuis une bonne dizaine d'années. J'adore la perle des Antilles.

— À présent, tu connais mon pays presque autant que moi.

— Pas tout à fait. Puisque je ne te connais pas encore, toi, mon beau. Finis ton dîner.

Elle tire sur le cordon de velours. On vient desservir.

Elle glisse un billet d'un dollar américain sous une soucoupe. La serveuse est ravie : « Thank you *veli much.* »

— Pour te dire la vérité, mon vieux, j'aurais voulu que ce soit à moi qu'elle offre ce pourboire.

J'avais à l'instant envie de faire la sieste.

Elle pose sa main droite sur ma cuisse, la caresse doucement. Je me sens un peu mal à l'aise.

J'étais un prostitué.

— Tu es vraiment beau, Bénito. Est-ce qu'on te l'a déjà dit?

— Tu n'es pas une laide femme non plus, toi.

— Tu me flattes, Bénito, mais je sais que je suis vieille. Merci quand même. Cela ne se vole pas, en tout cas. Merci beaucoup.

— À quoi bon? C'est la vérité.

— Mon vieux, je le pensais vraiment quand je lui disais qu'elle était jeune. Je ne pouvais pas encore faire la différence entre sa maturité d'âge et ma jeunesse.

— C'est vrai, elle est Blanche. Elles se ressemblent toutes. De toute façon, les touristes paraissent tous jeunes.

— Tu sais bien que lorsqu'on parle de vieillesse au pays, nous imaginons tout de suite le vieux et la vieille de quatre-vingt-dix ans qui ne sont pas nos grands-parents.

— Oui, c'est vrai. Nos parents et nos grands-parents ne sont jamais vieux pour nous. Ils font partie de la famille jusqu'à la fin. On n'a pas de vieillards. On a des papas, des *manman*, des *grann*, et des *papapapa*, *des manmanpapa* ou des *papamanman*. Il faut que la personne soit réellement décrépie et infirme pour qu'on admette qu'elle est vieille.

— Eh bien! ici, mon vieux, au Canada, le temps travaille différemment sur l'être, sur sa carcasse et sur la conception même des gens! Dès qu'une personne entame sa cinquantaine, les enfants veulent s'en débarrasser. Ils veulent la placer dans une maison pour vieillards.

— Explique-toi un peu plus clairement. Je ne te suis pas.

— Tu vois, vieux. Chez nous, on se soucie peu du passage du temps, n'est-ce pas?

— Oui.

— On en a toujours beaucoup trop. À ne rien faire. Il passe tellement lentement que nous pensons là-bas, que le temps ne finira jamais. Ah! le bon vieux temps! Pas vrai?

— Personne ne travaille. Il n'y a même pas d'outils pour bricoler. Le temps se gaspille. L'oisiveté germe, enfante la délinquance. Au pays, c'est le temps qui nous contrôle. Qui mène, Ti Ben.

— Ici, au Canada, le temps, il passe si vite. Il se reflète dans le comportement des gens. Leur mode de vie, de penser, de faire. Les gens, ici, disent que le temps c'est de l'argent.

— Je te crois.

— Je sais ce que je dis. Tu vois, vieux, les Canadiens, le Blanc en général, n'arrivent pas à mettre un âge sur notre visage. Comme si le temps ne nous marquait pas. Mais ils prétendent que nous nous ressemblons tous, comme pour les Chinois. Tu vois, si au pays on n'a pas d'âge, ici, mon vieux, dès que la personne atteint l'âge de vingt-cinq ans, le temps la marque de son sceau indélébile. Son physique change. Son comportement aussi, mon vieux, est différent. Nous vieillissons plus vite, maintenant.

— Alors, tout s'équilibre. C'est dû au climat et au rythme de vie qu'on mène ici.

— C'est effrayant de constater combien les gens maturent très vite ici. Se sentir vieillir à un rythme vertigineux. Aussi profitent-ils pour vivre complètement, totalement leur vie, de cette jeunesse éphémère. Nous, on attend trop longtemps après la maturité. Pourrir toujours avant de mûrir. C'est sérieux ce que je te dis là, vieux. On n'a qu'à suivre la trajectoire d'une vedette, d'un annonceur ou d'une chanteuse à la télé. C'est incroyable de voir comment ils vieillissent à vue d'œil, mon vieux.

— On n'est plus sur le sujet de départ, Ti Ben.

— Où en étais-je ?

— Tu avais la main droite de Lisette sur la cuisse.

— Oui, c'est vrai.

— Ensuite ?

— Ensuite, mon vieux, j'étais le plus performant des hommes qu'elle n'avait jamais connus auparavant.

— Comment ça ?

— Pour te dire la vérité, mon vieux, je commençais à avoir peur. Mon pénis refusait de débander. Chose bizarre, j'ai su par la suite que c'était parce que j'étais trop faible.

— Parce que tu étais trop faible, tu ne pouvais pas débander ? Ça, Ti Ben, tu ne me le feras pas avaler.

— Alors comment l'expliquer ? Ça faisait plusieurs semaines que je mangeais mal ou pas du tout.

— Tu as peut-être raison, en fin de compte. Vois comment les pays du tiers-monde sont surpeuplés.

— Ah ! mon vieux ! La vie dans le pays, à certains moments, elle n'est pas drôle, tu sais.

— Ça, tu peux le dire.

— Mon vieux, je n'avais pas le choix. J'ai tout expliqué à Lisette. Elle me proposa de me faire rentrer à Montréal. Elle assuma tous les frais. C'est elle qui ne cesse de m'appeler au téléphone.

— Tu avais de la chance, tu peux le dire.

— Oui et puis non.

— Pourquoi non ?

— Elle est venue me chercher à l'aéroport. M'a hébergé et *a réglé tous mes papiers*. Elle m'a fait visiter la ville et m'a casé dans un emploi. Mais j'ai dû me sauver, mon vieux. Je n'en pouvais plus.

— Tu n'en pouvais plus de quoi ?

— Maman Lisette me prenait pour sa chose. J'étais réglé comme une montre. Je n'étais pas libre de mes mouvements, ni même de mes pensées. Elle m'avait même dressé un horaire pour lui faire l'amour.

— Pour lui faire l'amour, tu dis ?

— C'était devenu une relation mécanique de condescendance, en plus des reproches. À part les autres jours non programmés, il fallait que je le lui fasse tous les jeudis soir, sans faute après le souper. Elle me précédait toujours dans la chambre. Quand j'arrivais à mon tour, elle est déjà toute nue, comme un ravet albinos, étendue sur le dos.

— Qu'as-tu fait ?

— Je me suis sauvé, mon vieux. J'ai tout abandonné. Surtout qu'elle avait un projet de mariage pour nous deux. Elle est plus âgée que ma mère, mon vieux. Je me sentais coupable, incestueux même. Il ne me restait plus rien à découvrir d'elle. Je veux dire de son corps blême, flasque, froid, dénué d'érotisme, à force de dénudation mécanique en pleine lumière. À se promener toujours toute nue ou presque dans la maison. Son sexe, son corps, elle tout entière n'avaient plus de charme, de fantasme ou de goût à mes yeux. À la fin, j'ai eu de la difficulté à bander pour elle. Tu t'imagines, vieux ? J'ai pensé que je souffrais d'impuissance sexuelle.

— Oui. J'imagine. C'est vrai, j'ai remarqué que les femmes ici se promènent souvent la chair à l'air.

— Alors, un vendredi soir, en revenant de travailler, je ne suis pas rentré à la maison. Le lundi suivant, j'ai téléphoné au travail pour dire que je ne rentrerais plus. Je n'ai même pas été chercher mon formulaire de cessation d'emploi.

— Tu devais au moins garder ton emploi.

— Mais non, mon vieux. C'est à l'une de ses amies, aussi vieille qu'elle. Elle aussi me faisait des avances pour tester ma fidélité envers Lisette. J'étais devenu un yoyo dans ses mains. Depuis lors, elle me harcèle. Elle ne cesse d'appeler, de venir ici pour essayer de me ramener. Tu vois, mon vieux, rien n'est facile.

Assis côte à côte sur le sofa. Face aux images d'un film qui coulent sur le petit écran, en noir et blanc. La vie.

– Ti Ben, je suis inquiet.
– Nous vivons tous dans l'inquiétude.
– Non, je te parle de moi.
– Oui, vieux. Je te vois venir.
– Bientôt, je dois me présenter à l'Immigration. Et cela me fait peur.
– Oui, mon vieux. Je comprends cette inquiétude. Je la vis aussi, avec toi. Je connais un ami qui vient tout juste de régler ses papiers avec l'Immigration. Il pourra te donner quelques tuyaux.
– Merci, Ti Ben. Merci.

On s'allume une cigarette. La pièce est déserte malgré notre présence, celle de la télé et de la fumée de nos cigarettes. Nous sommes imprégnés d'une indescriptible sensation de détresse, d'abandon, de lutte et de tourments.

Ti Ben m'invite :

– Eh! mon vieux, habille-toi! On sort! Un vendredi soir, on ne va pas le passer à se morfondre ici. Voyons! Je connais une place où quelques compatriotes se réunissent de temps à autre pour jouer. Cela nous changera les idées.

– Pour une fois, je vais faire connaissance avec des gens du pays. Allons-y. Je suis curieux.

Nous quittons le petit bloc d'appartements pour embarquer dans le premier autobus. Quatre arrêts plus loin, c'est le métro. À la gare centrale, Berri de Montigny, on descend pour rembarquer en direction de Henri-Bourassa. Nous remontons dans un autre autobus. Durant vingt minutes, Ti Ben n'arrête pas de m'expliquer le fonctionnement du système de transport. Il a pris un soin particulier à me réitérer que je ne dois pas faire attention à certains regards dédaigneux. Il me dit encore de toujours rester calme et respectueux, face à toutes les provocations subtiles et les remarques racistes ou aux invectives proférées surtout par de vieilles dames blanches à lunettes et à chapeau.

Un autobus public

Un jeune Noir monte dans un autobus et va s'asseoir dans un siège vide, à côté d'une dame blanche. Elle lui jette un regard foudroyant, dédaigneux. Elle se lève à la hâte pour lui laisser tout le banc de deux sièges. Le jeune Noir fourré dans les pages d'un livre ne remarque guère ce qui se passe. À l'autre bout du wagon, la dame titube avec la vibration du train, trébuche, tombe, se cogne la face et saigne abondamment. Deux Blancs l'aidant à se relever, l'abandonnent sur le plancher tremblotant quand elle allègue que c'est la faute du jeune Noir assis en arrière du wagon. Tous les passagers retournent à leur occupation. Elle continue de pointer le doigt en direction du jeune Noir qui a déjà quitté le wagon sans jamais savoir ce qui est arrivé à la dame.

Chapitre XXXIV

Parties de jeux au hasard

Des enfants visiteront des places où jamais les parents ne pourront aller. Comme des balles et des armes à feu.

Le bol de toilette

Ti Ben actionne la corde longitudinale courant au-dessus des fenêtres garnies de vitres. Un son sec provient comme d'une clochette recouverte d'une main pour empêcher le retentissement. L'autobus s'immobilise au prochain arrêt. Nous descendons de l'engin geignant. Nous nous engageons dans une étroite ruelle presque striée de cordes à linge retenues par des poulies aux extrémités. Nous tournons encore à droite et empruntons une autre ruelle qui rappelle vaguement certaines rues de la ville de Cap Haïtien. Alors, j'ai la sensation que je ne suis pas loin de notre destination.

L'entrée principale donne sur la ruelle. La sonnerie ne fonctionne pas. Un petit logis au sous-sol d'un petit bloc d'appartements. Beaucoup moins luxueux que le nôtre. Notre irruption n'attire l'attention de personne. Ils sont tous là, réunis chez le plus miséreux, le moins éduqué. Il lui faut des amis, à celui-ci. C'est indéniable que, dans le monde industrialisé et démocratique du Canada, il ne pourrait jamais fonctionner tout seul, sans l'aide des intellectuels de son pays d'origine. Il lui faut des *relations*, comme on dit.

Mais lui, il n'a pas le droit, à son tour, d'aller jouer chez les intellectuels. Ils sont trop respectables. Ti Ben me dit que le sous-sol, chez les intellectuels, est très bien aménagé. Bar, petit salon, salle de jeu, toilettes, bibliothèque, *freezer, washer and dryer*. Sous-sol conçu pour recevoir du monde important. Des professeurs, des politiciens, des médecins, des intellectuels comme eux. En fait, ceux de leur rang, de leur classe sociale, de leur caste quoi!

— Tu sais, vieux, ce sont ceux-là, dans notre communauté, qui vivent deux vies, deux personnalités simultanément. Deux intellectualités.

Le petit appartement insalubre, au fond de ce trou du sous-sol, n'est pas la propriété privée de ce misérable journalier illettré. Il s'appelle Delcius. Delcius Dieuquidonne Dyessifò. Il a trouvé la meilleure façon de subsister dans la jungle infernale de Montréal. S'assurer de la relation de ceux qui s'expriment dans un français ampoulé, affecté et qui se disent intellectuels, bourgeois et surtout politiciens. Ceux qui pensent avoir réussi parce qu'ils sont ici, à l'étranger. Pour eux, le temps de penser sincèrement à sauver le pays est désormais révolu. Gloire à Dieu! Tout en faisant le signe de la croix.

Tout ce rêve, chéri pendant si longtemps, est aujourd'hui relégué sans pitié aux autres, les malchanceux. Delcius le sait. Il sait que c'est à lui tout seul, à présent, qu'incombe la lourde tâche de penser à panser les plaies du pays. Son pays vrai. Le pays d'Haïti Boyo Kiskeya. Il y a tout laissé, lui, là-bas. Surtout, il en a la nostalgie. Sa misère, sa famille, ses racines, le cordon de son nombril. Tout son bien, toute sa fortune. S'il n'ouvre pas la porte de son sous-sol crasseux aux intellectuels, il ne lui restera alors plus de vie. Ni l'espoir. S'il verrouille sa porte, qui donc lui rédigera, en français châtié, les lettres à sa famille, maintenue en laisse au pays? Qui donc, foutre, leur expliquera ce qu'il faudra acheter avec le chèque? Combien de gourdes il faudrait donner à grand-mère, à tonton, à *matante*, à *manman*? Quelle robe il faudrait acheter à Liline? Combien donner sur le carreau de terre, et sur la femelle de cochon? Qui donc tonnerre! écrira tout ça, pour Delcius Dieuquidonne?

C'est à cette heure-là que cela commence toujours. Comme poussés par la soif de sang qui anime la rage et fait pousser les canines effilées du vampire, ils vident leur luxueux foyer. La relance du pays dans l'âme. C'est à cette heure que la bande se réunit chez Delcius. Les épouses restent seules dans la belle demeure, à garder les mômes et surtout à passer la serpillière, à frotter, à cirer. Une lueur de fierté, heureusement, vient flatter l'orgueil. Elle prodigue ainsi la force de ne point se décourager. Il faut se dépêcher de tout mettre en ordre. L'intellectuel rentrera bientôt avec un invité et un bouquin sous le bras. Il fera visiter la belle demeure. Exposer ses rayons bourrés de livres aux titres ronflants, c'est la réussite.

– Chérie, apporte donc quelque chose à boire.

Le bar est à proximité.

– Qu'est-ce qu'on prend, mon ami ? Du Chivas ? Du rhum Barbancourt cinq étoiles ? Un brandy ? Un martini sur glace ? Allez, asseyez-vous, mon épouse va s'en occuper. On va discuter de choses sérieuses, de politique et de littérature.

Dans l'appartement de Delcius, les intellectuels ne se gênent pas. L'ameublement de style moderne est très branlant. Les visiteurs n'hésitent pas à se débarrasser de leurs chaussures et les éparpiller sur le plancher gommé. Leurs pieds posés un peu partout laissent dégager subtilement un parfum rappelant étrangement l'odeur de la morue salée séchée qui se mélange généreusement à l'odeur humaine enduite de sueur embaumée de fumée de cigarettes et de *tafia*.

Mais non ! Jamais de la vie, jamais ils n'inviteront Delcius à venir chez eux.

« Il n'est pas de notre classe ! »

Delcius le sait. Il ne se gêne pas, non plus, pour répondre du tac au tac :

« Et quelle classe ! » dirait-il. Nous continuerons de manger la même banane plantain bouillie pressée frite, le même maïs moulu, le même riz aux fèves rouges en sauce et collés au riz ou au maïs. Nous continuerons d'assister ensemble aux mêmes cérémonies vodou. Nous danserons le même *rara*. Nous sommes membres de la même société secrète *sanpwèl*. Nous avons chacun, à la même place, une même marque de notre initiation à cette société secrète. Nous sommes tous diables. Nous ferons l'amour aux mêmes femmes de la classe des déshérités les *tèt mare*. Nous porterons le même pantalon en tissu dacron. Et nous serons contraints de jouer avec les mêmes cartes. Je serai ton seul partenaire au jeu de dominos. Et enfin, nous devrons boire notre *assorossi*, le grog à cinq centimes, dans le même verre d'une once. Nous le partagerons moitié-moitié.

De la moyenne à la lie de toutes les classes sociales, et de toutes leurs strates indéfinies!

Oui. Pourtant c'est chez lui, chez Delcius justement, qu'ils se sentent eux-mêmes. Pouvoir donner libre cours à un certain atavisme sans contraintes sociales. C'est ici, dans ce trou de sous-sol, qu'ils viennent revivre les délices d'un paradis perdu, fui. Paradis abandonné. Ils le regrettent en cachette. Mais le confort matériel est moins déchirant. N'allez dire à personne qu'ils connaissent cet être humain qui habite dans ce petit trou d'appartement, chez qui chaque semaine, ils viennent se souvenir, viennent revivre des nuits et des journées passées à discuter de tous les rêves impossibles. À fixer les regards de la faim dans les coins de rues, rivés sur cette barque pleine de *griyo* à la sauce piquante. Ce coin de rue aux monticules d'immondices où ils ont appris à faire la culbute sur des monticules de pelures de canne à sucre pelée. Que de souvenirs cinglants que même les *loa* vodou, les *esprits* et les *mystères* ne parviendront à transformer en vapeur insensible. Souvenirs à la fois agréables, parfois nécessairement douloureux. Qu'avait-on connu d'autre? Lointain souvenir, présent neutre.

Paresse, lutte, découragement, effort, lâcheté, rêve, fanatisme, admiration, dédain, déception, amour, tension, ambition, pauvreté, maladresse, joie de vivre. Tout cela abandonné, à un coin de rue de paradis, d'enfer. Mais tout cela retrouvé en rêve surgelé.

C'est dans le sous-sol de ce petit bloc d'appartements que se revit le souvenir de trois cigarettes de marque Splendide pour vingt-cinq centimes, celui de trois cigarettes de marque Comme il faut pour trente centimes. Ce temps, en réalité, qui n'existe d'ailleurs plus au pays, se revit dans les souvenirs nostalgiques, fuyants.

Les réalités se confondent, basculent bousculent, atterrent même l'observateur aguerri.

Chapitre XXXV

Se méfier de l'eau stagnante

Je suis de ceux qui portent un dessus sec un dessous mouillé.
Se méfier du crottin de bœuf.

Comme à fumer un joint

Le soufre craque. Frottant sur le papier sable. La flamme allume le bout de la cigarette qui laisse échapper une fumée non encore polluée par l'haleine. Une fumée à faire frémir d'envie tout grand fumeur qui n'a pas un centime en poche pour acheter une cigarette après avoir mangé *ventre déboutonné* et bu un bon café fort dont les graines ont été rôties au sucre brun et pilées dans le mortier en bois.

Quelle dichotomie! Comment peut-on faire bombance sans le moindre sou en poche? Alors, c'est ici que la réalité des uns joue le mystère de beaucoup d'autres. Le pays à regarder en arrière du miroir concave convexe.

C'est le crépitement du soufre frotté contre le rebord en papier sable de la petite boîte d'allumettes de forme rectangulaire *Made in Belgium*. Et à cet instant même, la déclinaison commence, car tout le monde doit fumer cette malheureuse cigarette comme si on se passait un joint à la mari.

– Je suis deuxième.
– Je suis troisième.
– Je suis quatrième...
– Je suis dernier.

Il ne restera que le filtre, bientôt. La Splendide n'a pas de filtre. Le dernier tire son épingle et rallonge la *pò-y*, le mégot. Humm! La cigarette goûte le poulet, le luxe. Tout ça est censé faire partie du passé. Pas pour Delcius. Pas non plus dans la mémoire, pas dans l'habitude des autres.

Au sous-sol de ce petit bloc d'appartements, à cette heure du vendredi soir, nous sommes tous là, réunis par la magie du magnétisme de souvenirs diffus. Penchés sur une petite table rectangulaire, quelques-uns apprennent par cœur les *dò-y* du poker. Un peu plus en avant, sur la tablette branlante du salon, le bésigue y a rassemblé un quatuor, dont Ti Ben. Moi, j'observe et j'écoute. Sur le petit lit d'une place de Delcius, un domino y file ses pois blancs, bout à bout. Les joueurs de damier sont juste devant l'entrée de la toilette qui n'a plus de porte. Assis à même le plancher avec le plancher pour table.

Mais où donc est passée la porte de la toilette? Delcius n'a jamais voulu le dire.

Ils le savent très bien que c'est défendu de jouer pour de l'argent au Canada. Illicite de disposer, comme on veut, de son propre argent. Sa pitance bien méritée à la sueur de son front. C'est prohibé dans ce pays libre, de jouer au défendu. Ironiquement, c'est la raison d'être de la liberté. Cette liberté, une fois précisée, est censée se confiner dans ses limites. On n'a pas à craindre que n'importe qui, à tout bout de champ, vienne te tracer ses limites qui, assez souvent, au pays, empiètent sur la définition de cette même liberté des autres. Armés jusqu'aux dents. Braver le prohibé par la rage de l'habitude. Cette disposition acquise par des actes réitérés, acquise librement dans un pays où la liberté a perdu les brides de sa délimitation. Que faudrait-il espérer?

Un vendredi soir. Pas de bal, pas de cafés, non, pas de dancing fumant comme à Casablanca, pas de *bouzen*, ces professionnelles du plus vieux métier de la terre, génératrices de concupiscence. Pas de *clérin*, l'eau de vie qui dissipe la dure réalité. Il faut bien que ces hommes, extirpés de leur souche natale, se démerdent un peu, non!

Ils arrivent à peine à se distinguer à travers cette fumée opaque qui les enveloppe dans ce trou du sous-sol. Ah! l'abondance! Elle ne goûte plus le poulet. Vice et oisiveté en filigrane. De la musique où le rythme du *Konpa-Dirèk* fait rage à défoncer les *baffles* des haut-parleurs. Les voisins ne s'en plaignent plus. Ils en sont drogués, maintenant. Eh oui! l'habitude! Les joueurs du petit casino, impromptus, crient à tue-tête pour s'entendre parler. C'est la rencontre des intellectuels nostalgiques. Heureux de se surprendre à revivre des instants du passé dans un pays qui ne sera plus le même. Fanatisés, passionnés en transhumance humaine.

Du rhum Barbancourt et du *clérin* coulent à flot. Des blagues, gags, gages et des taquineries. On parle de toutes sortes de mondes qu'on croit encore restés là-bas. Évocation des passés rapprochés et des présents éloignés, comme quoi le pays est encore resté tel qu'on l'a connu, statique, sans changements, avec les mêmes choses, le même air. Des passés et des présents. Le temps de la réalité qui fera toujours mal. Le passé oisif du désespoir. Ah! quels souvenirs! Que d'énergies, de temps perdu, vécu à avaler de l'air. Ah! le passé présent!

Nos joueurs du sous-sol s'affairent à deviser. Sans arrêt, on entend le son mat et tranchant des cartes, lancées avec force, sur le formica brûlé, ici et là, par des mégots oubliés sur le rebord des cendriers de fortune. Des *Còòòòòòmanman!* des *Wipipip!* des *Wifout!* des *Tonnè krazé-m*! des *Mwen manké youn pwèlyèm*! des *Kòlangèt*! n'arrêteront pas de toute la soirée et de la nuit.

Avant de partir cet après-midi, ils ont tous pris le soin de rassurer leur femme qu'ils partaient en réunion politique. Des opposants farouches. Que c'est eux qui travaillent d'arrache-pied pour renverser le gouvernement. Les sauveurs invétérés de la patrie.

L'appartement malsain de Delcius fait le délice des hommes qui ne se pardonneront jamais d'avoir maîtrisé leur langage vernaculaire. Ça parle, jure, parjure, placote, rit. Quel vacarme! Et dans cet interminable jacassement d'hommes, pas une seule aventure, pas une expérience amoureuse vécue avec des Québécoises n'est mentionnée. Elles sont des inconnues. Quel intérêt commun! Il n'y a pas de plaisir à en parler. Car ce sont des femmes *baiseuses* de mâles. Des femmes actives. Des femmes qui ne subissent pas le côté inhibant de la chronicité du sous-développement. Des femmes qui considèrent les hommes comme leurs égaux. Des femmes qui n'ont pas froid aux yeux quand elles comptent les dizaines d'hommes avec qui elles ont partagé le lit de l'amour. Des femmes qui savent comment utiliser des hommes d'égal à égal. Des femmes de grands pays. Des grands genres de femmes. Comme ils le disent eux-mêmes et avec fierté. Ah! ces gars du sous-sol!

La fumée devient de plus en plus épaisse. Delcius, fatigué de tourner autour des intellectuels impromptus, en mal du pays, ronfle. Il est assis sur le siège de son *water-closet*, appuyé contre la citerne. Profondément endormi, il ne reste plus de place pour lui, chez lui, pour dormir. Ah! le pauvre! On a assailli son matelas défripé pour jouer aux dominos.

Assis sur son bol de toilette, il rêve. Il se voit invité un dimanche après-midi, par n'importe lequel de ces intellectuels, à souper. Dans son rêve, il hésite un instant à enseigner à son hôte comment se servir convenablement d'une cuillère, d'un couteau, d'une fourchette. Il a appris tout ça, lui-même, au cours de ses tribulations comme serviteur chez Mamie Saittoute. Heureusement, ce n'est que rêve. Autrement, il se ferait des ennemis jurés pour le reste de sa minable vie de *malere*.

La petite aiguille penche vers le un. Et à l'instar d'un loup-garou qui se doit d'être au rendez-vous, la conversation, comme une vague de brume, converge sur Port-au-Prince, l'enveloppe, l'assaille.

– Quel homme mal élevé. On vient chez lui et il ronfle. Ôte-toi du chemin que je coule mon pissat!

Il secoue Delcius qui sursaute et se lève, un peu abasourdi.

– Ouf, quelle délivrance! Cette pisse me pétait la vessie!

Delcius, pendant que le pisseur pisse, se penche sur le lavabo qui coule son écoulement perpétuel. *Tic, tic, tic et tac!* Il fait tourner le robinet et jette un peu d'eau fraîche sur son visage. Delcius ne participe pas beaucoup aux conversations des intellectuels. Il ne parle pas gros. Il a peur de mal s'exprimer. Il écoute. Il apprend. Observe. Les intellectuels lui ont donné des complexes de langage. De penser. Ils lui ont dit que celui qui ne sait pas s'exprimer dans la langue de Voltaire est un inférieur. Alors, en silence, il se donne des opinions. Les intellectuels continuent de penser que Delcius ne parle pas parce qu'il est inculte et qu'il ne peut pas penser. Entre-temps, comme un cortège carnavalesque arpentant les rues étroites du pays, la conversation a déjà parcouru le quartier de Carrefour-Feuilles. Les maisons y sont prises d'assaut. Elle est passée par l'avenue Bouson, rue Capois, ruelle Roy, ruelle Waag, avenue Christophe. Maintenant la conversation monte le Bois Vernat, Babiole et Turgeau. Bientôt, elle se dirigera vers Bourdon pour enfin s'éparpiller, un peu partout dans les hauteurs de Pétionville, de Tête d'Eau, de Montagne Noire, de Peggy Ville, de La Boule. Là, les oreilles s'ouvrent. Les yeux s'écarquillent et l'attention est portée. Il faut le préciser, Pétionville, c'est la clarté. C'est l'inconnu. C'est la hauteur. Bastion de la haute classe, des grandes bourgeoisies. Pépinière de belles femmes. Des mulâtresses, croit-on, bien élevées, bien éduquées.

Et dans cette conversation qui défile et qui assaille, toute une garnison de belles femmes, à longue crinière, sont passées en revue. Dans l'épaississement de la fumée du sous-sol, ces intellectuels nous font voir les cuisses de ces filles à la couleur de pêche. Ils ont même caressé leurs tétons, leur ventre, leurs cheveux aux vents, flatté leurs poils du pubis et sucé tout le reste. Et dans l'entraînement de cette musique endiablée de *Konpa-Dirèk* au petit sous-sol, on a même entendu les *alcius,* oui, les gémissements de ces femmes au souffle rare, chevauchées par l'orgasme que leur procure le rêve fou. Le rêve manqué, jailli d'une sorte de frustration atavique, malgré la profusion des belles Québécoises d'ici. De vraies Blanches pourtant.

Delcius, avec encore son visage tout humide, ne peut plus contenir son indignation devant cette médisance collective flagrante provoquée par l'instinct grégaire. Il éclate encore!

— Ah vous! les grands diseurs! Vous êtes tous des *à rien à faire*, des médisants mal parlants. Je vous tire mon chapeau très bas. Vous oubliez, peut-être? Vous avez du front, messieurs! Et en plus, vous avez la mémoire courte. Vous oubliez qu'à Port-au-Prince, j'étais toujours avec vous quand on mangeait la misère ensemble. Aujourd'hui que la chance vous sourit, vous venez me rendre visite dans mon trou de malheureux, dans le noir. Au grand jour, je ne vaux pas d'être de vos amis. Je le sais. Vous avez honte de moi. Vous ne m'invitez jamais chez vous. Je ne vous vaux plus, n'est-ce pas?

L'assistance reste pantoise. Delcius n'arrête pas:
— Pour commencer, avec quelle figure aborderiez-vous ces femmes-là? Je vous connais bien, moi. Et vous le savez. Allez dire cela à quelqu'un d'autre. Mais pas à moi.

Il titube. Encore un peu étourdi par le sommeil duquel on le fait sortir. Groggy, il se promène parmi eux, en les regardant droit dans les yeux et les pointant du doigt. En les touchant à l'épaule. Les tapotant sur le bras. Imperturbable, il poursuit son monologue:
— En plus de cela, des *pòv malere* comme vous, ces femmes ne daigneraient même pas vous jeter un regard? Vous n'êtes pas de leur classe. Ah! Ah! Ah! Vous n'avez pas de nom. En plus de cela, vous n'aviez pas le *green back*, oui le *Washington*, ni non plus la bonne couleur. Pourquoi dire cela en ma présence? Moi qui ai grandi avec vous, dans les tripes de

la rue. Nous nous étions vautrés dans la suie ensemble. Vous n'aviez jamais dépassé les limites des *têtes marées,* les gueuses des portails. *Ne me ldonnez pas cela à tenir, parce que je ne l'accepterai pas.*

Pas une mouche n'a volé durant son monologue.

Soudain, une voix audacieuse perce et sillonne l'épaisse fumée à la nicotine.

— Messieurs, ne vous occupez pas de Delcius. Ses yeux sont remplis de sommeil. Son esprit en est troublé. Il rêve debout. Il a trop respiré l'odeur de là, où il était assis pour faire son petit *kabicha*. Il ne sait plus ce qu'il dit.

Rien ne semble briser la conviction de Delcius qui poursuit :

— Vous allez me dire que votre père était ambassadeur, ministre, candidat à la présidence. Je ne comprends pas pourquoi vous prenez un plaisir à vous mentir ainsi. Il n'y a pas un seul parmi vous, je dis bien, pas un seul, qui menait une vie décente, là-bas. Vous étiez tous des resquilleurs et…

— Ferme ta sale gueule puante, Delcius ! Elle sent le sommeil ! Tu ne sais pas ce que tu dis. Espèce d'épais, de *gros orteil ! Habitant ! Mornier ! Nègre nan mòn ! Paysan madré !* Tu pensais que tout le monde était comme toi, sans nom, sans figure, sans classe. Tu oublies déjà que c'est grâce à untel que tu as pu voyager à l'étranger.

— *Ne me faites pas me fâcher, non !* Sinon je vais parler, oui, réplique Delcius.

— Messieurs, je vous l'avais dit. Quand on joue avec le chien, il vous laisse toujours des puces.

Rien ne semble désarmer Delcius. Calmement :

— Tout le monde a voyagé. C'est grâce au Président Duvalier. Et si c'est ainsi, je devrai me faire appeler intellectuel aussi. Alors vive Duvalier à vie pour tout le temps !

— Oh oh ! *Voici que Delcius tourne fou, oui !*

— Mais non, mon cher. Il prend sa pose. Il a la tête plus droite que la plupart de nous.

— Tout le monde a voyagé pour venir chercher la vie. Tout le monde a voyagé pour ne pas perdre la vie. Tout le monde a voyagé pour enrichir les vendeurs de visas.

— Oui, c'est vrai. Mais qui est-ce qui a réglé tes papiers, Delcius ?

— *Han-y fout !* La merde pour vous tous. Moi, j'ai payé tous ceux qui ont travaillé dans mes papiers, pour mon départ. Je ne dois rien à personne. Et je n'avalerai aucune de vos balivernes. Pour commencer, dites-moi dans quelle école vous aviez obtenu les diplômes que vous exposez dans vos salons ? *Moi-là, vous ne me ferez pas manger du caca de poule pour du beurre, ni non plus du caca d'oreille pour du manba. Non ! Au grand jamais non, sept fois devant l'éternel !*

— Écoutez-moi ça, ce langage vulgaire ! Des expressions de *mornier*, de paysan mal dégrossi !

— Vous savez que je sais pas mal de choses à votre sujet ! Vous pensez qu'à cause des quelques années de scolarité que vous possédez et en arrivant ici, la chance vous a souri, *vous n'êtes le camarade de ni père ni pape !* Vous n'êtes pas du rang de ces mulâtresses ! Moi aussi, je peux m'acheter des diplômes si je le veux. Mais moi, je suis honnête. Je suis *malere*, pauvre, mais je suis conséquent.

— Je ne sais pas de qui tu veux parler, Delcius, en tout cas, acheter le diplôme, c'est une chose. Mais s'en servir en est une autre.

— Heum Heum !

Quelques joueurs se grattent la gorge.

Delcius n'arrête pas. Il débite dans une volubile indignation :

— J'ai honte pour vous, messieurs. Je ne me cache pas pour vous le dire. Je ne citerai pas de noms pour le moment. Advienne que pourra. Je vais vous donner des faits.

— Vas-y si cela te chante.

— Il y en a un parmi vous ici, qui oublie qu'il épluchait les patates pour une marchande de fritures, en échange d'une assiette de manger par soir. Il y en a un autre qui oublie qu'il était le *macro* d'une petite *bouzen*... Oui, la petite prostituée, à la hanche carrée, qui déambulait sur le portail Léogane, Titata. Il y en a un autre qui était, oui, il était serviteur chez une dame riche qui ne pouvait pas enfanter. Elle le traita comme son propre fils, lui donna nom et baptistaire. Ce qui lui a permis d'avoir un peu d'éducation. Bande de mal échaudés. Bande d'arrivistes malhonnêtes et de politiciens manqués que vous êtes !

Les excuses insolites

Sans même s'en rendre compte, les joueurs répliquent à tour de rôle :

— Ah non ! je suis un bon politicien, moi !

— Moi, ça fait très longtemps que je fais de la politique.

— Quel impertinent! Delcius ne peut même pas épeler le mot politicien.
— Ah! Ah! Ah! Ah! Ah! Ah!
Delcius revient à la charge.
— *Han-y, fout*! La merde pour vous tous encore! Et qui *lakyèl* de bon politicien?
Ils font semblant de l'ignorer. Un des joueurs demande à un autre :
— *Jwé kat-la, tonnè*! C'est à ton tour de jouer, tonnerre!
— *Hep boss papa, fè m'wè lajan-w*! Eh! mise donc ton argent!
— *Un petit argent comme ça, ne me fait pas peur*. Et c'est une chose que tu sais. Parce qu'étant un *gros professeur dans un grand pays, ça ne me fait pas peur. Je peux être responsable de plus que ça.* Tiens! regarde!
Ce dernier ouvre son portefeuille et étale trois billets de cinquante et deux de cent dollars qu'il trimbale toujours sur lui pour montrer aux autres qu'il est riche.
— Mon cher, tu peux être ce que tu veux, dans le pays de ton choix! La seule chose qui m'intéresse, c'est de faire en sorte *que ta main rencontre la mienne*. Paye moi, foutre!
Un joueur s'adresse à Delcius :
— Mon cher Delcius, tu divagues en pile, pour rien.
— Hep, toi là! Il vaut mieux que tu te taises. Parce que tu sais que j'ai ton baptistaire dans le plat de ma main. Tu sais aussi que je ne donne pas de chance. Je n'ai rien à défendre. Moi, je ne suis ni savant, ni intellectuel, ni politicien. Et je n'ai pas honte de le dire. Je n'ai pas eu la chance de terminer mes études secondaires. Je n'avais pas le temps pour les études. Je devais lutter très tôt et très dur avec la vie. Mais je sais tout faire de mes dix doigts. Je ne sais pas parler le français comme un *tulututu*. Mais je n'ai aucun préjugé et n'ai pas honte de le crier.
L'épaisse fumée à la nicotine rend la vision de plus en plus difficile. Les cartes, comme des ailes déplumées tombent un peu plus irrégulièrement et avec moins de force. La véracité du discours de Delcius tranche l'air avec l'effet d'un couteau pénétrant une plaie à demi cicatrisée. Des couples d'yeux complices se lèvent pour se croiser silencieusement. Delcius est encore debout. Il ne regarde personne. Il sillonne les pièces encombrées, marchant par-dessus les souliers éparpillés sur le sol. Le silence qui pèse sur les joueurs est

lourd, accusateur, complice. Le rythme endiablé du *Konpa Dirèk* écorche toujours les cônes des haut-parleurs. Subito, comme un sadique en mal de tortures, Delcius brise encore la glace du mutisme régnant.

— Moi Delcius Dieuquidonne Jeansélius, il y a beaucoup de choses que je sais. Personne ne viendra me *bullshiter*. Ce n'est pas parce que les circonstances de la vie vous ont favorisés que vous devez penser pouvoir m'amadouer. Je suis un *madré*, un intelligent, moi. Vous n'avez pas le droit. Vous le savez tous que vous vous mentez à vous-même. Alors pourquoi ne pas parler de choses utiles ? Il y a une démocratie ici, au Canada, dans laquelle chacun se respecte et contribue au bien-être collectif. Pensez plutôt à la façon que vous pourriez l'appliquer en Haïti. Pourquoi ne parlez-vous pas d'économie, d'agriculture, de santé, d'éducation, de projets de société de préférence, puisque vous êtes des opposants, des politiciens et des intellectuels ?

— Voyez-vous tout ce que le pays étranger a fait pour Delcius ! Aujourd'hui, il peut se permettre de nous parler d'économie, d'agriculture, d'éducation de santé et même de projets de société, *hééééééy* ! Ah *la vie saaaa ohooo* ! qui l'aurait cru ? C'est une drôle de vie, cette vie d'ici-bas. Si on t'avait laissé croupir dans ta misère au pays, comment pourrais-tu aujourd'hui oser nous parler de tout ça ? Le pays étranger a fait s'asseoir les chiens à la table des rois.

— D'un côté, la vie est bonne. D'un autre côté, elle n'est pas bonne.

— La merde pour vous tous. J'ai payé beaucoup d'argent pour venir ici. On ne m'a fait aucune faveur. Moi, Delcius, qui vous le dis. Vous devriez, de préférence, jouer vos jeux sans mentir. En tant qu'intellectuels, étalez de préférence vos connaissances, vos théories, au lieu de mentir sur le compte des femmes. Ces femmes sont meilleures que vous. Elles n'ont pas de complexes. Même avec votre situation actuelle, ces femmes, que vous regrettez tant, ne daigneraient pas vous jeter un regard du haut de leur classe. Et je pense que c'est votre façon à vous de l'atteindre, oui, cette classe, en mentant sur leur compte. J'ai de la pitié pour vous. Et je crache à cela. *Rrrrchc ! Tchouhahkk !*

Du fond de la gorge, et à l'aide de sa langue, il lance son crachat qui va se loger directement dans le bol de la toilette. Quoique debout à un mètre de là.

Une fin de partie

Delcius vient de soliloquer dans le silence de son appartement. Personne n'a semblé écouter sa plaidoirie. Tout le monde est affairé, plus que jamais, à jouer aux cartes, aux dominos, aux dames et au poker, dans l'épaisse fumée à la nicotine. Un premier joueur bâille dans un étirement. Un deuxième. Un troisième. Et bientôt, les deux pièces et demie du petit appartement au sous-sol ne contiendront que le gâchis laissé par les invités, la fumée à la nicotine, Delcius révolté et l'écoulement du lavabo dans la salle de toilettes sans porte.

Je n'ai pas pu fermer l'œil pour le reste de la nuit. La scène vécue chez Delcius m'a donné à réfléchir. Je viens de réaliser que chacun de nous est comme une bête traquée sans cesse et sans espoir de trouver répit, halte ou trêve. Et chaque fois, atteinte sous un angle différent. Mais toujours dans le mille.

Et notre timide réaction, face à cette trappe, n'est que la pure constatation de notre impuissance.

Comme une feuille jaunie, tombée dans le courant, nous-mêmes, même. Et l'eau, alors, ne déviera guère du lit. Ah! l'errance migrante! Le pays, ma famille, Jacqueline, Ti-Cia, Mimine, Tonton Tètène, Tonton Dodo, François, Yvon et Tony si loin, si absents!

Dans la chambre, le lit crisse sous les mouvements brusques de Ti Ben qui n'a pas cessé de ronfler depuis qu'on est rentrés.

Le jour est là depuis déjà une bonne demi-heure. Il a dit bonjour par la fenêtre. Je ne lui ai pas répondu. Mais par effraction, comme d'habitude, il a pénétré de tous ses rayons dans le salon sans défense. Il baigne le sofa-lit, m'assaille et enfin, l'appartement tout entier. Mon inquiétude augmente de plus en plus. Je ne sais plus ce que j'aimerais faire. La vie n'est pas facile au pays de la démocratie.

Les oiseaux s'envolent graine par graine

Tout ça, à cause du président et de ses acolytes. Les maudits voleurs de grand chemin. Je ne voudrais plus retourner au pays. C'est trop l'enfer. Et les miens qui espèrent et croient en moi! J'avais promis à ma sœur et à mes deux frères de les faire entrer au

Canada pour qu'ils viennent terminer leurs études. À mon oncle Desmosthènes, j'avais promis une flotte de camions à dix roues chacun. Et la démocratie que je suis venu chercher pour le pays.

Ah! ma bataille est rude! Rester ici et vivre comme Delcius, comme Ti Ben ou même subir la vie comme ces intellectuels que j'ai rencontrés hier dans ce foutu sous-sol, ne me tente guère. Et je présume que vivre à New York, à Paris, à Miami et dans les autres îles, ce n'est guère mieux. Quelle malédiction! Ah! pourquoi le monde est-il donc le même partout?

Acculé. Je n'arrive pas à trouver le repos.

Réduit à s'asseoir sur un sofa-lit en face d'une télé en noir et blanc. À avoir froid dans l'âme. Frissonner devant le devenir malgré la canicule de l'été canadien.

Le pays défile sans cesse devant les yeux, dans la tête. Il relance. Toute la masse paysanne. Descendre à Port-au-Prince, la capitale, pour y demeurer désormais à jamais. Et la clique au pouvoir se prélasse. Et pourtant :

Port-au-Prince n'est pas le pays — Elle n'en est que la capitale — Port-au-Prince m'a parlé de vive voix — Elle m'a dit : Je suis malade, Manolito — J'ai vu l'impossible forniquer l'inimaginable — J'ai trop subi mon ami — J'abrite des fous furieux — Ils veulent faire de moi un pays un continent — Que sais-je — Je n'en peux plus — Je te confie mon unique secret — Bientôt j'exploserai — Et mes éclats si infimes disparaîtront — Alors il n'y aura plus de pays — Port-au-Prince n'est pas le pays, messieurs — Elle n'en est que la capitale — Les autres villes sont sourdes, muettes et atrophiées — Quel grand malheur — Tiens bon Port-au-Prince — Il faut qu'on t'allège du fardeau — Aérez s'il vous plaît.

Et la campagne qui se désole et se dénude. Au cours de mes voyages à travers le pays dans les camions de tonton Desmosthènes, je revois dans ma tête une de ces soirées paysannes inoubliables :

Le soleil vient de clore son unique paupière — La brise fraîche encore pure — Fait sa tournée coutumière — Le ciel dans sa profondeur limpide de bleu noirci — Laisse scintiller les étoiles gardées par la lune tropicale — Ce soir — Vieilli au fond de mon jardin de jadis — Dans ma tête ça roule ça gronde et ça bout — Je suis seul — Même avec la nature ma case ma pipe, les lwa — *Le tabac est de mauvaise qualité* — *Les bêtes ne hennissent plus* — *La brise fait sa tournée* — *Comme elle l'a toujours fait à cette heure* — *La chanson du vent est strophe nostalgique* — *Où sont donc passés ces épis de maïs* — *Ah voilà! la lune étale sa clarté de réminiscence!*

Mais je ne vois plus de grappes de petit mil — *Je n'entends plus le vonvon des cannaies* — *Ni le froissement des feuilles de maïs* — *Ce soir* — *La brise est chaude* — *La terre est sèche il ne pleut pas* — *Mes larmes sont taries* — *La rivière le pays* — *Les mangues sont piquées* — *Je les mange la nuit* — *Ce soir, je m'appelle Mèsidye* — *Je vais m'asseoir à ma place* — *Sur ma chaise penchée contre l'ajoupa* — *J'allume mon Kachimbo* — *Je Trône* — *Tous mes enfants sont là* — *Ceux de Sò Yette ceux de Dyela* — *Même ceux du Choukèt lawouzé* — *Assis en demi-cercle à mes pieds.*

Ils sont contents respectueux et confiants — *Ils sont prêts à écouter* — *Sages conseils* — *Profiter d'expériences* — *Ils sont perdus* — *Pendus à mes lèvres* — *Ah oui! je suis patriarche* — *Écoutez les enfants* — *ce soir* — *je vais vous raconter des histoires, des contes et des devinettes* — *Que la grand-mère de mon grand-père avait ramenés d'Afrique pour la perpétuation* — *C'est une agréable surprise* — *Ils sont beaux ces contes* — *Succulentes devinettes.*

Allez! mettez-vous là — Et vous en raffolerez — Soyez prêts
Cric… Cric
Mon Dieu! — Où sont passés mes chers enfants
Manuel! Diéla! Jézila! Acéfi! Diéfèlhomme! Jesifwa!
Mes amours de mon temps ma vie
Répondez
Cric!… Cric?
Non non je dois vieillir
Je n'entends pas Crac
Tim Tim?
Tim Tim?
Où est le bwa chèch

Ce temps le bon temps
Il a pris la haute mer
Il est parti avec la brise

Troisième partie

La confirmation

Chapitre XXXVI

La force qui s'ignore

*L'ignorance et la sottise ne tuent pas forcément.
Ils font transpirer énormément.*

L'angoisse de l'éloignement

Ti Ben, debout en face de moi, m'observe dans mon rêve nostalgique. Il a compris. Il me propose qu'on sorte prendre le déjeuner ensemble. Il est habillé. Une cigarette entre les lèvres. Samedi matin. Dix heures du matin déjà. Que le temps a vite passé! Assis devant deux œufs au jambon, deux tranches de pain rôties beurrées et coupées en deux, patates frites, une tranche de tomate, un quart de feuille de laitue, du beurre d'arachide, de la confiture, du sel, du poivre, de la moutarde, ketchup, du café et du lait. Il ne manque rien aux gens, ici.

— Je suis angoissé, Ti Ben. Et j'ai peur aussi.
— Je sais.
— Ce n'est pas à cause de chez Delcius, hier soir, non.
— Je sais.
— C'est mon rendez-vous à l'Immigration.
— Je sais.
— C'est mercredi prochain.
— Je sais.
— À dix heures du matin.
— Je sais.
— Nom de Dieu! Tu m'énerves avec ton je sais, je sais, je sais. À tout ce que je te dis, tu réponds : je sais, je sais, je sais!

— Je sais, Manolito. Mais que veux-tu que je te réponde ? Je sais vraiment de quoi il en retourne. Et je n'aimerais pas être à ta place. La majorité d'entre nous sommes passés par là.

— Dis-moi ce que je dois faire pour rester au Canada, Ti Ben. Je me sens piégé. Que vais-je devenir ? J'ai fait beaucoup de promesses et contracté des dettes importantes. Si on me refoule au pays, je suis fichu, Ti Ben. Tout le monde croit que je vais devenir un homme riche, bientôt. Et que je les ferai chercher tous pour venir me rejoindre au Canada.

— Je sais, Mano. Et cela me peine de constater combien je suis impuissant, moi-même, à résoudre ton problème.

— Tu peux au moins me donner des conseils. Tu as des amis, des relations, non ? Aide-moi, Ti Ben ! Aide-moi !

— Ici, mon vieux, ce n'est pas comme au pays. La loi, c'est la loi. Il n'y a pas de favoritisme ni de népotisme à tout bout de champ. Le système de l'immigration canadienne est complexe et irrationnel, mon vieux. Les critères de sélection sont très stricts, rigides. Par contre, ils changent aussi régulièrement et périodiquement, selon la conjoncture socio-politique, quand même.

— Ça ne m'encourage pas plus.

— Je sais. Mais qu'est-ce que tu veux que je te dise ?

— N'importe quoi, Ti Ben. N'importe quoi.

— Moi, j'ai vu l'Immigration d'ici menotter des médecins, des chimistes et les embarquer de force dans l'avion pour les refouler, alors que la ville de Montréal pullule d'immigrants illettrés, qui se promènent avec leur permis de séjour permanent. Tu vois, mon vieux, il n'y a pas grand-chose que je peux faire. C'est un dilemme.

— Tu as raison.

— D'un autre côté, vieux, il suffit qu'un agent aime ta binette, et le tour est joué. Surtout si tu parles mal toutes les langues qu'il connaît. De même aussi ces agents peuvent te faire chier pendant dix mois avant de t'expulser. Et cela, pendant que le gouvernement canadien finance des programmes pour faire venir d'autres immigrants dans le pays. C'est compliqué, vieux. C'est illogique, nébuleux. Mais c'est là une réalité à laquelle il faut faire face.

— Ouais !

— À l'Immigration, vieux, les lois changent à chaque seconde. Il y a des milliers de gens qui se sont mariés avec des Canadiens et des Canadiennes pour obtenir leur résidence permanente, selon une loi de l'Immigration qui le permettait. Maintenant, cela se pratique un peu moins. Les agents de l'Immigration sont pires que des agents secrets. Ils fouillent les plus intimes détails de ta vie privée. D'ailleurs, tu ne dois plus en avoir, pour eux. C'est ainsi dans la démocratie. Tu n'as de liberté que celle que les autorités daignent te conférer. Ils disent agir selon le désir de la majorité. Ils te pourchassent. Ils te traquent. Ils te torturent, te harcèlent avec des questions, des rendez-vous, des visites inattendues.

— Tu me fais peur, Ti Ben. Tu me fais peur.

— C'est la vérité, mon vieux. Tu vois, je connais un jeune couple d'immigrants qui s'était marié. L'épouse était immigrante reçue. Tout naturellement, elle fait une demande de résidence pour son époux, en vertu de la loi de l'Immigration. Eh bien! mon vieux, tu sais quoi?

— Quoi donc?

— Ils étaient obligés de se rapporter régulièrement au bureau de l'Immigration. On vérifiait régulièrement leur carnet de banque.

— Pourquoi?

— Pour savoir s'ils étaient réellement mari et femme.

— Qu'est-ce que le carnet de banque vient faire là-dedans?

— Parce que les Canadiens pensent que tous les immigrants doivent agir exactement comme eux. C'est-à-dire, avoir tout en commun. Comme compte de banque conjoint, être toujours ensemble. Tout faire, la main dans la main. Comme si, une fois mariés, on devenait des siamois.

— Je me demande si c'est possible, ce que tu dis là.

— Qui pis est, mon vieux, on les interrogeait séparément. On est arrivé même à leur demander combien de fois ils faisaient l'amour ensemble par semaine. Qu'est-ce qu'ils avaient mangé la veille? Qu'est-ce qu'ils avaient acheté ensemble la semaine dernière? Et le questionnement ne finissait plus.

— Pourquoi ça?

— Pour savoir s'ils demeuraient ensemble réellement. Comme je te dis, mon vieux, tu ne peux rien prévoir.

— Oui, je vois. C'est comme jouer à la loterie.

— C'est exactement cela, mon vieux. Avec la seule différence qu'à la loterie, tu espères toujours gagner. Tandis qu'à l'Immigration, c'est l'agent qui décide s'il t'aime ou pas. La pire des choses, c'est qu'ils ne te permettront pas de travailler, entre-temps. Une façon pour te décourager. Mais ça, ce n'est pas un problème. La seule chose qui est importante, c'est de rester au Canada. Obtenir ce maudit papier.

— Oui, c'est ça. Et quand je pense à Jacqueline, à mes jeunes frères, à tonton Desmosthènes et surtout à l'enfer du pays que j'ai fui ! Des fois, je me demande s'il ne serait pas mieux que…

— Tu te suicides ? C'est ça, n'est-ce pas ?

— Comment as-tu deviné ?

— Nous sommes tous passés par là, mon vieux. Tu n'es pas le premier. Mais, on tient tellement à la vie. Et on a tellement l'habitude de subir. Tu n'es qu'un maillon de notre longue chaîne, Manolito.

— Je ne sais plus quoi faire, quoi dire ni quoi penser. Je suis complètement désarmé.

— Ne te torture pas, mon vieux. La seule chose qu'il faut faire, c'est d'attendre. Le pire de tout ça, c'est que tu ne peux pas mentir. Et tu ne peux non plus leur dire toute la vérité.

— En me disant ça, tu me mélanges encore plus, Ti Ben.

— Mais non, mon vieux. Laisse les choses aller comme elles vont.

— Je crois que tu as raison.

— Bon, maintenant Manolito, grouille-toi. Aujourd'hui, c'est samedi. On ne va pas se morfondre indéfiniment ici. Grouille-toi. On a plusieurs courses à faire.

— Quelles courses ?

— D'abord on va apporter de l'argent aux filles pour qu'elles nous fassent des provisions. Tu sais, les samedis à cette heure, tous les Haïtiens s'en vont au marché Saint-Laurent. Là, ils trouvent tous les produits du pays.

— Ah bon ! C'est bien ça ! Ainsi on peut dire qu'il y a un mouvement économique dans la communauté.

— Mais non, mon vieux. Il n'y a pas un Haïtien qui tient commerce là-bas. Ce sont tous des étrangers qui nous écorchent. Comme je te dis, il nous faut encore passer quelques années à bêcher dur avant que nous puissions comprendre le mécanisme et nous intégrer dans le système économique nord-américain.

— Comment ça ? Au pays, nous avons beaucoup de commerçants.

— Non, mon vieux. Ce n'est pas vrai. Chez nous, il y a beaucoup de marchandes qu'il ne faut pas confondre avec des commerçants ou des *businessmen*.

— Toi, là, Ti Ben, tu en sors toujours des théories bizarres.

— Je ne vais pas m'attarder là-dessus puisqu'on doit partir. Mais, je vais te dire une chose cependant. Tu remarqueras que les commerçants ou les *businessmen* d'Haïti sont bien portants. Tandis que les petits marchands sont des pauvres miséreux. Oui, des pauvres malheureux sans demeure, mal vêtus, mal nourris. Nous pourrions constituer une forte communauté économique ici, à Montréal. Mais nous ne sommes pas unis. Nous ne comprenons pas encore la puissance du mécanisme de la trilogie politique, économique et culture. Alors, nous nous faisons exploiter par ceux qui le comprennent. Nous ne sommes pas encore fonctionnels, mon vieux. Tu vois, vieux, si collectivement nous étions unis et que nous comprenions le mécanisme, il y a longtemps que plusieurs secteurs de l'économie ici seraient sous notre contrôle. Secteurs des produits alimentaires antillais de restauration haïtienne, de produits capillaires nègres, de disques antillais etc. Nous serions alors respectés, comme les Italiens, les Juifs et les Chinois qui tous ont fait leurs preuves.

— Je ne te suis pas trop, Ti Ben.

— Je sais. Tu n'es pas encore intégré dans le milieu. Et Dieu seul sait si un jour tu y parviendras comme il faut.

— Qu'est-ce que tu veux dire ?

— Il y en a parmi nous qui, même après cinq ans ici, ne parviennent pas encore à s'intégrer. Ils ne comprennent rien de ce qui se passe autour d'eux. Nous avons un gros problème, mon vieux. Un problème grave, pitoyable. Nous sommes une fortune colossale qui n'a jamais appris, au cours de son histoire, comment s'amasser. Tu vois, vieux. Si on était organisé. Si nous étions une force économique puissante. Aujourd'hui, tu n'aurais pas à endurer toute cette torture pour savoir si tu seras expulsé ou non du Canada. Tu serais protégé par la puissance économique de ta communauté.

Et je te le dis, vieux. On n'est pas prêts de finir de transpirer. Allez viens ! On a du chemin à faire.

La balade du samedi

Nous arrivons juste à temps. Les filles sont sur le perron de leur bloc d'appartements, s'apprêtant à aller prendre l'autobus.

— Où allez-vous ? demande Ti Ben.

— Au marché Saint-Laurent, répondent-elles ensemble.

— Comment ça ? Vous ne voulez plus faire des provisions pour le cousin ? continue Ti Ben.
— Bonjour Manolito ! lance Laurencia.
— Bonjour Laurencia. *Kouman ou ye,* Rosaline ?
— Ça va bien, oui. Grâce à Dieu, merci.
— Non, ce n'est pas ça, non, Ti Ben. Nous savons maintenant que tu n'es plus seul. On pensait que…
— Ah ! vous les femmes ! On ne peut jamais vous faire confiance. Bon ! Comment ! Qu'est-ce que ça veut dire ? Vous ne m'embrassez pas ?

Ti Ben approche ses lèvres de la joue de Rosaline. Circonspecte, elle s'écarte adroitement. Jette un regard autour et avise :
— Eh ! Eh ! Ti Ben. Fais ton respect, non ! On est dans la rue, oui ! Et il y a du monde qui peut nous voir. Tu sais ça très bien.

Ti Ben fait semblant de ne pas comprendre ce qu'elle dit.
— C'est ce que je n'aime pas avec toi, Ti Ben ! Fais ton respect ! Tu entends !
— Comment, ils verront des cousines qui embrassent leurs cousins. Les Canadiens eux, ils ne font que ça, s'embrasser partout. À chaque coin de rue. Dans toutes les stations de métro. C'est *plock, plock, plock.* Alors ?
— Nous-mêmes, on n'est pas des Canadiennes. On est des Haïtiennes. *Et tu le sais, bien propre.*
— Allons, Ti Ben. Tu sais que ça ne fait pas partie de notre éducation !
— Où est l'argent du marché ? demande Laurencia.
— Manolito, donne-leur vingt dollars, me commande Ti Ben.

Ça me fait mal, là, dans mon cœur. Je ne suis pas habitué à dépenser autant d'argent d'un seul coup pour faire le marché. Ti Ben continue :
— Allons donc prendre l'autobus ensemble, les filles. Parce que nous aussi, on sort.

Comme un modeste troupeau de chèvres poursuivi, nous gravissons lentement la pente de la rue Davidson. Arrivés sur la rue Sherbrooke ensoleillée et propre, avec ses arbres ballottés par la brise, nous n'avons pas attendu longtemps pour attraper l'autobus qui n'était pas loin. Il vrombit agréablement.

Nous nous y installons deux à deux. Les filles en avant. Ti Ben m'explique qu'il va me conduire au Discomini. Une place où il y a toujours beaucoup d'Haïtiens. Ils parlent de tout et de rien. C'est-à-dire des femmes, de la politique, de la discrimination raciale et des préjugés de couleur dont ils sont constamment victimes au Canada.

Durant tout le parcours, j'ai pensé à moi, à mon argent, à l'Immigration.

Au métro Frontenac. Debout sur l'interminable escalier roulant, nous sommes avalés graduellement vers le centre de la terre. Et là, je m'imagine des trains, comme des énormes chenilles, pénétrer dans les entrailles de l'île montagneuse. Ti Ben et les filles ne cessent de piauler.

À la station de Berri-de Montigny, il salue les filles et m'entraîne hors du métro. Il m'explique que cette station est centrale. Et qu'il faut nécessairement passer par ici pour se diriger vers toutes les autres directions desservies par le réseau.

C'est merveilleux. Et qu'il ne suffit pas à un pays d'être simplement riche. Il faut que la richesse soit bien utilisée pour que sa vraie valeur prenne toute son importance dans le cadre du développement.

On a fait tout ce chemin-là dans le ventre de la terre. Et on n'aurait pas besoin de creuser aussi profondément pour être dans le cœur de l'île.

Mornes et montagnes enceintes attendant de perdre leur virginité pour accoucher des fabuleuses richesses cachées depuis si longtemps.

Après avoir parcouru quelques stations, descendu des dizaines de marches et emprunté d'inlassables escaliers roulants, Ti Ben me conduit à une autre station d'embarquement. Direction Henri-Bourassa. En trombe, la grosse chenille de rêves pour le pays, en rames articulées, coule horizontale dans un bruit caoutchouté sur les rails électriques. Les portes s'ouvrent dans la perfection de leur synchronisation. Des passagers, comme des automates hypnotisés, en descendent pour se diriger tous azimuts. Ti Ben me tire là-dedans par le bras. On partage un banc ensemble. Les portes se referment. Repartir, bercés par le même bruit de caoutchouc frotté. Agréable ébonite.

Ça me fait drôle de voyager avec tant de sécurité, à une aussi grande vitesse dans les entrailles la terre. Autour de moi, j'ai l'impression que tous les autres passagers me regardent. M'observent. Me scrutent parce que je ne suis pas de la même couleur. Ti Ben me dit :

– C'est ainsi, mon vieux. On nous prend parfois pour des curiosités.

Sherbrooke. Notre premier arrêt après avoir quitté Berri. Une vague humaine se vomit. Une autre s'ingurgite en même temps.

Tiens, là! Un jeune Noir vient se planter juste devant nous! Nos regards se croisent. On se salue de la tête. Ti Ben me dit que là où l'on va, j'aurai l'occasion de rencontrer des compatriotes à profusion. Et qu'il y en aura parmi eux qui me donneront des conseils pour préparer ma visite de mercredi prochain à l'Immigration. Mont-Royal, deuxième arrêt. Le Noir qui était accroché au poteau du wagon disparaît dans la petite marée. Sur l'autre rive, un autre Noir attend l'arrivée de son métro. On se salue d'un petit hochement de tête. Ti Ben en fait autant. Après les stations Laurier et Rosemont, Ti Ben me prévient qu'on débarque au prochain arrêt. On se confond avec la petite vague humaine. Après la rapide descente. Nous nous engageons dans les longues coulisses de la station. Monter les escaliers. Continuer de marcher. Le long du mur, un homme gratte une guitare en fredonnant un « Il a neigé à Port-au-Prince. » Une voix chaudement rauque. Son porte-guitare ouvert sur le plancher est clairsemé de petite monnaie. Ah! Dieu merci! qu'il est donc facile de faire de l'argent, ici!

Soudain je vois dans mon esprit des milliers de boîtes de guitares, jonchant les trottoirs du pays.

On débouche enfin à l'air libre, sur la rue. Il fait trop beau, calme et doux. Un vent léger flatte la peau. Un très grand arbre feuillu couvre la rue et protège de son ombre généreuse. Une petite rue étroite. Un, deux, trois autobus, vrombissant agréablement, attendent en tremblotant devant la petite galerie qui limite la station Rosemont. Ti Ben détale en trombe. Je lui demande ce qu'il fait. Il ne répond pas, continue sur sa lancée. Je le suis forcément. L'autobus que nous devons prendre stationne de l'autre côté de la bouche de sortie. Le numéro dix-huit. Nous embarquons à peine qu'il part majestueux dans une plainte hypnotisante. Il n'y a pas grand-chose à voir sur ce trajet. À l'improviste et trop court. Au troisième arrêt, Ti Ben tire sur la corde longitudinale. Le bus stoppe. On débarque.

Chapitre XXXVII

Nostalgie des heures

Dans le jardin, on a entendu : « Brit kolibrit, brit kolibrit. »
Le rossignol a eu le temps de manger le corossol.

Discomini, 67, rue Beaubien Est

À PARTIR de l'arrêt, nous remontons la rue Beaubien de quelques dizaines de pas. Ti Ben m'entraîne dans l'ouverture d'un grillage métallique peint en brun clair. Le fer forgé protège un large carré de vitre à travers lequel on peut observer une exposition de livres haïtiens, ainsi que d'hebdomadaires et de publications diverses. Une atmosphère bruyante, familière, cacophonique, détendue, chaleureuse. Depuis mon arrivée, je me sens pour la première fois en pays conquis. Nous sommes presque une trentaine, engouffrés dans le magasin aussi grand qu'une trentaine de mètres carrés environ, taillé en rectangle. Tout au fond de la salle, sur des étagères peintes en blanc, jaunies, sont rangés des livres de plusieurs auteurs haïtiens. Certains de ces bouquins bâillent en éventail chinois et portent, en gris sale, des marques d'empreintes digitales diverses. Les murs latéraux sont tapissés de disques provenant de différents pays africains et antillais. Aussi des disques français : Dalida, Adamo, Charles Aznavour, Mireille Mathieu, Claude François et Sœur Sourire. Des microsillons de poésie : Anthony Phelps, Franck Étienne, Maurice Sixto, Jacqueline Fouché, Richard Brisson, quatre des cinq poètes du Mouvement de Haïti-Littéraire : Davertige, Morisseau, Legagneur et Phelps. On se demande encore pourquoi René Philoctète n'y figure pas. Aussi le disque de l'Africain Bachir

Touré, qui dit si bien les textes de Senghor, et des disques cubains avec quelques autres chanteurs sud-américains.

Au milieu de l'étroite salle, sur des fourreaux confectionnés en conséquence, sont étalées les dernières nouveautés.

Oh! quel effroyable vacarme! Que je me sens déjà bien. On se parle tous à la fois. Et le volume des haut-parleurs est à son maximum. Ça crie, ça gesticule, ça ricane. Une bonne dizaine d'entre eux tiennent chacun un nouveau disque qu'il voudrait faire tourner, avant de décider de le faire enregistrer sur cassette audio.

La visite de Dany

Parlant tous à la fois quelques-uns demandent :

— *Lotu, jwe sa-a pou mwen!* Loture, fais jouer ce disque pour moi!

— *Lotu, fè-m tande mizik ça-a! Lotu!* Je veux écouter cette chanson, Loture!

— *M'pa renmen-l! Jwe sa-a pito, pou m'tande.* Je n'aime pas. Fais jouer celle-là de préférence.

— *Lotu! Lotu! Lotu!* Tous à la fois.

Et Loture se fait un plaisir professionnel de servir sa clientèle bigarrée. La caisse enregistreuse est placée tout juste à la sortie. Sur le comptoir, il y a une multitude de journaux imprimés surtout à New York. Quelques-uns proviennent aussi d'Haïti. Les plus populaires sont : *Haïti Observateur, Haïti Demain, Haïti Progrès, Haïti en marche, Haïti Libérée, Demain Haïti, Pour Haïti,* etc. Ti Ben dit que le peuple achète tout ce qui porte le nom d'Haïti. Pas besoin de savoir ce qui est dedans. C'est le titre qui compte.

En coup de vent, un jeune homme de notre âge, assez grand, aux yeux vifs discrètement cachés dans les orbites, les cheveux en broussaille, fait irruption dans la petite place. Un petit sac de plastique qui laisse deviner la rondeur de deux avocats et d'un pain français. Il est accompagné par un de ses cousins qui vit dans l'Ouest canadien, m'apprend-il plus tard. Un drôle de cousin qui se balade avec la tête rasée à la Kojak. Il est affublé d'un costume de guerre américain, vert olive, tacheté de rouge sang. Il s'accoutre ainsi pour choquer ceux qui sont obsédés par la politique du pays. Les autres, dit-il, qui refusent d'apprendre, qui refusent de comprendre le système dans lequel ils vivent pour que, si un jour la chance leur sourit, ils puissent au moins, retourner et tenter d'appliquer ce qu'ils ont appris à l'étranger.

Mais non ! Ils sont trop traditionalistes. Ils croient tous détenir la vérité et le savoir-faire. Ils se sont enfuis, espérant la venue du jour d'un retour triomphal pour délivrer le pays. Comme Castro et le Che avaient réalisé à Cuba, Ah ! Ah ! Ah !

Le cousin venu de l'Ouest du Canada les regarde tous et, dans son costume américain, leur crie :

– *Bullshit ! Bullshit ! Et bull shit* encore. Quand arrivera ce jour, vos os ne seront même plus bons pour confectionner des boutons. Et même les poules auront des dents. Vous ne comprenez pas qu'il faut tout oublier du pays. Et que vous devriez commencer à penser canadien. Ainsi, vous auriez une occasion de comprendre ce qui nous arrive. Il faut asperger ce pays d'essence et craquer l'allumette.

Quelqu'un dans la foule répond dans le silence qu'a provoqué le cousin de l'Ouest :

– *Anyen ou pa konnen. Se mounn fou konsa k'ap fè yo pale ayisyen mal-la wi.* Non, tu ne sais rien. Ce sont des fous comme lui qui font parler mal de nous par les Blancs. Regardez-moi cet accoutrement !

C'est comme si rien ne s'était dit car le cousin ressemble à un fauteur de trouble. Le jacassement reprend de plus belle.

Celui qui venait d'arriver avec son cousin s'appelle Dany. Nous avions autrefois fréquenté le même établissement scolaire. Loture lui remet automatiquement un journal. Machinalement, il l'ouvre à la page treize et y met son nez avec une attention spéciale. Il marmonne avec sa voix rauque, un peu grave :

– C'est ce que je n'aime pas avec eux, il faut toujours qu'ils modifient votre texte. Vous faire dire ce à quoi vous n'auriez jamais pensé. Ce maudit Léo ! Si on le lui dit, il dira que c'est son frère, Ray.

Le cousin de l'Ouest canadien lui répond :

– C'est pas Léo, c'est l'autre frère. Oui, Raymond.

– Enfin, on ne sait pas qui. C'est pareil. Quand on appelle, l'un dit que c'est l'autre. L'autre dit c'est l'autre. On est toujours joué à la balle de ping-pong. Ça m'enrage quand ils me font ça. Ils déplacent toujours un mot pour changer le sens de tout le texte.

Ti Ben m'informe que Dany a une chronique dans cet hebdomadaire. C'est pour cela qu'il est aussi connu dans la communauté. Je m'approche de lui, en faisant semblant de chercher un disque. Il y a tellement longtemps qu'on s'est perdus dans le monde que je doute qu'il me reconnaisse.

Non, erreur. Il s'avance vers moi. On se donne machinalement l'accolade. Il lance :

— Vieux frère ! Depuis quand es-tu rentré au Canada ? de sa voix toujours rauque, grave et son air faussement hautain.

— Depuis huit jours à peine, Dany, dis-je instantanément, espérant qu'il me disc quelque chose pouvant me donner espoir.

— Ah ! vieux frère ! Je te souhaite bonne chance ! Ce n'est pas facile, ces jours-ci ! Les officiers de l'Immigration sont piqués par des mouches racistes, semble-t-il.

— On me l'a dit.

— Tu n'as pas vieilli, vieux frère, depuis toutes ces années. Bon, vieux frère, il faut que je file. Je dois conduire mon cousin à l'aéroport. Salut, vieux frère. On se rencontrera.

— Salut, Dany !

Il ne m'a demandé ni mon adresse ni mon numéro de téléphone.

Lui, c'est « vieux frère ». Ti Ben lui, avec son « mon vieux », a raison. Il faut que je me trouve, moi aussi, un mot refuge.

Ils parlent si fort et tous à la fois et avec la musique en plus, on ne comprend presque plus rien. Chose bizarre, personne ne fume.

Bonjour la visite, Dany !

À l'écoute distraite de ces palabres cacophoniques, d'énervement, de discussions, d'invectives, de menaces, je ne peux m'empêcher de penser.

Voici qu'après une si longue séparation, Dany et moi, nous nous rencontrons comme ça, au hasard des circonstances fortuites et régulières des amis perdus et retrouvés. Il ne s'était pas étonné de notre rencontre. Et ceci me laisse présager que l'apparition ou la disparition d'un être revêt la même somme d'importance dans la jungle nord-américaine. Cette attache, cette émotion que nous éprouvions quand nous nous rencontrions au pays s'est diluée ici. Apparemment, il aurait mieux valu que les circonstances de cette rencontre lui fussent un événement extraordinaire, pour remplir les colonnes de sa chronique hebdomadaire. C'est une des réalités du système nord-américain. Le mot *frère* ou *vieux frère* n'a de sens que dans sa prononciation. Ce n'est qu'un autre tic. Le *business* avant, pendant et après. En défendant les droits humains, l'entité humaine ne devient qu'un objet pour justifier sa lutte, qu'une fois gagnée, ne produira qu'une fausse sensation d'accomplissement éphémère.

Mais quand même, si je me souviens bien, Dany n'était pas réellement mon ami. Parce que j'étais de la promotion précédente, mais aussi parce qu'il jouait mal au football. Alors que moi, je n'en jouais pas du tout. Nous étions quand même des champions. Parce qu'en allant à l'école chez les frères, on en sort tous champions. On en sort avec, dans l'âme, le sens de l'organisation qui est la base de la discipline et de la réussite. Chez les frères, on avait presque tout le matériel qu'il nous fallait pour jouer à n'importe quoi. C'était si simple. Et l'on eût souhaité que toutes les écoles et toutes les organisations de la République en fussent aussi pourvues.

Je me souviens. Une fois, on avait volé notre ballon de football. Une cotisation de cinq cents par jour par élève. Et deux semaines plus tard, le ballon était remplacé. Une autre fois, on devait construire un nouveau pavillon pour loger la première promotion du secondaire.

Pendant trois mois, aucun élève n'était admis à suivre de cours, s'il ne se présentait pas à la barrière avec une ou deux grosses pierres à la main. Voyez, puisqu'on a été à la bonne école, Dany, moi et tous les autres, on était censés être bien organisé pour réussir dans la vie.

Réussir la vie, la nôtre, celle du pays.

Mais qu'est-ce que réussir sa vie ? Aujourd'hui, Dany tient une chronique dans un hebdomadaire antigouvernemental de la diaspora. Il rêve de devenir célèbre et riche en écrivant des livres. Loture est le locataire de cette baraque délabrée, transformée en maison à disques. Ti Ben est chômeur. Tous ces gars-là, qui piaillent et piaulent, travaillent dans des manufactures, la nuit. La majorité passe la vadrouille. Les *mopologues* aguerris. Et moi qui suis aux prises avec ma peur et mes inquiétudes. Lequel de nous a réussi ou réussira sa vie ? Tiens ! Sur le mur là, est accrochée la photo de tous ceux-là qui sont censés réussir leur vie, dans la tête des autres.

Voici sur le mur, la photo de Dany, d'Émile Olivier, d'Antony Phelps, de Fayole Jean, de François Latour, de Languichatte Débordus, de Marc Yves Volcy, de Mona Guérin. Le mur en est tapissé.

Doit-on croire qu'écrire un livre, produire un disque, réciter de la poésie, parler à la radio, *chroniquer* ou potiner sur une feuille de chou, c'est réussir sa vie ? Sans tout cela, qu'auraient-ils donc fait, ces vedettes, pour réussir leur vie ? Il est très malheureux que ce soient les autres qui évaluent pour le reste les différents niveaux de la réussite de la vie. Sauf que l'on sait que la réussite est le produit d'un dur labeur. Elle connaît les craintes, les déboires et les fatigues. Souvent, elle est d'instinct suicidaire.

Nous sommes désormais au sommet du delta des chemins qui mènent à la réussite de la vie. Elle est en bas, la vie, elle nous attend. Notre réceptacle généreux.

L'important, c'est de pouvoir déterminer individuellement, ce qui serait pour soi, réussir sa vie. Nous sommes tous pris dans ce dilemme-là. Il n'est pas, non plus, impossible que réussir sa vie soit aussi simple que de voir sa photo et son nom affichés. Comme par exemple, à l'endos de certaines pochettes de disques, on observe souvent de ces poètes, de ces écrivains penchés vers l'avant, faisant les yeux doux, avec l'index ou le pouce appuyé au menton, à la joue. D'autres fois, une pipe au bec. Même si on n'est pas fumeur.

Se sentir dans sa gloire. Être du monde dans son monde propre. Rêver !

Oh ! peuple du rêve rêvé ! Peuple du bon Dieu bon !

Chapitre XXXVIII

Le tourment identitaire

Longtemps, très longtemps auparavant. Les enfants de la mère étaient partis tout partout.
De l'autre bord de l'eau. Maintenant, ils reviennent tous pour s'éteindre au pied de la mère. L'eau est tarie.

Le cousin vient de l'Ouest canadien

Nous comptons encore sur les intellectuels du pays pour nous délivrer de l'enfer interminable. Celui qui rêve par profession ne sait pas se battre dans la réalité des choses. On prend des postures affectées, pour prétendre être penseurs, écrivains, poètes.

À l'école, je ne pouvais pas me permettre de jouer au football. Je me devais d'économiser sur l'épaisseur de mes semelles pour finir l'année scolaire en cours et en réserver un peu pour les grandes vacances. Dany, lui, jouait constamment. Mais le foot n'était pas fait pour lui. Comme un troupeau de chèvres effarouchées, tous les élèves dans la pierraille de la cour trottaient après un pauvre ballon en cuir. Nous chevauchions dans toutes les directions, sans trop savoir si c'était pour essayer d'oublier la crampe d'estomac qui faisait baver de l'écume. Nous voulions surtout atteindre le ballon. Le frapper avec rage plutôt que de compter des buts. Chaque équipe comportait plus de vingt-cinq joueurs. C'était les équipes du midi.

Quoique faisant partie de la même équipe, chacun jouait pour soi. Si on passait le ballon à un autre joueur de la même équipe et que celui-ci arrivait à compter un but, c'était tant mieux. Mais le jeu demeurait « chacun pour soi et le reste pour tous ». C'est un peu ainsi que les organismes fonctionnent dans le pays. Malgré les règles du jeu. Chacun se démène comme il peut. Et pourtant, c'était chez les frères.

Un long coup de sifflet. C'était le temps d'aller se mettre en rang. Les *shooteurs* du ballon rond étaient trempés de sueur. Ce serait alors une occasion pour que Dany et moi puissions nous rencontrer. Malheureusement, nous devions chacun rentrer dans notre classe respective. Nous n'avions pas le temps de devenir de bons amis, comme je l'étais avec

Duchêne Guy, Dufour Carmen, Duperval Jean Paul, Paquiot Auguste, Michel Descayettes, Bien-Aimé Michel, Anisset Wilner, Boucher Fritz, Guerrier Frantz, Guerrier Fritz, Dor Claudel, Gousse Gerry, Torchon Jean, Frantz Desruisseaux, Tores Mauricio, Cirius Lesly Jean, André Salnave, Gérard Moïse, Duciau, Hubert Eddy, Gourgue Philippe, Bruno Marcus, Zamor Eddy, Charles Lionel, Bruny Fritz, Mario Charles, Joseph Eddy, Volmar Frantz, Pelicier Fritz, Memnon Albert, Clermont Edouard, Michaud Henry, Davis Jean Robert, Dessources Antony, Michaud Henry, Raymond Rivière, Eddy Zamor, Cham Fritzner, Frantz Larieux, Comwel Frémont, Lapointe Yvon, Théodore Jean-Robert, Samy Raynold, Cavé Guyto, Frantz Benoit, Mathurin…

Depuis mon arrivée ici, j'ai constaté que les compatriotes ne sont plus comme les autres restés là-bas. Ni comme moi-même, qui entame déjà l'indubitable métamorphose. Je suis en train de devenir impersonnel, pragmatique, insensible. Nous sommes tous venus chercher le soleil de l'Amérique. Il nous brûle vif de ses rayons implacables.

Zombifier les adeptes de l'espoir. Prostituer l'essence de l'ingénuité. Mirage d'ultime délivrance !

Regardez-les, mes amis. Ils croient avoir trouvé la réussite dans la fiction du paradis retrouvé. Illusion de l'escapade. Nous resterons, à jamais, enfants prodigues. Grandes villes modernes, génératrices de loques humaines. Génératrices d'insensibilités, de moments à prendre dans le temps qui coule, pour aimer et fraterniser.

À inventer un développement taillé sur mesure. Et la transformation profonde du pays sans même effleurer son dynamisme culturel.

Qu'est-il donc advenu des autres amis ? Ceux de tous les temps, de toutes les circonstances ?

— Dany ! Parle-moi de Jean, Jacques, Pierre, Paul, d'André, Philippe, Simon, Thomas Mathieu, Barthélémy, Thaddée et surtout de Judas.

Aussitôt, a-t-il répondu dare-dare :

— Il y en a dont le président a défiguré le cœur. Ceux-là sont les fils aînés de ses plus fidèles tontonmakout. Il en a fait des militaires à l'image d'un empire décadent. Ces condisciples-là ne nous reconnaissent plus dans la rue. En croisant leur chemin, nous risquons d'aller en prison. Heureusement qu'ils sont restés là-bas. Au cours de mes voyages de rapporteur et de chroniqueur, j'en ai rencontré des condisciples, un peu partout. Disséminés, à la recherche de ce qu'ils ont perdu dans leur patrie tant aimée. Ils conservent tous encore le même visage que tu leur as connu. C'est leur cœur qui est devenu étranger à eux-mêmes.

L'étranger de soi-même, des alentours.

— Tu as raison, Dany. Tu as raison. Je suis en pleine métamorphose, moi aussi.

— Tu vois, vieux frère, malgré tout, je ne voudrais nullement t'en empêcher. C'est nécessaire. Sinon tu seras englouti, sans ancre, ni port.

— Je te crois. Mais j'aimerais les revoir quand même, tous ces amis d'antan pour nous ressusciter de nous-mêmes. Ah ! ce bon vieux temps, Dany !

— Tes amis, vieux frère. Les miens aussi, moi qui suis de la promotion qui succède à la tienne, et même les amis de Loture qui te précède, je les ai vus. Éparpillés aussi avec d'autres graines de pluie éclatées en molécules nébuleuses, désespérées sur les étendues rocailleuses de la savane désolée.

— Tu les as vus éparpillés où ? Réponds-moi ? Où ? Où ? Où ?

— Aux mêmes places vieux-frère. Aux mêmes places. New York, vieux frère, New York, Madrid, New York, New York, ici à Montréal, New York, New York, New York, Barcelone, New York, New York, Paris, vieux frère, Paris, New York, New York, Séville, Montréal, New York, New York, New York, Guadalajara, New York, New York, New York, Moscou, Vera Cruz, New York, New York, Cologne, New York, New York, New York, Moscou, New York, Santo

Domingo, Santo Domingo, New York, New York, New York, Mexico City, New York, New York, New York, Montréal, New York, Tampico, New York, New York, New York, Paris, Caracas, New York, New York, New York, Espagne, États-Unis, France, États-Unis, Allemagne, États-Unis, Canada, États-Unis, Venezuela, États-Unis, Saint-Domingue, USA. Mais le pire, vieux frère, je les ai identifiés, parce que je savais les voir sur la cour de récréation. J'en ai vu beaucoup d'autres. Ceux-là ne sont pas des amis, ni des condisciples. Ce sont des frères anonymes. Ce sont ceux qui adorent la vie bien que la vie n'ait jamais voulu d'eux. Ce sont ceux-là qu'on appelle *Boat People, air plane People, cross land People, political refugees, economical refugees.* Ceux-là qui sont éparpillés et qui s'éparpillent depuis trop longtemps, *all over and through the islands.* Caribbean Islands. *Central America Islands. South America Islands.*

Le réservoir du pays a perdu sa vanne. La capitale est vidée de son essence.

D'ici quelques jours, je ne serai plus le même homme. Changerai-je pour toujours, pour vrai ? Hélas ! Les horizons, dans leurs multiples ouvertures, se confondent, infinis.

Dans cette petite baraque du 67 rue Beaubien Est où Loture vend ses disques, dans moins d'une heure, les choses, les êtres, l'air, les compatriotes ici présents, ne seront plus les mêmes. Devenant mouvement, dynamisme irréversible. J'en suis partie intégrante. Dépersonnalisé. Je suis en train de changer en numéro. Instrument du temps qui coule, avec lequel et dans lequel je passe pour n'attirer aucune attention particulière.

C'est là, la différence avec le Québécois qui lui, se sait, d'après moi, instrument conscient du mécanisme de la vie d'ici et non un technicien bâtard qui observe ce mécanisme pour l'enrayer à profusion. Acteur et spectateur de sa vie propre. Ti Ben promène dans ces sous-sols, dans ces magasins où l'on s'engouffre pour parler, pour discuter, pour se chamailler, afin de vomir nos différences, nos ressemblances, pour enfin nous donner l'impression, même pour un instant, que nous ne sommes pas de vulgaires numéros. La sensation est partagée. Chaque instant amène une interprétation différente du dynamisme des constitutifs de tout ce qui m'entoure, de tout ce qui me porte, me comporte.

La chèvre émissaire

Un appel pour vol à l'étalage est logé. En trombe, les policiers arrivent au magasin. Un centre commercial très en vogue. Parmi les dizaines d'acheteurs une seule négresse qui, calmement, fait du lèche-vitrine, sans se soucier des Blancs qui la regardent avec des yeux un peu interrogateurs.

Sans demander d'explications, la police qui arrive en trombe, se dirige droit sur la négresse, la saisit par les cheveux en la traitant de voleuse et, bien entendu, « d'hastie de négresse, retournez chez vous » ! Pendant qu'on la traîne énergiquement vers la voiture de police, elle se débat, se défend, demandant la raison pour laquelle elle est traitée ainsi. Le magasin vient certifier que ce n'est pas elle, l'hastie de négresse qui a perpétré le larcin. Rien n'y fait. Le processus du phénomène du non-retour est déjà enclenché. Elle est quand même menottée et jetée brutalement sur le banc arrière. Le mari de la négresse tente d'expliquer au policier. Rien à faire, ça doit être elle, puisqu'il n'y avait pas d'autres Noirs aux alentours. Alors, celui-ci se fâche et avise le policier maltraitant :

— Si ma femme est innocente, dans un an, jour pour jour, je te ferai zombi pour travailler comme esclave dans mon jardin.

Aujourd'hui, la rumeur veut qu'un an après, jour pour jour, le policier succomba à une attaque soudaine. Le jour suivant son inhumation, son tombeau était vide.

Aussi, la pratique a exigé que la dame prenne l'avion vers son pays d'origine, simplement pour aller gifler le policier Blanc transformé en zombi, confiné à travailler jour et nuit dans son jardin.

En dehors, à la campagne.

Chapitre XXXIX

La valse des hebdomadaires haïtiens

*Je voudrais prendre tout mon temps
pour bien absorber ce qui m'arrive.
Et le temps qui possède de si longues jambes!*

Le syndrome des makout

Parmi les petites tempêtes dans la baraque, on ne sent ni la chaleur, ni la sueur ruisselante. Loture change les disques continuellement. La musique *Konpa Dirèk* joue au décibel interdit.

Derrière le comptoir caisse trône Loture qui dépoche et rempoche les microsillons en vinyle. Il reçoit son dû. Rend la monnaie. Propose des rabais. Contre-marchande. En même temps, commente aussi. Informe. Répond aux questions et au téléphone.

À vrai dire, on éprouve une sorte de satisfaction, de fraternité et de béatitude même, à être tous là, entassés l'un contre l'autre à gueuler, à vociférer.

Ils n'arrêtent pas de se chamailler, de se plaindre, de s'apitoyer sur leur propre sort, de se résigner, de commenter, de *politiquer*. Ah oui! la fameuse politique du pays! À rêver de devenir tous les futurs chefs d'État. Président de la République chérie! Ils parlent tous ensemble. Cacophonie? Comme le piaillement de marchés tropicaux :

– Qu'y a-t-il dans l'hebdomadaire *Haïti Observateur*, cette semaine? Ont-ils dit que c'est vraiment Bondyebay Drifan, le makout déguisé, qui a vendu Gasner, assassiné dernièrement et déposé sur les rails?

— Que veux-tu qu'il y ait ? Toujours les mêmes mensonges.
— À cause de cela, le président a donné une BMW à Bondyebay.
— Ils disent que Jean-Claude Duvalier est un retardé mental. C'est pas lui qui dirige le pays, c'est Lafontant.
— Qu'est-ce que tu crois ? Tu ne vois pas comment il lit les discours ! Il marmonne. Il épelle comme un élève de préparatoire deux.
— C'est une grande honte pour nous de se voir dirigés par un hébété.
— Moi, je ne l'accepterai jamais.
— Que tu l'acceptes ou pas, il n'y a rien que tu puisses faire. Il est ton président, pour le temps et pour l'éternité, puisque tu es Haïtien. Duvalier à vie pour tout le temps, foutre tonnerre ! Ah ! ah ! ah !
— Mon président à moi ? Jamais de la vie, mon cher ! J'ai fait quelque chose, moi. J'ai quitté le pays. Je n'y mettrai les pieds que lorsqu'il sera parti.
— Ah ! Dieu, frère ! Il y en a d'autres qui en ont dit plus que ça. Et l'expérience a démontré qu'ils étaient tous des espions. Des makout de la pire espèce.
— Qui est-ce que tu accuses de makout ? Hein ? *Voici la croix de ton père, et celle de ta mère, que je trace sur le sol.* Pile dessus, si tu es un homme, que je te casse la figure ! Espèce de *fréquent*, impertinent que tu es ! Tu es très impertinent !
— Allez donc messieurs ! Calmez-vous. Les os des vieux ne prennent pas facilement, quand ils cassent, vous savez !
— Il se permet, lui, cet impertinent, de m'accuser d'espion et de makout !
— Il te connaît depuis Haïti. Il voulait tout simplement te taquiner. Parlons de préférence de ceux qui publient les journaux.
— Pour faire de l'argent, ces gens-là écrivent n'importe quoi dans leur journal.
— Qu'est-ce que cela vient faire là-dedans ?
— On dit même qu'ils sont soudoyés par le gouvernement. De fausses vagues pour tester les autres.
— Les gens disent n'importe quoi, vous savez !
— Et dans *Haïti Progrès* ? On dit qu'ils font de la propagande pour la Russie. Ils sont des communistes.
— Moi, le seul journal que je lis, c'est *Haïti Demain*. Seulement, quand on réussit à l'avoir au Canada.

— Vous êtes tous des dictateurs.
— Comment ça ?
— Parce que vous empêchez les autres d'être libres.
— Je ne comprends pas. Un journal prétendant défendre les intérêts de ceux qui sont dans l'opposition écrit des mensonges et reçoit de l'argent du même gouvernement qu'il prétend combattre, et toi tu nous accuses d'être dictateurs.
— Loture ! Baisse un peu la musique ! Ça chauffe par ici, dans la politique ! Je veux écouter !
— Eh ! c'est pas toi qui achètes ! Vous, qui discutez sans cesse, vous n'achetez jamais rien.
— D'accord, gagne ton pain.
— Moi, je ne fais pas de la politique haïtienne. C'est toujours la même rengaine. Une bande d'hypocrites. On ne sait qui est espion, ni qui est visé. On ne saura jamais qui est tontonmakout, ni qui ne le sera pas. Ces Haïtiens sont comme des maringouins, quand ils volent, on ne peut pas distinguer le mâle de la femelle. Ils prétendent tous être des *kamoken*. Oui, des anti-duvaliéristes. Et quand ça va mal, ils trouvent toujours un makout dans leur famille pour les défendre.
— Qu'est-ce que tu racontes là, toi ?
— Tu le sais très bien. Te souviens-tu de Gaguy Vicento. C'est un exemple parfait qui illustre ce que j'avance.
— Qui est-ce ?
— Celui qui nous haranguait à l'Université du Québec. Il était toujours le premier à nous soulever contre le régime, à parader avec des pancartes anti-duvaliéristes dans les rues de Montréal. Maintenant, il est parmi les makout les mieux souchés du régime sanguinaire.
— On dit même que le plus petit cadeau qu'il offre à ses multiples maîtresses, c'est une voiture toute neuve de marque Toyota Contessa.
— Ainsi, il a envoyé plusieurs des nôtres à la boucherie !
— J'aurais fait pire, à sa place. Vous êtes tous des fainéants. Des imbéciles qui croyez encore au père Noël !
— Ça, ce n'est rien. Et Denisar ?
— Qui ça, Denisar ?
— Mais voyons tout le monde est au courant.

— Ti Vévé Denisar, ah oui, oui! Celui qui était censé réaliser l'invasion et renverser le gouvernement avec ses copains et qui est rentré vendre la mèche au président?

— C'est exact, et qui en est revenu consul à Montréal.

— Justement. Alors qu'est-ce que vous reprochez aux gars des journaux? Au moins, tu es libre, toi, de croire ou de ne pas croire ce que tu lis. Tu as même la liberté de répondre et d'exprimer ta pensée sur le contenu de leur feuille de chou.

— Je crois que vous êtes trop émotifs. Trop impulsifs.

— Vous avez tous la manie de vouloir façonner les autres selon vos propres limites de pensée et de perception.

— Les gars des journaux exploitent une situation en or puisque vous, étant des émotifs fanatisés, à l'affût des sensations fortes, vous êtes servis. Vous serez satisfaits et eux aussi, mais ils s'enrichissent à vos dépens. Ah! Ah! Ah!

— En fait, si le journal appartenait à des Blancs, je suis certain que vous seriez respectueux et cléments envers eux. Vous trouveriez quand même une explication à leurs agissements. Tiens, par exemple *La Presse*, *Le Devoir*, surtout *Le Journal de Montréal*! Ils écrivent ce qu'ils veulent et comme ils veulent sur les nôtres et sur le pays. Il n'y a pas un seul parmi vous qui s'en est jamais plaint. Vous acceptez volontiers d'être bafoués, d'être fustigés et insultés par les étrangers. Tandis que vous pratiquez l'intolérance absolue à l'égard des vôtres.

— Il dit la vérité. Personne n'a encore tenu rigueur aux journalistes et aux organismes étrangers qui font de la publicité pour le gouvernement sanguinaire.

— Au contraire, on les respecte. On en parle avec parcimonie. Ils appellent cela de la Relation publique, du lobbying. Ah! ah! ah! C'est toute une mentalité que nous avons là, nous autres!

— Alors pourquoi vouloir réduire les autres au niveau de notre vision bornée des choses?

— Ne serais-tu pas un tontonmakout par hasard, toi?

— Dis-le-nous, pour qu'on te fasse ton compte!

— Vous parlez toujours pour rien! Bon, oui je suis un tontonmakout. Qu'est-ce que vous allez me faire, bande de cons, bande de lâches, que vous êtes? Qui donc me jette la première pierre que je le réduise en poudre! Je suis *gros nègre*, *sportsman* avec *gwo lestomak, epi gwo bibi*, et je pratique le karaté. Vive Duvalier à vie pour tout le temps ! Et puis que celui qui n'est pas content me le dise, que je lui casse la figure, bande de capons !

— Tu dis que tu es tontonmakout parce que tu sais que personne ne te croira.

— Vous êtes tous des poltrons, des lâches et des profiteurs sans desseins.

— Tous ceux qui se disent politiciens, ils ne se sont jamais donné la peine de comprendre ni d'étudier les systèmes des autres pays pour les adapter aux réalités du nôtre lorsque le moment propice arrivera.

— Quel pays ? Quel moment propice ? Vous me rendez fou ! Bandes de rêveurs en couleurs !

— Penses-tu qu'un jour, on va se débarrasser du dictateur ? Tu te fous le doigt dans l'œil, mon ami. Lui et son équipe, ils nous tiennent par la gorge. Et après lui, ce sera un autre. Et puis un autre, et un autre. On est condamné mes amis. Allez consulter notre petit livre d'histoire d'Haïti et vous verrez que l'histoire de notre pays est une roue qui tourne et qui revient toujours à la même place.

— Cela ne doit pas justifier un comportement négatif. Il ne faut jamais se décourager. L'espoir fait vivre, messieurs. L'espoir ! L'espoir ! Pourquoi pas la lutte, bande de crapules ?

— Vous êtes tous des lâches, des incapables.

— Ça fait la deuxième fois que tu nous insultes, toi. Si cela continue, messieurs, je lui fais cadeau de mon poing dans la face.

— Essaye donc, tu verras. Tu te penses en Haïti, ici ! Eh bien ! détrompe-toi ! Il n'y a pas de tontonmakout ici dans le Canada du pays des Blancs. Si tu peux frapper, moi aussi je peux frapper. Et quand je frappe, moi, je frappe fort. Et très fort.

— Messieurs, laissez tomber, avant que cela ne tourne au vinaigre. *Calma ! Calma !*

— Non ! non ! non ! Il n'y a pas de danger. Laissez-le expliquer.

— C'est vrai. Pourquoi dis-tu que nous sommes des incapables ?

— Écoutez ! C'est se fourrer le doigt dans l'œil. Vous savez clairement ce que je veux dire.

— Quoi donc ?

— Dans chaque ville, dans chaque quartier, il y a autant d'opposants que de membres qui composent la communauté. Depuis plus de vingt ans, vous ne faites que vous dénoncer et vous entre-déchirer. Jamais vous ne vous êtes unis pour une cause commune.

— Oui, mais l'opposition existe quand même.

— Écoutez-moi cette réponse puérile! Ça n'a pas de bon sens! *Ça s'peux-tu, hostie*!

— Écoute-moi, le Canadien *nwèr* manqué, qui sacre! Ça ne te va pas. Il sonne mal dans ta bouche du petit nègre noir aux petites oreilles. Tu n'es pas obligé de dire comme eux. Haïtiens *ooooh! Tonnè krazé'm! Yo p'ap manqué!*

— Toi, tu penses tout savoir! Et tu ne sais pas plus loin que le bout de ton nez. Pourquoi tu ne crées pas ta propre organisation d'opposants?

— Ils prétendent être dans l'opposition, mais ils sont toujours fourrés chez Lafontant, l'ancien consul espion et makout doctrinaire noiriste invétéré du régime. Ils reçoivent tous leurs chèques d'Haïti. Ils ne travaillent pas, ils possèdent voitures, maisons et toutes sortes de luxe. Toujours fourrés au consulat, Place Bonaventure.

— Quand ils n'aiment pas quelqu'un, ils le dénoncent faussement et font inscrire son nom dans le cahier noir des *kamoken*, à l'aéroport Maïs Gâté. Si, sans le savoir, ce dernier voyage pour aller visiter ses parents, on l'arrête à l'aéroport. Et souvent, il disparaît pour toujours.

— Souvent, pour justifier leur salaire, ils dénoncent même des membres de leur famille pour grand merci.

— D'autres fois aussi, pour s'accaparer de leurs biens: maison, voiture, terre, femme et filles.

— Malheureusement, c'est vrai. Ça, c'est abject. Et ceux qui exécutent les crimes savent qu'ils tuent des innocents.

— Moi, je n'ai pas la prétention de devenir président. Cependant pour vous prouver combien vous exagérez, j'ai rencontré un jeune qui voulait publier une plaquette de poèmes. Je lui ai dit: « Si par malheur tu publiais ces textes-là, tu te ferais lyncher par les makout qui pullulent partout à Montréal. »

— Pourquoi?

— Parce qu'il disait la pure vérité dans ses textes un peu pamphlétaires et que vous avez la manie de ne pas aimer la vérité. De haïr ceux qui veulent vous extirper de vos rêves stériles.

— Les poètes ne sont que des rêveurs, des idéalistes. Que peuvent-ils bien dire qui puisse délivrer le pays?

— Peux-tu au moins nous en donner la preuve ?
— Je savais que vous auriez demandé cela. Heureusement, je porte toujours sur moi les deux que j'aime le plus.
— Lis-les, on t'écoute.
— Oui, j'aimerais savoir ce que peut bien dire ton fameux rêveur solitaire.
— Ce n'est pas le moment d'écouter de la poésie, maintenant.
— Allez ! va, lis !
— Je sais que vous êtes tous des négatifs, mais je vous les lis de toute façon.
— Vous êtes aussi fous que lui. Un poète itinérant ! On aura tout vu chez les Haïtiens !
— Vas-y, on t'écoute !
— Lis donc, toi !
— D'accord :

SUCCESSION

Ils sont encore nombreux
Ceux qui complotaient pour tuer le président
Et le président mourut dans son lit
De sa belle mort de chef d'État
On cherche encore un remplaçant
Car à force de piller ses ministres
Le président avait oublié de se faire construire
Quatre millions de palais nationaux
et quatre millions de fauteuils présidentiels
En guise de succession.

— C'est la pure vérité, oui ! Parce que tous les Haïtiens veulent devenir président de la république.
— Tais-toi, imbécile ! Espèce de mouton de *suiveux*. Tu parles à travers ton chapeau. Tout le monde n'est pas comme toi.
— Eh l'ami ! si tu répètes ce mot « imbécile », je te flanque mon poing dans la face !
— Messieurs, pourquoi voulez-vous toujours vous battre ? Quand les Blancs discutent ils n'en viennent pas aux poings, eux.
— Ils sont plus civilisés. La démocratie, messieurs, la démocratie.

— Si un Blanc passe et nous voit, il va penser que nous sommes des sauvages. Il va penser que les nègres sont la copie conforme des caricatures qu'on fait de nous dans les films, dans les bandes dessinées, dans les romans-feuilletons, dans les journaux, dans leur conception et j'en passe.

— C'est vrai. Messieurs, mettez un peu d'eau dans votre vin. *Molo molo!* s'il vous plaît.

— Notre tribulation n'est pas prête de finir. Nous avons un problème de communication et d'organisation. Et c'est vrai. Nous gueulons toujours et refusons de laisser les autres parler.

— Ils ne disent jamais rien de bon. Il faut bien qu'on leur enseigne. Il faut alors parler fort dans le cornet de leur entendement, pour leur mettre ça dans la tête!

— Moi, je m'en fous de ce que le Blanc peut penser. Est-ce que moi, j'empêche le Blanc de vivre, à cause de ce que je pense de lui? Est-ce que je l'empêche de giguer, de regarder sa joute de hockey en buvant sa bière en mangeant son *pop-corn*? Est-ce que j'empêche le Blanc de faire la grève à tout bout de champ pour un *Krik* ou pour un *Krak*? Ou de mettre en liberté des criminels notoires, après deux ans d'emprisonnement, même s'ils sont condamnés à vie.

— Que penses-tu du Blanc, toi?

— Je pense que le Blanc est meilleur que nous. Il n'a pas les problèmes de sous-développés.

— Messieurs! On s'écarte du sujet! Où en étions nous?

— On était à dire qu'au-delà de quinze ans de dictature obscurantiste, l'opposition n'a rien mis en branle. Pas d'esquisse de programme, pas de coalition, pas d'entente, rien qui puisse présager un espoir pour la délivrance du peuple. Rien sur quoi le peuple puisse s'appuyer pour repartir sur un nouveau pied. Si vous voyiez cela, le pays est la misère même!

— Qu'est-ce que tu racontes, là? Tu es en train de *bla-bla-bla, mianm mianm mianm, kaka chatte*, mon cher! Tu penses que les gars de l'opposition sont des imbéciles? Crois-tu qu'ils veulent réellement le départ du gouvernement? Mais non, messieurs. Tout cela n'est que démagogie. Ils ont tous une raison personnelle pour ne pas aimer le gouvernement. Pour certains, c'est parce qu'ils ont été mis à l'écart. Pour d'autres, c'est parce qu'ils n'ont pas réussi à s'enrichir assez vite. Bon, il y a une femme qui m'a dit qu'elle est contre le régime, tout simplement parce que des makout ont tué son frère. À part cela, elle serait la plus grande *fyèt lalo* du gouvernement, la plus fervente des tontonmakout femmes. Elle a ajouté ensuite, qu'elle est reconnaissante au régime, parce que le président a permis à sa classe sociale d'accéder à une bourgeoisie noire. Son frère a pu s'asseoir sur les bancs de l'université sans avoir un nom de famille connu. Cela ne s'était jamais vu auparavant. Et c'est grâce au président qu'elle peut parler français aujourd'hui. Elle sera toujours duvaliériste dans son for intérieur, quoi qu'il arrive.

— Il a peut-être raison !

— Raison en quoi ? Tu es toujours là, toi ! Qu'est-ce qu'il y a, déjà là ! Acheteur de figure, que vous êtes ! Espèce de tontonmakout en sourdine ! Tu es comme un couteau de pharmacie. Deux tranchants différents. Un coup d'eau chaude, un coup d'eau froide. Comme le rat, tu souffles avant de mordre. Voilà ce que tu es !

— Mais oui, ne voyez-vous pas que, de temps en temps, nombre d'entre eux, après avoir henni contre le régime en diaspora, retourne au pays pour occuper des postes clés dans le gouvernement.

— Ça, c'est vrai.

— Il y en a d'autres qui n'avaient pas l'espoir de voir leur nom cité, un jour, dans les journaux. Et ceci s'est fait grâce au président. Ah ! qu'ils sont heureux ! Reconnaissants même dans l'opposition.

— Pourquoi ?

— Ils feignent d'être des opposants farouches et écrivent des articles vitrioliques qu'ils signent en étalant leur titre. Ainsi, ils se donnent de l'importance. C'est la raison pour laquelle il n'y a jamais eu d'opposition forte et concertée. Dans un même parti, chaque individu a son but personnel et différent. Personne ne pense à l'avenir du peuple.

— Chaque groupuscule adopte son candidat. Son futur président. Et les membres de chaque groupuscule espèrent qu'ils seront tous ministres et fomentent déjà un coup d'État pour remplacer leur propre candidat.

— Ah ! que nous sommes barbares !

— Oui, c'est vrai, ça !

— C'est vrai. Parce que tous nos systèmes, qu'ils soient d'éducation, d'administration publique, d'agriculture, juridique, scolaire, d'alphabétisation, de santé publique sont désuets, pourris, vétustes et périmés. Il n'y a pas un de ces organismes d'opposition qui ait jamais proposé de faire des recherches, des études comparées, et proposer un programme adapté pour qu'au jour où la chance nous sourirait, on puisse d'un coup, les appliquer. Car la chance n'est pas bien loin.

— Et pourtant ce ne sont pas les experts qui nous manquent. Ils savent briller chez tous les Blancs, tandis que chez nous, c'est la pagaille.

— Un très grand nombre de professeurs, de médecins et d'infirmières qui pratiquent ici sont des Haïtiens. Alors qu'en Haïti, c'est la désolation.

— Le gouvernement ne les paye pas.

— Qui pis est, le gouvernement canadien finance même des projets qui auraient de l'allure si on les lui proposait.

— Messieurs, ce n'est pas de cela dont on parlait, non !

— De quoi parlait-on ?

— C'est lui qui avait à nous lire son deuxième poème.

— Mais c'est vrai. Vas-y ! Lis-le !

— Toi, tu ne sais dire qu'une seule chose : « C'est vrai, c'est vrai, c'est vrai. »

— Bon, si c'est vrai, je dis que c'est vrai.

— Lis-nous donc ton poème, toi !

— D'accord.

QUAND C'EST L'HEURE

Où êtes-vous beaux parleurs
Répondez théoriciens doctrinaires en toge de soie
Le peuple est prêt
Il vous appelle vous attend
Répondez
Où êtes-vous donc cachés
Répondez
Hâbleurs professionnels
Allons voyons !
Cessez de pisser dans vos culottes
Avouez !

— Ah ! Ah ! Ah !

— Ah ! Ah ! Ah ! Celui-ci est très bon !

— Ils sont réellement des lâches, des inconscients, des incompétents.

— C'est vrai. Prenons ceux qui se disent communistes, par exemple.

— Ceux-là, n'en parlons pas. Ce sont les pires hypocrites !

— Ils sont communistes tant qu'ils n'ont rien. Ils sont opposants quand ils sont tenus à l'écart du festin des attablés.

— Ils sont toujours prêts pour aller en Russie. Ils prêchent les bienfaits d'un système dont les rigueurs jurent avec leur nature. Ce sont ceux-là qui abusent le plus du matérialisme capitaliste. Ils sont toujours mariés aux femmes blanches assez riches.

D'ailleurs, tous ceux qui prônent ou qui ont prôné la négritude ont tous marié des femmes à peau claire : Senghor, Duvalier, Price Mars et j'en passe.

Chapitre XL

La table ronde carrée

Lorsque les gros et les petits sont au même prix, je choisis un gros.
À quel prix!

Mes chaussettes ne sont plus à vendre

L'OTURE écoute d'une oreille distraite mais certaine. Il sait que plus il les tolère, plus il a la possibilité d'écouler ses marchandises. Il sert les vrais clients. Ceux-ci ne sont pas bavards. De temps à autre, il glisse quelques mots, soit pour corroborer, soit pour préciser. Ti Ben est dans son assiette. Il aime cette ambiance. Cependant, il ne parle pas beaucoup. Il observe avec une attention aiguisée. Moi, je ne parviens plus à me situer dans ce nouveau dilemme.

Je me dis que ce n'est pas possible que tous les Haïtiens que j'ai rencontrés jusqu'ici à Montréal soient ainsi. C'est la paranoïa collective. Moi qui croyais que le pays étranger aurait transformé quiconque y poserait les pieds.

Ti Ben est accoudé au comptoir. Il écoute attentivement les discussions mêlées de voix, de chansons, de musique, de rires aux éclats, de mauvais sang, de cris stridents, de colère, d'indignation, et surtout de frustration.

Je continue d'arpenter le petit magasin, à regarder des pochettes de microsillons. Tiens! Là, tout au fond, j'entends les plaintes d'un robinet mal vissé et celles d'un *water closet*.

Décidément, toutes les toilettes souffrent de la goutte ou de l'écoulement, ici?

J'y pénètre. Mais voyons! Ça sent le riz cuit avec des haricots rouges.

En entrant dans la salle de toilette, j'en profite pour regarder ce qu'il y a dans la petite salle adjacente. C'est de là que provenait le fumet d'un riz parfumé. Sur de larges étagères peinturées en blanc, d'un blanc jauni avec le temps, sont posés des sacs de riz, des sacs de haricots rouges, des haricots blancs et des noirs, puis des bidons d'huile végétale, des sacs de semoule de maïs.

Un brin de souvenir. Une flèche empreinte de transhumance me transperce le cœur. C'est comme si je revoyais la silhouette de mon père debout là, à côté, avec son tablier.

Je reviens sur les lieux de l'animation. Il y a attroupement autour d'un homme dans la cinquantaine. Il a ouvert une valise devant lui, sur le comptoir de Loture. Il offre des chaussettes, des cravates, des boutons de manchettes, des arêtes de cravates, des caleçons à jambes longues, des chemisettes en tricot, de la marque Fruit of the Loom. Il ne cesse de vanter la qualité de ses produits, tout en rendant la monnaie à ceux qui en achètent, sans marchander. Il dit avec fierté qu'il va chercher ses produits directement chez le manufacturier à New York, et qu'ils sont destinés spécialement aux Haïtiens élégants qui fréquentent le magasin chez Loture. Je pense qu'il est privilégié puisqu'il peut traverser à New York aussi facilement. Soudain, un dénommé Patrick marchande le prix d'une paire de chaussettes. Le quinquagénaire lui répond qu'il les vend deux dollars la paire.

Patrick s'offusque et désire absolument les payer la moitié du prix demandé :

– Pourquoi veux-tu que je te paye deux dollars pour ces chaussettes?

– Parce que c'est à ce prix que je les vends. Tu ne vois pas, c'est de la vraie soie!

Patrick garde les chaussettes dans ses mains tandis que le marchand itinérant écoule assez bien le reste de sa marchandise. Patrick s'éloigne du centre d'intérêt. Il feint de regarder les disques. Il en ramène un au comptoir caisse. Demande à Loture de le faire jouer. Ce dernier lui fait remarquer qu'il fait déjà tourner un disque pour un autre client. Patrick se fâche :

– Qu'est-ce qu'il a plus que moi, lui? Je suis un client, moi aussi.

Loture fait la sourde oreille. Patrick lui tend le disque. Loture le prend et le dépose sur le comptoir caisse.

Les agissements de Patrick attirent l'attention des gens qui échangent un regard inquisiteur et complice. Patrick ordonne à Loture de faire tourner le disque qu'il a choisi.

Sans se gêner et placide, Loture lui répond :

— Patrick, je n'aime pas du tout quand tu me fais ces choses-là.

— Quoi donc ? demande Patrick.

— Tu vois que je suis occupé à servir les clients.

— Comment, je ne suis pas un client, moi ? Qu'est-ce qu'il y a ?

— D'accord. Tu es un client, si tu veux. Mais tu vas attendre ton tour, comme tout le monde.

Le quinquagénaire demande à Patrick de lui remettre ses chaussettes s'il n'accepte pas de payer le prix demandé.

— Non. Je les achète pour un dollar.

— Mon cher, il y a d'autres gens qui veulent bien me les acheter à deux dollars. Rends-les-moi.

— Non, je te les paie un dollar et quart. Parce que tu fais trop de bénéfice.

— Mon cher, je vais te dire quelque chose. Parmi nous tous ici présents, tu es le seul à agir de la sorte. Rends-moi ma marchandise qu'on en finisse.

— Je regrette. Je les veux, ces chaussettes et je ne paierai pas plus d'un dollar et quart pour elles. Ce sont mes couleurs préférées.

— Rends-moi les chaussettes. Je te le demande pour la dernière fois, espèce de tontonmakout.

— C'est toi, le tontonmakout. Tu as acheté ces chaussettes pour cinquante centimes la paire et tu veux qu'on te les achète à deux dollars.

— Les chaussettes sont miennes. Je demanderai le prix que je veux. Et personne n'est obligé de me les acheter.

— Si j'étais en Haïti, je te ferais coffrer pour cette forme d'exploitation. C'est du vol !

— Si tu ne me remets pas mes chaussettes, je te montrerai ce que je sais faire.

— Essaye donc. D'ailleurs je vais faire en sorte que tu ne puisses plus retourner en Haïti.

— Eh bien ! moi, je vais te montrer ce que je sais faire à des vagabonds sans aveux comme toi, sitôt qu'on se rencontrera en Haïti !

Des vauriens comme toi, c'est facile de trouver des tontonmakout pour leur faire payer leur insolence.

— Espèce d'exploiteur! D'ailleurs, il est illégal de vendre des articles sans permis, comme tu le fais.

— Va donc me dénoncer, si tu t'en sens capable! *Depi nan ginen, nèg ap trayi nèg*! Mouchard, que vous êtes! Traître! Fais-le, si tu as des graines là où il faut! Et je te vendrai comme *zombi*! Tu deviendras mon esclave.

— Tu plaisantes. Tu parles pour donner du vent à ta bouche!

— Bon, un instant! N'as-tu pas honte? Tout le monde ici te connaît. Tu n'achètes jamais de livres. Tu viens toujours les feuilleter dans les magasins. Tu n'achètes jamais de journal, ni de disques. Espèce de parasite. Il faut toujours que tu trouves le bien d'un autre pour resquiller. Et même si je te les avais laissées pour vingt-cinq centimes, mes chaussettes, tu trouverais moyen de me les subtiliser à crédit. Et tu n'es pas bon payeur.

— Tu ne me dis rien, là!

— Si tu penses que je vais te laisser mes chaussettes, tu te trompes. D'ailleurs, je ne les vends plus. Et si tu ne me les rends pas, tu vas apprendre à me connaître quand je suis fâché.

— Mon cher, *tu parles avec mon dada*! Avec mes fesses que tu parles!

— *Patrick, tonnè kraze-m, m'mande bondye m'pa sòti la-a vivan, m'ap foure kouto sa-a nan fwa-w, si ou pa fout banm chosèt yo!* Que le tonnerre me fende! Que Dieu ne me laisse pas sortir vivant du magasin, je te flanquerai ce couteau au foie si tu ne me rends pas mes chaussettes!

À la menace, Patrick, se glisse discrètement derrière le comptoir caisse, sollicitant indirectement la protection du propriétaire. Dans la foule, on entend :

— *Gade kouman ou kapon*! Vois combien tu es poltron!

— *Jan-w frekan*! Tu es tellement impertinent pour être aussi peureux!

— *Jan-w gen djòl! Ou jwen mèt ke-w*! Toi qui es si insultant, tu as trouvé ton maître!

— *Ou tonbe sou zo grann ou*! T'as frappé un os dur, pas vrai!

Loture intervient et ramène l'ordre.

Chapitre XLI

La douleur du poids lourd laissé là-bas

*Quand on a besoin d'un tison,
il faut accepter de braver la fumée.*

Les rêves bigarrés

Déjà cinq heures de l'après-midi. J'ai faim. Ti Ben me présente à Raoul qui accepte de me montrer le procès-verbal de son rendez-vous avec les agents de l'Immigration.

On quitte Discomini. On embarque dans une vieille Volkswagen Beetle de couleur rouge orange, stationnée en travers de la rue. Raoul est dans la quarantaine avancée. Plus du double de mon âge.

Il ne parle pas beaucoup. Il semble particulièrement préoccupé. Ti Ben lui demande des nouvelles de sa femme et de ses enfants. Il répond qu'il ne sait pas. Il dit qu'il vient à peine d'obtenir son permis pour travailler ici. De sa voix monotone, il ajoute que depuis plus d'un an, il souffre de ne pas pouvoir soulager sa conscience. Il avait quitté le pays à la recherche d'un mieux-être, laissant sa femme et ses deux enfants, dans l'espoir de les faire venir, sitôt que sa situation se serait régularisée. Et depuis ce jour-là, il n'a même pas pu leur envoyer un dollar. Il ne sait plus ce que devient sa femme. Elle habitait en province.

— Tu sais, dit-il, que si tu n'as personne à Port-au-Prince pour acheminer tes lettres en province, c'est peine perdue.

Dans l'attente de régler ses papiers avec l'Immigration canadienne, n'ayant personne chez qui trouver refuge, il s'est fait exploiter vilement et a dormi avec le froid aux os et la faim dans l'âme, sous un escalier non chauffé.

Il raconte qu'au pays, il avait l'habitude de coucher régulièrement avec la misère, c'est vrai. Mais ici, il s'est fait sodomiser royalement par l'enfer de l'humiliation, de la prostitution et même, à certains moments, de l'esclavage. Aujourd'hui, même s'il obtient enfin son permis de travail, il ne sera jamais remis de sa blessure. Jamais guéri de ses cicatrices qui toujours seront béantes. Il a connu la balafre au cœur.

La VW Beetle a vrombi durant vingt minutes, pour enfin stopper devant une vieille maison délabrée de la rue Saint-Urbain. Une vieille baraque enrubannée d'escaliers zigzaguant et chambranlants. Heureusement qu'on n'a pas eu à les gravir. Car le tournis avait déjà commencé à triompher de mon sens de l'équilibre et de celui de Ti Ben. À la queue leu leu, nous suivons Raoul. Nous accédons à la cour par une petite barrière en fer forgé dépeinte, toute rouillée, crissant douloureusement sur ses gonds tordus. Il nous recommande de bien la refermer après nous. Le propriétaire est très strict. Un vieux qui loue pour la première fois à un *nwèr*.

Comme s'il était doté d'une mission spéciale, Raoul démontre qu'il veut servir de bon exemple pour les autres compatriotes. Alors, il dit qu'à cause de leur instinct grégaire, les Québécois excessifs mettent tous les Noirs dans un même panier, qu'ils soient Canadiens, Québécois, Français, Américains, Africains, Martiniquais, Haïtiens, Guadeloupéens, de Halifax ou de n'importe quelle autre nationalité. Ils n'ont qu'un mot à la bouche : *Nwèr. Ste maudit d'nwèr-laò*. Si un Noir vole ou viole, les Noirs du monde entier sont des voleurs et des violeurs. Si un Noir est délinquant, tous les Noirs de l'univers le sont. Pas de nuance, pas de quartier. Cependant, ils font la différence entre un Italien, un Allemand, un Blanc français, un Québécois ou un Canadien blanc anglais qu'ils baptisent de tête carrée. Parce que, pour eux, tous les Noirs sont pareils, nous avons de la difficulté à louer un appartement qui a de l'allure, ici.

Un grand nombre d'Haïtiens habitent à Saint-Léonard dans le sous-sol des Italiens.

— Pourquoi dans le sous-sol des Italiens ?

— On prétend que c'est parce que nous utilisons les mêmes épices pour faire la cuisine.

En quête de définition

Par l'ouverture d'une petite porte latérale, on se penche pour ne pas heurter la tête à la barre transversale du haut de l'encadrement. Une sorte de cave mal aérée. Le plafond est fait des traverses du plancher supérieur. Les murs, en bois vermoulu. On y respire l'odeur de la moisissure. Pour tout meuble, il n'y a qu'une éponge étendue à même le plancher de ciment humide. Une grosse ampoule accrochée au plafond éclaire toute la pièce.

Au mur, on voit accrochée la photo d'une belle femme créole à l'expression modeste. Elle est assise avec deux enfants debout à ses côtés. Un sourire crispé, timide. Raoul est de tempérament très calme, à ce qu'on peut observer. Aguerri sans doute par son expérience de migrant. Sur un morceau de planche posé sur deux blocs gisent le sachet d'un pain tranché, à moitié consommé, un bocal de beurre d'arachide, un autre de confiture, un couteau et une petite boîte de margarine. J'ai la chair de poule.

— Messieurs, entame-t-il, les circonstances de la vie m'ont transformé en anachorète. Depuis mon arrivée au Canada, je me pose moult questions imprécises. Je me culpabilise constamment.

C'est à cet instant que je commence à m'expliquer les réactions rébarbatives et les sautes d'humeur de Ti Ben, ses théories réactionnaires à l'emporte-pièce. Sa désinvolture, sa révolte, sa glossolalie et ses frustrations sont sa fragile carapace. J'ai l'habitude de travailler. Je ne me laisserai pas abattre, moi. Il me cache beaucoup de choses, ce Ti Ben.

Ils semblent tous traumatisés par l'application des procédures et des règlements qui régissent le processus de notre migration au Canada.

J'ai l'impression que c'est partout pareil. En France, aux États-Unis, au Canada, quelle différence! Le fait est que nous étions contraints de quitter le pays.

Alors toujours, c'est l'errance. Si on était riche et qu'on était venu de son propre gré pour étudier, la vie serait différente. Même si on décidait d'y rester, après, pour toujours. Ce serait un libre choix. On n'aurait personne à blâmer. Pas de regret ni de nostalgie car on sait que l'on pourrait toujours y retourner sans crainte. C'est le cas de ceux issus des familles bourgeoises qui vont étudier en France, aux États-Unis et ailleurs.

Ti Ben lui-même paraît étonné face à cette misère que vit Raoul. Oui, ce fougueux Ti Ben qui me paraissait si stoïque et qui a réponse à tout, en est décontenancé. Le silence l'envahit.

Raoul se dirige vers l'autre bout de la pièce, dans le coin où est déposée une valise en similicuir brun. C'est sa garde-robe. Il fait glisser la fermeture éclair, en sort un document. Il avance vers moi, me le tend et ajoute :

— Je ne sais pas en quoi cela va t'être utile. Je te le laisse lire. Tu peux partir avec. Ti Ben me le rendra la prochaine fois qu'on se rencontrera. Il me conseille alors : Tu vois, mon ami ! Je ne sais pas sur quoi se basent les agents de l'immigration pour administrer le système. Mais, l'ami, ils font une exception de chaque cas. Pas un n'est pareil. Et je te conseille d'être fort. Sinon, tu craqueras. À maintes reprises, je suis passé à un cheveu de me suicider. C'est grâce à mes enfants que je suis encore en vie. Mais toi, tu es jeune et tu es venu à une autre époque. Mon seul espoir maintenant, c'est de passer aux États-Unis. Au début, c'est là que je voulais aller. Maintenant que j'ai obtenu mes papiers, je vais jouer des pieds et des mains pour m'en aller à New York, rejoindre de la famille et des amis.

Ti Ben prétexte l'heure tardive pour prendre congé de cette trappe sordide. Nous rembarquons dans la Beetle. Raoul nous dépose à la station de métro la plus proche. Il nous donne rendez-vous pour le soir, chez un de ses amis dont c'est l'anniversaire de naissance. Ti Ben le savait, mais il avait oublié.

Nous gardons le silence jusqu'à ce que nous soyons vomis par la bouche de la station Frontenac. Au cours du trajet, j'ai eu le temps de lire tout le procès-verbal du rendez-vous de Raoul, à Atwater.

Chapitre XLII

Procès-verbal de Raoul Joseph Dieuveusin

Montréal, Québec, le 23 février 1973.

PROCÈS-VERBAL d'une enquête tenue selon les dispositions de la loi sur l'Immigration au Centre d'immigration du Canada, Plaza Alexis Nihon, 1500 avenue Atwater, Montréal, province de Québec, le vingt-troisième jour du mois de février 1973, à dix heures de l'avant-midi, au sujet de monsieur Raoul Joseph Dieuveusin

PERSONNES PRÉSENTES À L'ENQUÊTE
Pierre Bourget .... Enquêteur spécial
Raoul Joseph Dieuveusin .... Intéressé
Jocelyne Francisque .... Conseiller
Francine Martineau .... sténographe stagiaire
Audette Lagacé .... sténographe

PAR L'ENQUÊTEUR SPÉCIAL
Ceci est une enquête tenue selon les dispositions de la Loi sur l'Immigration au Centre d'immigration du Canada, 1500 avenue Atwater, Montréal, Québec, à dix heures de l'avant-midi ce vingt-troisième jour du mois de février, 1973, par moi, Pierre Bourget, un fonctionnaire à l'immigration nommé par le ministre de la Main-d'œuvre et de l'Immigration pour agir en qualité d'enquêteur spécial en vertu du paragraphe 11 (1) de la loi sur l'Immigration.

PAR L'ENQUÊTEUR SPÉCIAL (à l'intéressé)
Q. – Quel est votre nom au complet ?
R. – Raoul Joseph Dieuveusin.
Q. – Monsieur Dieuveusin, comprenez-vous bien le français que je parle ?
R. – Très bien.
Q. – Si, au cours de cette enquête, il y a quelques questions qui ne sont pas bien comprises, vous devrez m'en aviser avant de répondre à ces mêmes questions. Est-ce bien compris ?
R. – C'est compris.

– Monsieur Raoul Joseph Dieuveusin, j'ai reçu un rapport fait en vertu de l'article 22 de la Loi sur l'Immigration. Ce rapport m'est envoyé par un fonctionnaire à l'immigration et il se lit comme suit :
(Rapport dûment lu à l'intéressé)

– En résumé, ce que le fonctionnaire à l'immigration qui vous a examiné avance dans ce rapport, est qu'il est d'opinion que ce serait contraire à la loi sur l'Immigration que de vous admettre au Canada pour trois raisons. Premièrement, parce que vous n'êtes pas un citoyen canadien. La citoyenneté canadienne est acquise soit par naissance ou lorsque le ministre accorde ou émet un certificat de citoyenneté. Un citoyen canadien a le droit d'entrer au Canada.

Q. – Comprenez-vous bien ce qu'est un citoyen canadien ?
R. – Je comprends.

– Deuxièmement, parce que vous êtes une personne qui n'a pas acquis le domicile canadien. Une personne qui a acquis le domicile canadien est une personne qui a son lieu de résidence au Canada pendant au moins cinq ans après avoir été reçue comme immigrante. Il est permis à cette personne d'entrer au Canada.

Q. – Comprenez-vous bien ce que veut dire l'expression « domicile canadien » ?
R. – Je comprends.

— Troisièmement, l'agent examinateur déclare que vous êtes membre d'une classe prohibée décrite dans un certain article de la loi sur l'Immigration. Cet article est l'article 5 et il se lit comme suit :
(Article 5 dûment lu à l'intéressé)
— Spécifiquement, le paragraphe (p) de l'article 5 se lit comme suit :
(Paragraphe (p) dûment lu à l'intéressé)
— La raison pour laquelle vous ne seriez pas un non-immigrant authentique vous fut lue tout à l'heure.

Q. — Comprenez-vous bien la troisième raison ?
R. — Je comprends.
Q — Êtes-vous la personne nommée dans ce rapport ?
R. — Oui.

— Le but de cette enquête est de déterminer si vous êtes une personne qui peut être admise au Canada et si, au cours de cette enquête, il est décidé que vous n'êtes pas une telle personne, une ordonnance d'expulsion sera rendue contre vous.

Q. — Comprenez-vous bien pourquoi vous êtes ici aujourd'hui et quelles peuvent être les conséquences de cette enquête ?
R. — Je saisis.

Rapport fait en vertu de l'article 22, le 7 octobre 1972, <u>est introduit comme pièce à l'appui « A ».</u>

Q. — Avant que ne débute cette enquête, avez-vous été mis au courant de votre droit de retenir les services d'un avocat ou autre conseiller ?
R. — Oui, oui, à l'aéroport.
Q. — Désirez-vous être représenté par un avocat à cette enquête ?
R. — J'ai ma conseillère là, avec moi.

PAR L'ENQUÊTEUR SPÉCIAL (au conseiller)
Q. - Quel est votre nom ?
R. — Madame Jocelyne Francisque, 478 rue Papineau, appartement 4.

Q. – Y a-t-il un lien de parenté entre vous et monsieur.
R. – Non.

PAR L'ENQUÊTEUR SPÉCIAL (à l'intéressé)
– Monsieur Dieuveusin, je vais maintenant vous assermenter. Veuillez placer votre main droite sur la Bible.
(Intéressé dûment assermenté, témoigne comme suit)

Q. – Avez-vous déjà utilisé un autre nom que Raoul Joseph Dieuveusin.
R. – En aucun cas, non.
Q. – À quelle date êtes-vous né ?
R. – Je suis né le 5 mars 1927.
Q. – À quel endroit ?
R. – Port-au-Prince.
Q. – Port-au-Prince, Haïti ?
R. – Oui.
Q. – De quel pays êtes-vous citoyen ?
R. – Haïtien seulement.
Q. – Avez-vous un passeport ?
R. – Oui.

(Sujet présente passeport haïtien portant le numéro 774472 émis à Port-au-Prince le 12 septembre 1972, valide jusqu'au 11 septembre 1977)

À la page deux de ce passeport, il y a une signature et à la page quatre, une photo.

Q. – Est-ce bien votre signature qui apparaît à la page deux de ce passeport ?
R. – Oui.
Q. – Est-ce bien votre photo qui apparaît à la page quatre de ce passeport ?
R – Oui.
(Passeport remis à l'intéressé)
Q. – Quelle est votre adresse permanente en Haïti ?
R. – 45, rue Du Peuple.

Q. – Quelle est votre adresse actuelle ?
R – 2470, Henri-Bourassa.
Q. – Demeurez-vous là seul ou avec quelqu'un d'autre ?
R. – Avec mon cousin et ma belle-cousine.

– Je vous ai expliqué au début de cette enquête les mots citoyen canadien et domicile canadien.

Q. – Êtes-vous citoyen canadien ?
R. – Non, je ne suis pas encore citoyen canadien.
Q. – Avez-vous le domicile canadien ?
R. – Non, je ne l'ai pas non plus.
Q. – Êtes-vous marié, célibataire, veuf, séparé ou divorcé ?
R. – Je suis marié.
Q. – Où est votre épouse présentement ?
R. – Mais en Haïti.
Q. – De quel pays votre épouse est-elle citoyenne ?
R. – D'Haïti…
Q. – Votre épouse a-t-elle déjà demeuré au Canada ?
R. – Non.
Q. – Avez-vous des enfants ?
R. – Oui, deux.
Q. – Où sont vos enfants présentement ?
R. – Ils sont en Haïti.
Q. – De quel pays sont-ils citoyens ?
R. – Haïti.
Q. – Quel âge ont vos enfants ?
R. – La première a quatre ans, la deuxième, deux ans.
Q. – Vos enfants ont-ils déjà demeuré au Canada ?
R. – Non.
Q. – Avez-vous des parents au Canada ?
R. – Oui.

– Tout à l'heure, vous avez mentionné avoir une belle-cousine.

Q. – Dois-je comprendre que vous avez un cousin au Canada ?
R. – Oui.
Q. – Quel est le nom de votre cousin.

R. – Aristul Dieuveusin.
Q. – Depuis quand votre cousin est-il au Canada ?
R. – Depuis deux ans à peu près.
Q. – Quel est son statut au Canada ?
R. – Il est immigrant.
Q. – Où demeure votre cousin ?
R. – Il demeure à Montréal.
Q. – Quand êtes-vous arrivé au Canada ?
R. – Le 17 octobre 1972.
Q. – Où êtes-vous arrivé ?
R. – Aéroport de Dorval.
Q. – Avec quelle compagnie aérienne avez-vous voyagé ?
R. – Air Canada.

(Sujet présente billet d'avion émis par Air France le 4 octobre 1972, à Port-au-Prince, portant le numéro 058-466-223-511, billet valide jusqu'au 27 octobre 1972 au tarif de 260,50 $ U.S. Trajet : Port-au-Prince, Antigua, Montréal avec Air Canada n° 955 et retour.)
(Billet remis à l'intéressé)

Q. – Qui a payé pour ce billet d'avion ?
R. – C'est mon cousin qui l'a payé.
Q. – Réalisez-vous que ce billet expirait au tarif de 260,50 $ le 27 octobre 1972 ?
R. – Oui, c'est renouvelable.
Q. – Est-ce que vous réalisez ça ?
R. – Oui oui.
<u>Enquête ajournée à 10 h 15 le 23 janvier, 1973</u>

<u>Enquête continuée a 10 h 45 le 23 janvier 1973</u>
Q. – Quel est le but de votre voyage au Canada ?
R. – Voilà exactement, je devais baptiser le mariage de mon cousin.
Q. – Vous voulez dire servir de premier témoin.
R. – Oui, mais à la date convenue, je ne pouvais pas voyager parce que je n'avais pas bénéficié d'un congé à mon travail. Étant

donné que j'avais fait certains débours pour couvrir les frais du voyage, au moment de mon congé, j'ai décidé de rentrer au Canada, c'est clair.

Q. – Pourriez-vous maintenant répondre à ma question et me dire quel est le but de votre venue au Canada ?
R. – Le but, je crois l'avoir déjà dit.

PAR LE CONSEILLER (à l'enquêteur spécial)
Q. – Pourriez-vous préciser votre question, s'il vous plaît ?
R. – Oui.

PAR L'ENQUÊTEUR SPÉCIAL (à l'intéressé)
Q. – Monsieur Dieuveusin, vous devez considérer que vous recherchez présentement l'admission au Canada.
R. – Oui.
Q. – Recherchez-vous l'admission au Canada comme non-immigrant ou comme immigrant ?
R. – Comme immigrant.

– Je tiens à vous lire le paragraphe (i) de l'article 2 de la loi sur l'Immigration qui se lit comme suit :
(Article 2 (i) dûment lu à l'intéressé)

Q. – Avez-vous bien compris cette définition du mot immigrant ?
R. – Oui, je l'ai bien comprise.
Q. Recherchez-vous présentement l'admission comme immigrant ou non-immigrant ?
R. – Comme immigrant.
Q. – Depuis combien de temps avez-vous l'intention de vous établir au Canada d'une façon permanente ?
R. – C'est-à-dire qu'immédiatement que je suis rentré ici, je me suis adapté un peu et j'ai pu trouver une liberté, plus ou moins.
Q. – Depuis quand avez-vous l'intention de vous établir au Canada d'une façon permanente ?
R. – À partir du 15 octobre parce qu'au 21, j'ai eu à formuler une demande de statut d'immigrant, une demande de résidence ici, le 21 octobre.

Q. – Où avez-vous soumis cette demande de résidence permanente ?
R. – Au bureau d'immigration, ici.
Q. – Qu'est-il arrivé à cette demande ?
R. – On m'avait exigé le passeport, je ne l'avais pas.
Q. – Avez-vous expliqué aux autorités de l'Immigration alors que vous deviez vous présenter pour une enquête ?
R – J'ai fait valoir ça parce que je n'avais pas de passeport.

– Je me dois, à ce stade de l'enquête, de vous lire le paragraphe (l) de l'article 28 de la première partie des Règlements de la loi sur l'Immigration. Il se lit comme suit :
(Paragraphe 28 (1) dûment lu à l'intéressé)

Q. – Avez-vous bien compris ce que je viens de vous lire ?
R. – Voulez-vous reprendre s'il vous plaît ?
(Paragraphe 28 (1) dûment relu l'Intéressé)

Q. – Comprenez-vous bien maintenant ce que je viens de vous lire ?
R. – Je comprends.
Q. – Êtes-vous en possession d'un visa d'immigrant valable et non périmé ?
R. – Non.

– Vous devez prendre note que je me devrai de prendre ceci en considération lorsque viendra le temps de rendre ma décision.
Q. – Avez-vous quelques arguments à apporter sur ce que je viens de vous dire ?
R. – En bien voilà ! Comme je vous disais tout à l'heure, j'avais manifesté le désir de formuler n'est-ce pas, la demande de résidence mais j'étais pas en possession de mon passeport, ce qui m'avait été refusé. Ainsi donc, j'ai dû laisser tomber à cette époque.
Q. – Avez-vous déjà soumis une demande de résidence permanente pour venir au Canada comme immigrant ailleurs qu'au Canada ?
R. – Non, ici seulement.
Q. – Saviez-vous que vous pouviez faire une telle demande dans votre pays ?

R. – Il y avait urgence dans les circonstances. Je devais servir de premier témoin au mariage de mon cousin. Le Consul canadien est à cheval sur la Jamaïque et sur Haïti et j'étais pressé par le temps.

Q. – Dois-je comprendre que vous deviez être parrain pour un mariage au Canada?

R. – C'est certain.

Q. – À quelle date ce mariage a-t-il eu lieu?

R. – Juillet 1972, je n'avais pas de congé.

Q. – Combien d'argent avez-vous présentement au Canada?

R. – Compte tenu des cent dollars que j'ai dû déposer à mon arrivée à l'aéroport, j'ai à peu près cent quarante-trois dollars.

Q. Votre cousin est-il prêt à vous venir en aide si le besoin s'en fait sentir?

R. – Oui.

Q. – Est-ce que vous ou quelque membre de votre famille avez déjà souffert de maladies mentales?

R. – De ma connaissance, non.

Q. – Est-ce que vous ou quelque membre de votre famille avez déjà souffert de tuberculose ou de maladies contagieuses?

R. – Non.

Q. – Avez-vous déjà commis un délit criminel?

R. – Non.

Q. – Vous a-t-on déjà refusé l'admission au Canada?

R. – Non, c'est la première fois que je formule la demande.

Q. – Avez-vous déjà été expulsé du Canada?

R. – Non.

Q. – Depuis que vous êtes au Canada, avez-vous travaillé?

R. – J'ai pas le permis de travail.

Q. – Avant que je rende ma décision, avez-vous quelque chose à dire en votre faveur?

R. – C'est-à-dire, vous avez fait l'interrogatoire. C'est à vous maintenant de juger et de rendre le verdict.

PAR L'ENQUÊTEUR SPÉCIAL (au conseiller)

Q. – Le conseiller a-t-il quelque chose à dire en faveur de la personne concernée avant que je ne rende ma décision?

R. – Je proteste contre la détention de monsieur Raoul Joseph Dieuveusin vu qu'il a un cousin résidant à Montréal qui travaille comme technicien, sa belle-cousine travaille aussi à la polyvalente comme professeur. Monsieur Dieuveusin a été invité par son cousin qui répond de lui. Aussi, il est venu avant que la loi du 3 novembre soit passée. Donc, il avait en justice, le droit de faire une demande d'admission au Canada ; il a fait cette demande le 21 octobre 1972.

– Je vais maintenant ajourner cette enquête afin d'étudier les preuves et témoignages avant de rendre ma décision.

<u>Enquête ajournée à 11 h 00 le 23 janvier 1973.</u>
– Je vais maintenant rendre ma décision.

DÉCISION

Monsieur Raoul Joseph Dieuveusin, d'après la preuve reçue à l'enquête tenue au Centre d'Immigration du Canada, 1500 avenue Atwater, Montréal, Québec, le 23 janvier 1973, j'en suis venu à la décision que vous ne pouvez pas de droit entrer au Canada parce que :

1) Vous n'êtes pas un citoyen canadien ;
2) Vous n'êtes pas une personne ayant acquis le domicile canadien ;
3) Vous êtes membre de la catégorie interdite de personnes décrites à l'alinéa 5 (t) de la loi sur l'Immigration en ce que vous ne pouvez remplir ni observer les conditions ou prescriptions de la présente loi ou des Règlements en ce que
a) Vous n'êtes pas en possession d'un visa d'immigrant valable et non périmé tel que requis au paragraphe (1) de l'article 28 de la première partie des Règlement de la loi sur l'Immigration.

– J'ordonne par les présentes que vous soyez détenu et expulsé du Canada.
Q. – Est-ce que vous comprenez bien les raisons de cette ordonnance d'expulsion ?
R. – C'est une décision, elle est formelle ; je comprends.

– C'est votre droit d'interjeter appel contre cette ordonnance d'expulsion que j'ai rendue contre vous.

Q. – Désirez-vous interjeter appel ?
R. – Oui.

– Un appel est interjeté en complétant ce document que je vous présente et qui s'intitule « Avis d'appel ».

Q. – Pourriez-vous examiner ce document avec votre conseiller et me dire de quelle manière vous désirez présenter votre appel à la Commission d'appel de l'Immigration ?
(Intéressé consulte son conseiller)
R. – a), b) et d).

– Comme je vous l'ai mentionné, j'ai émis contre vous une ordonnance de détention et d'expulsion. Toutefois, je suis disposé à vous libérer de la détention moyennant un cautionnement au montant de cent dollars. Ce cautionnement portera les conditions suivantes : vous devrez vous présenter en personne au bureau de l'Immigration la première fois le 20 mars 1973 entre neuf heures de l'avant-midi et quatre heures de l'après-midi et tous les huitièmes mardis subséquents ou à tout autre endroit selon que vous en serez requis par les autorités du Ministère ; vous devrez également nous aviser de tous vos changements d'adresse. Une autre condition, c'est que vous n'avez pas le droit de rechercher ni accepter un emploi rémunérateur au Canada jusqu'à la décision de votre appel.

Q. – Êtes-vous disposé à déposer ce montant de cent dollars ?
R. – Oui.

Il faut rester au Canada à tout prix

À l'aéroport de Dorval, les policiers accompagnant un Haïtien menotté. Le verdict était sans appel. Condamné à la déportation par un agent d'immigration. Après être introduit de force dans l'avion, il s'est envolé en fumée. Disparu dans les airs au vu et au su des policiers et des autres passagers. Depuis lors, on parle de l'Haïtien volant.

Chapitre XLIII

À monter le mât suiffé

Les ancêtres furent détachés d'Ifé, la cité des Dieux perpétués.
Dieux tutélaires. Moi, fils né de Ville au Camps,
je suis fait de cultures ébène.
Arriverai-je un jour à fondre dans l'universel ?
Je suis source mystérieuse, mystique.

Quel état d'être !

PERTURBÉ, mon cœur se serre et mon esprit est dérouté. Je me sens coupable car mes frères, ma sœur, mes oncles n'avaient pas voulu que je parte vers l'inconnu. Mais à rester au pays, quel avenir m'attendait ? Et quel est-il donc ici, au Canada ?

D'après ce que je viens de vivre au Discomini, chez Raoul et ce que j'expérimente avec Ti Ben, ce n'est pas une vie, ça. Dépersonnalisés. Nous devenons tous insensibles. Nous sommes transformés en loups. Chez Loture, j'avais surpris deux compatriotes qui commentaient discrètement. Ils disaient que les universités d'ici sont fréquentées par beaucoup des nôtres. Des universitaires à perpétuité. À étudier l'administration, le français, la sociologie, la psychologie, la philosophie. Des disciplines où les chances de trouver du travail sont réduites. Ils disent aussi que cela s'explique par le fait que les systèmes d'éducation, économique et social en Haïti étant déficients, nous n'avons pas la base scientifique requise qui permettrait d'étudier dans des disciplines techniques. Pour cela, il aurait fallu recommencer à zéro, mais le temps et l'argent font défaut. Trop de pré-requis : mathématiques, physique, chimie. Ensuite, ils ont conclu que la capacité immédiate de la classe ouvrière, ce sont les métiers d'artisanat. Je n'ai pas compris pourquoi ils ont dit cela. Mais c'est ce que j'avais entendu.

Tout ce qui s'est passé chez Loture, tout ce qui y a été dit, la cave de Raoul, la maison d'Aline, l'appartement de Ti Ben, celui des cousines, tout défile dans ma tête.

Comme un agonisant, sentant sa mort prochaine, voit instantanément toute sa vie défiler.

Comme un animal traqué impuissant, confus, à bout de force, pourchassé par un prédateur invisible, omniprésent. Mais qu'il détecte d'instinct.

On a gravi les marches de la station du métro Frontenac, sans s'arracher un mot. Ti Ben est, lui aussi, préoccupé, frappé sans doute par le choc qu'il vient de recevoir chez Raoul. Une fois à l'air libre, il se met automatiquement à courir, m'entraînant ainsi à le suivre. Ouf ! Il était temps. L'autobus a failli partir sans nous, dit-il. En vérité, je ne comprends pas pourquoi, à chaque fois que nous sortons d'une bouche de métro, il faut courir pour ne pas rater l'autobus ! Il y en a plein d'autres. Et en plus, nous ne serons en retard nulle part.

À peine assis, il entame.

– Manolito ! J'ai une de ces faims. Et je suis très fatigué.

– Moi aussi.

– J'espère que les filles nous ont laissé de quoi nous mettre sous la dent. Sinon, on va crever.

– Oui, j'ai un grand creux aussi.

– Dis, mon vieux, tu as bien lu le procès-verbal ?

– En effet, oui.

– Qu'en penses-tu ?

– Je crois que je ne suis pas ici pour longtemps.

Virage solitaire dans la foule

Ti Ben a passé toute la fin de semaine au téléphone avec un certain Ti Robè. Ils ont parlé du pays des Washington. Par les réponses de Ti Ben, j'ai compris qu'ils étaient d'accord pour dire que la vie était plus facile à New York qu'au Canada. Le gouvernement des États Unis exerce moins de contrôle sur les immigrants et tout le monde travaille. Moi, c'est à New York que je voulais aller comme la majorité des Haïtiens, mais cela a été plus difficile pour obtenir un visa. Je ne resterai pas toute ma vie ici. Une fois que j'aurai mes papiers, je vais traverser à New York moi aussi.

Ce matin, on s'est levés relativement tôt pour un lundi. Hier soir, on avait soupé chez les cousines qui nous avaient préparé un délicieux *tchaka*. Mais puisqu'il fallait qu'elles travaillent ce matin, on est rentrés à la maison vers vingt et une heures et demie. Ti Ben a préparé le café et moi les œufs frits avec du hareng saur.

— Vieux ! Pour un gars qui cuisine pour la première fois, tu te débrouilles très bien.

— C'est grâce à Mimine, la cuisinière de chez nous. Je savais l'observer quand elle faisait à manger.

— Si je comprends bien, tu es un vrai cordon-bleu !

— Non, non ! Je sais seulement faire bouillir du spaghetti et frire des œufs. Mais toi, depuis tout le temps que tu es ici, tu es un expert.

— Moi, je ne sais rien faire, vieux, rien. Mes blondes font tout pour moi.

— Moi, je ne suis pas ta blonde. Il va falloir partager les tâches dans la maison.

— Ne t'en fais pas, on va s'arranger. D'ailleurs, je ne suis pas toujours ici. La preuve, c'est que je sors tout de suite.

— Où vas-tu donc ainsi ?

— Je m'en vais *voir où la rue fait le coin*.

Il sort de table sans se desservir. Rentre dans la chambre. Mets ses chaussures, son chapeau, attrape un livre.

— Je sors, vieux. Je ne rentrerai pas tard. N'oublie pas, non ! Ton rendez-vous à l'Immigration, c'est pour mercredi, oui. Salut.

— Oui. Je n'oublierai pas, non. Salut.

Je me sens vraiment seul. Le téléphone est là, mais qui appeler ? Et même si je connaissais quelqu'un, tous sont sans doute partis travailler. J'en ai assez de regarder la télé. Non, je ne peux pas rester là, à me morfondre comme un « *à rien à faire* ».

Je vais faire la vaisselle, me baigner, m'habiller et sortir.

J'ouvre la porte, j'accède au couloir. Je ferme la porte derrière moi qui émet un bruit sec. Une belle femme blanche, très blanche, s'amène vers moi, dans la sombre allée. Elle est agréable à regarder. Elle me fait un grand sourire me disant :

— Bonjour !

Un accent auquel je ne suis pas encore habitué, que je trouve très sec et impersonnel.

— Bonjour, madame ! Comment allez-vous ? Et la famille, tout le monde va bien ?

Elle me regarde, d'un air étonné, mais avec un grand sourire. Je me dis que c'est la façon d'être, des gens d'ici.

Elle tient un bébé sur le bras. Je me retourne pour la regarder. Elle porte un pantalon en jeans très serré qui épouse de manière sensuelle sa forme ondulante. Ses fesses sont comme celles qu'avait décrites Ti Ben. Une demie de pastèque. Elle m'interpelle. J'accours.

— Monsieur, voulez-vous me faire une faveur ? Là, tenez mon bébé, s'il vous plaît. J'ai les mains trop chargées, je n'arrive pas à trouver mes clefs.

Elle niche dans l'appartement juste en face du nôtre. J'ai soif tout d'un coup. Je reviens vers la porte de notre appartement et... non ! ce n'est pas vrai ! Je n'ai pas de clef.

Je sors du petit bloc et me dirige vers la rue Sherbrooke. Là, je ne sais plus quoi faire. Quelle direction prendre ? Je sais que vers l'ouest, il y a le Parc Lafontaine, la rue Papineau, et pas loin, là tout près, c'est l'épicerie Dominion, à côté, le club Tropicana et en face, le fleuriste Jules d'Alcantara. J'irai plutôt vers l'est, que je ne connais pas encore.

Ti Ben m'a dit que dans toutes les villes du monde, les Noirs et les pauvres restent dans l'Est et les riches, dans l'Ouest. Les vents forts soufflent de l'ouest et amènent la pollution à l'est.

Je veux aller voir la pollution. Et puis, en allant vers l'Est, j'aurai la chance de rencontrer des Haïtiens. Une belle journée de lundi. Il ne fait pas trop chaud. La rue Sherbrooke est merveilleuse, avec ses arbres feuillus que le vent caresse et fait trembloter par ses timides passages sporadiques. Il n'y a pas beaucoup de passants sur la rue, surtout des personnes âgées qui attendent patiemment aux arrêts d'autobus. Mais les gens ne se parlent pas beaucoup. Ils ne gesticulent pas non plus. Ils conversent ensemble avec quelle distance dans l'intonation. Ils paraissent ne rien se devoir. Indépendants.

Tiens, là, quelle imposante construction! Ah! *Commission des écoles catholiques de Montréal.* Et ici, je suis en avant de… *CEGEP de Maisonneuve.* Je ne sais pas ce que cela veut dire. *CEGEP?*

Mon Dieu! Il y en a donc bien qui empruntent cette intersection! Boulevard Pie IX. Je vais traverser en face pour voir ce qu'il y a derrière ce grillage en fer forgé et qui ressemble étrangement à celui qui protège le Palais national.

Jardin botanique! Qu'est-ce que c'est que ça? Je m'en vais y jeter un coup d'œil. Ce n'est pas croyable! Non, c'est merveilleux! Toutes les plantes du Canada, et aussi d'ailleurs! Eh! même des plantes d'Haïti! Un palmiste! Un oranger! Un manguier! Ça tombe bien, je pourrai passer tout le reste de la journée à le visiter en attendant que Ti Ben revienne à l'appartement.

Chapitre XLIV

Une faim de marche

Qu'attendez-vous pour les surveiller ?
Guettez bien ces Noirs. Des Blancs
se sont cachés sous leur peau d'ébène.

Le palmiste ne donne pas de fruits

Il n'est pas encore là. Que faire ? Je sors et traverse en face. Je cogne à plusieurs reprises à la porte. Les cousines ne sont pas là non plus. Je reviens à mon petit bloc. Je m'assois sur le perron pour espérer que Ti Ben ne tardera pas longtemps.

Des pas résonnent dans le couloir derrière moi. Ils marquent le tempo de la jeune femme blanche de ce matin.
— Bonjour. Qu'est-ce que vous faites assis là, tout seul ?
— Bonjour madame. Je n'ai pas de clef. J'attends que mon ami rentre.
— C'est quoi votre nom ? Moi, c'est Lise.
— Moi, c'est Mano.
— Manu ?
— Non, Manolito. Mano.
— Ah bon, Mano ! Mano, si ça ne te fait rien, je m'en vais au dépanneur. *Ça te dirais-tu* de venir avec moi ?
— Pardon ?
— Viens-t'en avec moi !
— Oui, madame.
— Appelle-moi Lise.

— Oui.

J'ai lu dans son regard un sentiment que jamais je n'ai éprouvé auparavant. Je ne sais si c'est de la compassion ou de l'amitié.

— Viens, aide-moi à descendre la poussette de mon petit Francis.

Elle se penche en avant pour sécuriser l'enfant dans cette sorte de petit chariot. Elle exhibe un physique de déesse que je n'avais pas eu le temps d'apprécier autant dans la pénombre du couloir, ce matin. Elle montre des fesses époustouflantes. Elle porte un corsage en soie. Une paire de jeans très serrés moulant avantageusement ses fesses laisse dessiner clairement en avant les tranches marquées de sa vulve. Je suis excité. Sur le trottoir, elle commence à pousser le petit Francis qui secoue un petit maracas en plastique. Elle est portée par des jambes légèrement cambrées, supportant un bassin assuré ondulant sensuellement. Son entrecuisse forme une ouverture très marquée, laissant voir clairement le dos de la poussette roulant devant d'elle.

À se perdre dans des rêves conflictuels. Des pensées troublantes. Pourquoi veut-elle que je l'accompagne puisqu'elle est mariée ? Je ne comprends pas les gens d'ici. Je ne veux pas avoir de problèmes, moi.

— Allez, Manu ! Pourquoi tu restes en arrière ? Viens-t'en. Marche à côté de moi.

En pressant les pas. J'atteins son niveau. Nos regards se croisent. Elle me sourit. Je baisse les paupières en tournant la tête de l'autre côté.

Nous continuons de marcher côte à côte. Sa personnalité offre une ouverture naturelle à l'amitié, à la communication, sans préjugés ni sentiment de supériorité d'aucune sorte. Elle continue de me parler, de me regarder comme si j'étais déjà de ses intimes. Mais moi troublé, après tout ce qu'on m'a dit sur les Canadiennes, je réagis gauchement.

Rendus à deux maisons de la rue Ontario :

— Manu ! tiens-moi la poussette, je dois fermer mon *zipper*. *Adjòye donc*! les jeans sont trop serrés ! Voyons, Manu, tu ne parles pas gros, toi !

Je souris en continuant de pousser.

— T'es pas arrivé depuis longtemps, toi. Ça paraît. T'es tout frais. Pas vrai ?

— Oui.

Je me sens mal à l'aise. Je ne sais pas quoi comprendre, ni quoi faire. Avec un bébé aussi jeune, elle a certainement un mari. Pourquoi s'affiche-t-elle avec moi ainsi ? Elle veut me compromettre. Je n'aimerais pas avoir des problèmes, surtout que je ne suis même pas encore allé au bureau de l'Immigration pour prendre ma sentence. Je n'aime pas cette situation.

Au carrefour, après avoir attendu que la lumière passe au vert, elle me dit de faire attention aux chauffards. Le dépanneur est situé juste à l'intersection. La porte d'entrée est à un mètre et demi, à peine, du caniveau.

— Attends-moi ici sur le trottoir. Ce sera pas long, Manu. Je vais seulement ramasser du lait et des couches jetables.

Je jette un coup d'œil circonspect pour vérifier et m'assurer qu'il n'y a pas d'Haïtiens aux alentours. Ils pourraient penser que je suis un *garçon ma commère*. En Haïti, les hommes ne s'occupent pas de bébés. Qu'est-ce que je fais debout là, sur le trottoir, à surveiller un petit bébé tout blanc aux lèvres toutes roses ? Mon Dieu ! Si Ti Ben me voyait, il s'amuserait à en mourir.

— Allons Manu, on s'en retourne. Tu vois, c'était pas long, n'est-ce pas ?

— Non.

Elle a marché à côté de moi sur tout le chemin du retour. Elle m'a posé des questions auxquelles j'ai répondu oui et non. Elle m'a toujours fixé dans les yeux quand elle me parlait, me souriant comme pour inciter mon approbation inconditionnelle à tout ce qu'elle avance. Je me sens mal à l'aise dans la situation. Devant l'entrée du bloc, elle attrape d'une main la base de la poussette, tenant les sacs de plastique de l'autre. Et moi les manches, pour la porter au début du couloir. J'ai encore poussé jusqu'à la porte de son appartement. Là, j'abandonne la poussette, retournant brusquement vers la porte de mon appartement ; je m'empresse de cogner précipitamment à plusieurs reprises.

Entre-temps, Lise a eu le temps d'ouvrir la porte de son appartement, de rouler la poussette à l'intérieur et de s'appuyer contre un des pans latéraux du chambranle. Je me retourne machinalement vers elle qui m'accueille avec un sourire mi-narquois mi-victorieux.

— Viens ! Viens-t'en l'attendre chez nous, Manu. Veux-tu ?

— Oui, merci.

Vu les circonstances, je ne peux pas dire non. Elle est si gentille et si tendre à mon endroit. Est-ce qu'elle le fait parce que je lui tombe dans l'œil ou qu'elle est ainsi avec tout le monde ?

Elle s'écarte alors un peu du seuil, agrandit l'angle de l'entrebâillement de la porte à l'aide du bout des doigts. D'un mouvement révérencieux, des mains et des genoux, m'invite à rentrer chez elle. J'accepte l'invitation mais dans le tumulte d'une tachycardie soudaine. *Pitip pitip pitip pitip pitip...*

La même interrogation hante encore mon esprit. Si son mari arrive pendant que je suis encore chez elle avant l'arrivée de Ti Ben, que va-t-il penser ? Je ne sais plus. Peut-être que c'est la culture des gens d'ici. J'ai peur tout de même. Je la suis timidement. Derrière mon dos, le pêne, d'un son sec, fait *klèk,* en s'enclenchant dans l'entaille métallique vissée dans l'encadrement.

— Mets-toi à l'aise, Manu ! Détends-toi ! T'es trop gêné. Tu as faim, je le sais. *M'a t'arranger ça.*

Dans son appartement qui n'est pas plus grand que le nôtre, tout est bien ordonné et d'une propreté surprenante. Ce qui donne l'impression qu'il y a plus d'espace chez elle que chez Ti Ben.

— On s'installe dans la cuisine. On y voit mieux, dit-elle.

Les fenêtres vitrées laissent agréablement pénétrer la lumière du jour. Il fait moins chaud car le soleil n'y rayonne pas directement comme chez nous. Par ricochet. Plus diffus.

Avant même que je m'assoie et que je porte ma curiosité autour, Lise a eu le temps de ranger le lait dans le frigidaire ainsi que les couches dans une autre pièce. Elle revient. Sort le petit de la poussette. Le place dans une large sangle évasée, en plastique, montée sur des roues. Le petit tient ferme encore son maracas de plastique bicolore résonnant *Kli kli kli* à chacun de ses mouvements brusques. Il le porte constamment à sa bouche dégoulinante de salive prédentale. On dirait qu'il désire séparer les couleurs de l'instrument en essayant de l'ouvrir avec ses mâchoires édentées pour en extirper les corps durs qui y sont enfermés.

— Attends-moi un instant, Manu. Je vais me changer. Ces jeans-*laò* sont trop serrés. Si tu as soif, sers-toi dans le frigidaire, Manu. Il y a du Coke, du Seven-Up, du jus et de la bière.

— Oui, merci.

Chapitre XLV

Dans l'intimité de Lise

Les riches font comme ils veulent,
les pauvres comme ils peuvent.

La révélation

Assis à la même place, sur une chaise semblable à celles que nous avons dans notre appartement, je me penche vers l'avant pour jouer avec le petit qui semble s'amuser à me regarder. Il zézaye, glousse et rit en tapant son maracas avec une férocité enfantine, sur la sorte de comptoir de plastique en avant de lui.

Une chair fraîche frôle mon bras. Je n'ose pas réagir. C'est Lise qui revient à la cuisine. Je me redresse. Oh! Mon Dieu! En bikini! Seigneur! qu'elle est bien moulée! Belle, très belle. Et quelle paire de cuisses! Et pour une blanche, elle a des fesses vraiment bien bombées! Avec une peau lisse et laiteuse, ne laissant apparaître aucune strie de minuscules vaisseaux sanguins semblables à une colonie de très jeunes lombrics enchevêtrés à proximité d'une mare. Pris entre le désir de jouir de ce spectacle rare et la peur que son mari arrive soudain, je suis désorienté. Je ne sais pas comment me comporter. Décelant ma gêne et en même temps ma maladresse, elle sourit de ses lèvres passablement charnues qui laissent briller des incisives d'un éclat de blancheur particulier. Dans l'exiguïté de la pièce, elle fait le va-et-vient continuel caractéristique des mères de famille prenant soin d'un enfant en bas âge. Et à chaque fois qu'elle passe à proximité de moi, sans attendre, elle me frôle de sa cuisse fraîche. Elle s'excuse aussi à chaque fois.

Je ne dis pas encore un mot, à l'affût d'un bruit de clef dans la serrure de la porte de l'appartement d'en face. Sachant l'objet de mon inquiétude ou de mon espérance :

— Manu, quand ton ami sera arrivé, on va l'entendre. Tiens, un verre de jus d'orange. Allons nous asseoir au salon.

Pas plus de trois pas, on est rendus. Elle s'assoit sur le sofa qui l'engloutit jusqu'à la limite de la flexibilité du coussin.

— Pourquoi restes-tu debout là, comme un poteau ? Viens donc te mettre à côté de moi. Tiens ! on va regarder la télévision !

Je fais comme elle dit, sans poser de questions. Elle se lève pour changer le poste. Quand elle vient se rasseoir, le coussin l'engloutit presque sur moi. Pendant qu'elle se débat pour reprendre l'équilibre, son sein frôle légèrement mon bras. Je gonfle instantanément. Et dans mon extension effrénée, le membre bute à la couture de ma fourche. Je souffre de cette douleur pendant cinq bonnes minutes. Mais elle est douce, agréable. Le volume du son provenant de la télé augmente sensiblement. Une annonce publicitaire. Une dame, un peu âgée, apparaît avec un poêlon à la main : Téfal, ma poêle ! fait-elle. L'autre soir, Ti Ben avait dit après elle, pour rire : « T'es sale, ma femme ! Tes poils, ma femme ! T'es pâle, ma femme ! »

— Aimes-tu regarder la télé, Mano ?

— Oui, assez.

— Tu sais que nous en avons *icitte* un comme vous *autres-laò*. Il est chanteur ? Il s'appelle Boule Noire.

— Non, je ne savais pas.

— Mets-toi à l'aise, Manu. Détends-toi. Si ton ami ne rentre pas bientôt, tu souperas avec nous, tantôt.

— Oui, merci beaucoup. Mais je crois qu'il ne va pas tarder. Et puis on avait déjà tout préparé pour le souper.

— Tu m'as dit que ça ne fait pas longtemps que tu es arrivé ici, n'est-ce pas ?

— Oui.

— *T'as-tu* la permission de travailler ? Parce que pour vous *autres-laò*, je ne sais pas comment ça marche, mais il faut qu'on vous donne un permis. C'est ça, pas vrai ?

— Oui. Justement, j'ai rendez-vous avec l'Immigration après-demain.

– Tu n'as pas à t'inquiéter. Ils vont vous le donner. Il y en a tellement, de vous autres, à Montréal. Je *m'excuse-loà* mais pour un autre de plus, ça ne fera pas de différence. Pas vrai.
– Oui.
Le petit Francis roule sa *marchette* jusqu'à la télé qu'il commence précipitamment à marteler avec son maracas en plastique. Sa mère le lui ôte. Il se raidit d'un bord, se hausse sur ses petits pieds délicats pour se mettre à crier comme un forcené. Sa mère le lui rend. Il le lance à terre et continue de crier de plus belle. Elle l'enlève de la *marchette*, le prend dans ses bras pour le consoler en le berçant. L'enfant ne se laisse point convaincre. Tire des coups de pieds toujours en criant. La mère se demande s'il a chaud. Le conduit dans la salle de bain. Mouille une débarbouillette, lui bassine le visage. Francis crie davantage et avec plus de force. Son petit visage se vermillonne de sang. La mère revient vers le sofa s'y asseoir. L'enfant gigote sur ses cuisses nues, en pédalant énergiquement dans l'air. Elle panique, se blottit à chaudes larmes contre moi, sur mon épaule. Elle pleure avec convulsions, éclatant d'une voix chevauchée disant :

S'TE VIE-LÀ

C'est plate à mort de rester toujours *pognée*
dans ce maudit appartement-laò
À endurer les *brlaya-ouges*
Les *crliya-ouges* d'un bébé
Mon beau bébé *tanant* et que j'aime tant
C'est-tu *ben plate tabarnac*
Plate à mort
J'en ai toujours les larmes dans les yeux, maudit !
C'est-*tu ben que trop plate de savwère*
Que mon bébé n'aura jamais de *pére*
Comme les autres enfants
Mon *t'chum* est en prison
Mwé que ma tante a *ramòsé* dans une *crlèche haòsti !*
J'connais ni mon père ni ma mère
Mon *t'chum* un maudit receleur
Un *crliss* de *vòleur* vendeur de *drlògue*
Que deviendra mon petit s'il apprenait

> Quand même *qué sé* qu'il va devenir dans a vie ?
> Pas *grland* chose !
> Oui c'est *plate*
> C'est *ben que trlop plate*
> J'*schu pogné*
> À qui on pourrait demander des conseils
> Et qu'est-ce qu'on pourra ben me dire quand même
> La même *crliss d'astie d'affaire*
> C'est *ben k'trlop plate*
> *Plate à mort en maudit haòstie*
> *S'te vie d'chienne-laò.*

Ce défoulement dans les larmes les a consolés tous les deux. Le bébé étendu sur ses cuisses et elle, blottie contre mon épaule. Ils s'assoupissent déjà profondément. Dégagés. Aux anges.

Un son sec dans la porte de l'appartement d'en face. *Klèk*! Je porte doucement le bébé dans son berceau. La mère, allongée sur le sofa, ronfle légèrement.

Chapitre XLVI

Compte rendu

La mère a accouché d'un enfant qui n'a jamais pu se déplacer ; et depuis lors, qui ne fait que pleurer. C'est la routine du puits.

La vérité est-elle sincère ?

TI BEN est encore en train de se changer quand je me présente au milieu du chambranle de la chambre. Il a eu le temps de déposer un petit sac de plastique sur la table.

– Comment ça a été, ta journée, vieux ? Qu'est-ce que tu as fait ?
– Je l'ai passée dans la rue.
– C'est bien, ça. Tu vois, ce n'est pas si difficile que cela. Tu commences à t'habituer. Bientôt, tu vas changer d'opinion quand tu connaîtras davantage les gens du pays.
– J'étais sorti tout de suite après toi.
– Et c'est maintenant que tu reviens ? Eh ! ça a été vraiment fructueux ! *T'es-tu faite une blonde, mon beau Manu ?* Ah ! ah ! ah !
– Je ne plaisante pas. Je n'avais pas de clef.
– *Oh yoyoye* ! c'est vrai. On n'y avait pas pensé. Ainsi, tu as passé toute la journée à faire le pied de grue. Tiens ! Voici le double de la clef.
– Merci.
– Mano, tu sais que bientôt tu dois aller à ton rendez-vous à l'Immigration.
– Hélas oui.

En entendant ces mots, j'ai tremblé comme une feuille à sa branche au passage du vent. Ti Ben sort de la chambre avec des pantoufles et le même pantalon court qu'il avait porté dans la voiture d'Aline. Il se rend à la cuisine en disant, avec une agréable appréhension :

— Ah! mon vieux! Je vais faire cuire un bon petit manger. Depuis que tu es venu, tu m'as donné le goût du pays. Tu sais, j'ai acheté du hareng saur, du *kalalou* et du riz. Avec ce gros morceau de steak de bœuf et de la salade, mon vieux, on va se faire un souper de roi. N'est-ce pas?

— Oui.

— Tiens! Toi, commence à préparer la salade. Je sais que tu es un petit bourgeois, tu n'as pas l'habitude. Mais ici, on est tous prolétaires. Pas de bonne pour faire nos affaires. Nous devons tout faire, nous-mêmes.

— J'ai déjà remarqué.

— En plus de cela, vieux, apprends vite, parce qu'on ne sait pas si on demeurera toujours ensemble.

— Pourquoi?

— Écoute, vieux. Tu penses vraiment que je vais passer le reste de ma vie à tourner en rond dans l'appartement? On est comme une bouteille vide fermée hermétiquement, larguée dans l'océan. On ne sait pas où les vagues nous conduiront. Il faut s'attendre à tout. Être toujours prêt.

Il me surprend par le nouveau ton qu'il commence à adopter. Ce n'est pas du tout la même personne. Et le Ti Ben de chez les cousines, gauche, enfant gâté qui ne savait rien faire, est maintenant un cuisinier responsable qui manie les instruments de cuisine avec la dextérité d'un chef aguerri. Je le regarde faire avec intérêt.

Il saisit les trois lamelles de filet de hareng qu'il hache en petits morceaux pour les dessaler en les trempant dans de l'eau chaude mélangée avec du lait, pour l'attendrir.

— Veux-tu, vieux. Prépare la salade!

— La salade?

— Prends la moitié de la laitue romaine. Lave-la à grande eau. Puis coupe-la en tranches assez minces. Ensuite, tu couperas les tomates aussi en petites lamelles. Tu les saupoudreras de sel, du poivre, de la poudre d'ail et de la poudre d'oignon. Tu ajouteras une part de vinaigre et deux d'huile. Recouvre-le et mets-le dans le frigo. Entre-temps, je vais te montrer comment on fait à manger en bon Haïtien.

Je n'en reviens pas. Donc, il feint de ne rien savoir faire en présence des cousines. Il est très adroit en cuisine. Je vais l'observer et suivre ses conseils. Où a-t-il bien pu trouver de l'argent pour acheter tout cela ? Il me cache quelque chose. Ce n'est pas normal.

— Vieux, aujourd'hui, on a beaucoup de choses importantes à se dire. Tu vois, ça va faire trois semaines déjà que tu es ici.

— Oui.

— De toute façon, tu ne devrais pas t'en faire pour l'Immigration. Tout le monde est passé par là. Et tu n'es pas pire que les autres. C'est une question de savoir comment s'y prendre.

Il me parle tout en s'affairant à la popote, sans me regarder. Après avoir assaisonné le hareng avec du thym, du poivre, de l'oignon, il le fait sauter avec des tomates cerises dans de l'huile très chaude. Le fait revenir avec une cuiller en bois. Là, il mesure deux tasses et demie d'eau qu'il verse dans le chaudron qui laisse échapper un champignon de vapeur : *Schwash* ! Le recouvre hermétiquement pour conserver la saveur et éviter aussi que la forte odeur d'épice ne devienne insupportable pour les autres locataires. Il se retourne vers moi avec un grand sourire. Fier de pouvoir se dévoiler à quelqu'un qui doit apprécier ses talents de bon cuistot.

— Ça te surprend, pas vrai, vieux ?

— J'avoue que si.

— Il faut avoir tous les trucs dans son sac pour vivre ici. Celui qui n'apprend pas à tout faire n'y survivra pas, mon vieux.

Il retourne à son chaudron. Soulève le couvercle. L'eau versée dans le hareng est déjà en ébullition. Il y jette une tasse et demie de riz, préalablement mesurée. Et lance :

— Tu vois, vieux ! Une fois que l'eau est réduite et que tu vois apparaître le riz, tu baisses le feu au minimum et tu *l'étouffes* en le couvrant encore hermétiquement, pendant vingt minutes jusqu'à ce qu'il cuise à point.

Il sort aussitôt le carton contenant deux morceaux de steak de bœuf. Il allume un autre foyer, y dépose un poêlon dans lequel il jette de l'huile. Il lave d'abord ses mains qu'il essuie avec un morceau de papier absorbant. Du plat de la main, il presse légèrement sur les morceaux de viande, les saupoudre de sel. Les retourne pour refaire le même cérémonial. Il dit que c'est pour l'attendrir. Il ouvre le robinet. Attrape une goutte d'eau du bout du doigt qu'il lance dans le poêlon qui pétille, pète, éclate, éclabousse.

— Ah ! ma *graisse* est assez chaude !

Il y jette les morceaux de viande qui commencent aussitôt à passer du rouge au brun grisâtre en se rétrécissant un peu sur les rebords. Il les tourne. Dilue un peu de pâte de tomate dans une tasse d'eau avec laquelle il arrose au fur à mesure les morceaux de viande qui se montrent de plus en plus appétissants. Pour finir, il y jette deux tranches d'oignon et le reste de l'eau à la pâte de tomate. Un peu de poivre, de l'ail en poudre, du thym, du persil séché. Une pincée de sucre brun, deux pincées de farine de maïs.

— Hum ! mon vieux, une bonne sauce !

Nous sommes attablés en moins de deux.

— C'est vraiment délicieux, Ti Ben.

— Qu'est-ce que tu crois, toi ! Mais je préfère la *main* des cousines.

— Évidemment, ce sont des femmes. Elles sont faites pour cela.

— Pas ici, vieux. Tout le monde est pareil. Si tu crois faire cette remarque sexiste en public, je ne donne pas cher de ta peau. Par contre, dans les restaurants, ici et ailleurs dans le monde, tous les chefs sont des hommes.

— Au pays, la plupart des hommes qui font la cuisine dans les marchés sont des *massissi*.

— C'est vrai, on les appelle des hommes fifi. Mais ici, vieux, c'est un chacun pour soi et Dieu pour tous.

— Tantôt, tu avais quelque chose à me dire à propos de l'Immigration qui me donnait espoir.

— Oui, mais avant, vieux, il faut qu'on s'entende sur la répartition des tâches dans l'appartement.

— D'accord, mais qu'est-ce que tu suggères ?

— Très simple, vieux. On fera la même chose chacun, en alternant.

— Une semaine, je fais le ménage en balayant, en nettoyant la salle de toilette et en sortant la poubelle.

— Sortir la poubelle ?

— Oui, vieux. Que penses-tu que nous faisons de nos pelures de bananes, de nos déchets ? Il faut les mettre dans un sac de plastique qu'on doit sortir chaque lundi et jeudi. Et un gros camion passe les ramasser.

— Ah bon ! je ne savais pas !

— Pendant ce temps, l'autre s'occupera de faire à manger. Et on alterne de semaine en semaine.

— Je suis d'accord. C'est juste.

— Qu'est-ce que tu dis de mon manger?
— Je te l'ai déjà dit, c'est délicieux. Mais comme tu vois, je l'apprécierais encore davantage si tu me disais ce que tu as à me dire concernant l'Immigration.
— Ah? J'oubliais! Écoute, vieux, voici comment ça se passe habituellement. Tu n'auras pas besoin d'avoir peur.
— D'accord. Je t'écoute.
— Moi, je ne peux pas te cautionner parce que je suis trop jeune, ensuite, je n'ai pas d'emploi. Demain j'irai chez un autre de mes amis qui est marié et qui accepte de t'accompagner à l'Immigration. Il s'appelle Géfoir. Géfoir Vienvoir. Retiens bien ce nom. Il est désormais ton cousin par alliance. Demain on te donnera son adresse et tout le baratin que tu dois apprendre par cœur.
— Oui.
— En général, cela se passe de la façon suivante : avant l'expiration de ton permis de séjour, on t'accompagne à l'Immigration pour une demande de prolongation de séjour. Entre-temps, on y retourne pour faire une demande de résidence permanente.
— Permis de séjour, tu dis?
— Mais oui, vieux. Écoute, ce que la majorité d'entre nous ne comprennent pas c'est que pour rentrer au Canada, tu n'avais pas de visa à partir du pays d'origine. On n'en donne pas en Haïti, en tout cas. C'est la raison pour laquelle on passe tout ce temps à l'aéroport. C'est pourquoi on peut se permettre de vous expulser sans même vous permettre de rentrer dans la ville, puisque vous n'avez pas encore de visa.
— Ah bon!
— Tu vois, vieux, c'est toi qui détermines souvent la durée de ton séjour.
— Comment ça?
— Lorsque l'agent à l'aéroport te demande combien de jours tu comptes rester au Canada, en général, on dit quinze jours. Alors, il te donne un visa pour quinze jours. Il y en a qui l'ont pour beaucoup plus longtemps que cela.
— Ah aaaah! Pourquoi tu ne m'avais pas expliqué tout ça depuis le début? Tu es un sadique!
— Pour te dire la vérité, je l'ai appris aujourd'hui.
— Continue. Je te suis.

— Leur système est basé sur des points. Plus tu as des atouts, plus ça te donne des points. Maintenant, il va falloir que tu te trouves une profession dans laquelle tu as des connaissances. Ils te poseront certaines questions techniques sur la profession. Et si tu y réponds plus ou moins bien, c'est fait.

— Une profession, tu dis?

— Oui. Tu peux être tailleur, cordonnier, mécanicien, camionneur, n'importe quoi qui est en demande ici. Mais si tu dis que tu es ethnologue ou avocat, c'est certain que tu vas avoir moins de points que ceux qui ont des capacités d'artisans. C'est la raison pour laquelle il y a tant d'Haïtiens de souches très modestes, ici. Ils font soit du nettoyage, soit du gardiennage, soit la cuisine ou même personne de compagnie. Ainsi, ils peuvent accumuler plus de points que toi avec ton diplôme d'études secondaires.

— Ah oui? *La vie ooooo... Kòmanman!*

— Le gouvernement canadien n'aura pas à investir pour leur éducation. Ils sont déjà prêts à fonctionner. Tandis que pour toi, mon cher philosophe qui veut aller étudier à l'université, tu vas coûter très cher aux Canadiens. Tu comprends, vieux?

— Ouais! ouais! ouais! Je commence à comprendre. Mais toi non plus, tu ne savais pas tout ça, pour m'avoir baratiné tout ce que tu m'as dit avant.

— Oui, en effet, tu as raison.

— Mais moi, je n'ai jamais pratiqué aucune de ces professions.

— Personne, vieux, personne. Et ceux qui le sont ne peuvent pas s'exprimer. Ils l'ont appris sur le tas et n'ont jamais fait grandes études.

— Qu'est-ce que je dois faire?

— Tu es tailleur. Prends ton *Larousse* et apprends les termes techniques appropriés.

— OK.

Chapitre XLVII

L'ultime journée

Nous savons ce qui se trame dans le cœur des choses.
Nous nous y aventurons car ce qui se mijote
dans le cœur de l'homme est imprévisible.

Qui connaît la bonne décision

Je n'ai pas bien dormi de la nuit. Déjà debout à six heures ce matin. Ainsi que Ti Ben, d'ailleurs.

Après nous être lavés et habillés, Ti Ben se précipite à la cuisine pour préparer le petit-déjeuner. Je lui dis que je n'ai pas faim. Il me dit : « Force-toi, l'attente sera longue. » Il a fait un café très fort qu'il garde chaud, sur le foyer. Tout l'appartement est embaumé de cette odeur qui me rappelle le café de Minime. Il sort un petit récipient du dessous de l'évier. Il allume un autre foyer, y pose le petit récipient. Sort ses tomates cerises. Rince quelques-unes sous l'eau, les tranche en deux et enfin les jette dans l'huile chaude avec des petits bouts d'oignon, assaisonnés avec du thym, du sel et un peu de poivre. Il me demande d'allumer la télé et la radio en même temps. Je fais tout ce qu'il commande de faire. Je suis comme un vrai zombi, sans volonté. Collé à ses basques comme le poussin à la créature qui l'adopte la première fois. Il mesure huit tasses d'eau qu'il jette dans les tomates en train de frire. Brasse avec sa cuiller en bois. Dépose quelques gouttes sur sa paume. Goûte. Rajoute du sel raffiné et de l'ail en poudre.

— Mon vieux, j'aime cuisiner, tu ne peux pas t'imaginer.
— Je vois ça.

— Mais quand je suis seul, je n'ai le goût de rien. Je me laisse aller comme un clochard.

L'eau arrive à ébullition. Il mesure deux tasses de maïs moulu qu'il verse minutieusement dans le liquide qui soudain cesse de glousser. Il baisse l'intensité du feu de plus de la moitié. Il attrape la cuiller en bois et se met à brasser.

— Il faut brasser ainsi constamment jusqu'à ce que le maïs cuise. Sinon, il fait des boules. Ici, on dit des *mottons*. Après, tu réduis le feu au minimum en ajoutant du beurre et tu laisses mijoter. Il va faire *Kkfffit Kaffouutt! Touf touff touchhhh*. Ah! ah! ah! Tu sais, vieux, un bon cuisinier connaît le langage des mets.

— Es-tu sérieux?
— Comment! Tu ne le savais pas?
— Non!
— Ce sont le manger et le feu qui te disent quand faire quoi, par le son et la couleur que prend la nourriture. L'odeur aussi qui change subtilement ou drastiquement.

Tout en brassant la semoule de maïs, il continue de m'expliquer :
— Pour faire frire ton steak, tu attends que la graisse, en se réchauffant, fasse comme des volutes dans le poêlon. Là, tu le testes en y jetant une goutte d'eau. Il pète, explose avec un *tèk tèk* plus aigu, plus dru *tèk tèk tèk*. Alors, on y dépose la viande. Elle fait alors *tchwèèèèèèè*. Et presque tout de suite *tchrrlrlrlrl tchrrlrlrlrl...* En le tournant, il fait *cchhhri cchhhri cchhhriiiiii*. Puis quand la chaleur a fini de cuire tout le sang, la viande restante se plaint ainsi *ssschlrri ssschlrri ssschlrri...*

Quelqu'un frappe soudain à la porte.
— Va ouvrir, Mano, c'est ton répondant.

J'ouvre. Un grand monsieur rentre avec un large sourire sur ses lèvres charnues qui laissent paraître des dents écartées, d'une blancheur étonnante. Il me tend la main en disant : « Oui, c'est moi. Toi, c'est Mano, n'est-ce pas? » Je réponds oui. « Ne t'en fais pas, tout va s'arranger. Tu n'es pas le premier et tu ne seras pas le dernier non plus. »

Il entre dans la cuisine avec un sachet à la main, qu'il tend à Ti Ben. Il se dirige droit sur le récipient. Attrape la cuiller en bois et se met à goûter.

— Qu'est-ce que tu en dis? fait Ti Ben.

– Tu n'as pas mis assez de tomates, ni suffisamment d'oignons. Mais avec ce que je t'ai amené là, ça va aller. Ah! ah! ah!

– Mano, mets le couvert pour trois. Ça va être bientôt prêt.

– Je t'offre un café fort du pays, Géfoir?

– Je suis venu uniquement pour ça. Tu vas me donner mon morceau de cassave beurrée au *manba piquant*. Un *royal* du tonnerre! Ah! ah! ah! ah!

– Tiens!

– Merci, mon ami.

Deux minutes après, Ti Ben et moi nous éclatons de rire ensemble.

– Ah! ah! ah! ah! ah! ah! ah! ah! ah! ah!

– Qu'est-ce qui vous fait rire autant, vous deux?

– Tu trempes ta cassave dans ton café.

– Comment? C'est comme ça que c'est délicieux! Pas vrai?

– Oui, mais je pensais que tu ne le faisais plus, toi, fait encore Ti Ben.

– Oh! vous seriez étonnés! Je ne le fais pas chez moi, à cause de mes enfants et de ma femme qui pensent que ce sont des mauvaises mœurs. Mais l'habitude, mes amis! La culture, on ne la perdra jamais, vous le savez.

Ti Ben déballe le sachet que Géfoir lui a remis. Il en sort deux gros avocats et un petit bocal de piments forts confits à l'oignon et aux carottes. Et il dit: « Toi, Géfoir Vienvoir, tu n'oublies jamais! »

– Moi, Géfoir Vienvoir, je ne mange jamais mon *mayi moulen sans mon zaboka ni sans confi. Hah! c'est fait avec du bon piman zwazo avec ji zoranj su.*

– Le confi paraît très piquant, mais je sais que ça va être délicieux. De la semoule de maïs aux tomates et à l'oignon avec de l'avocat, arrosé de jus d'orange dans lequel ont macéré des piments Chili.

– Quand on mange une bonne assiette de *mayi moulen* le matin, on est bien *Kore*. Oui, ça te tient en forme durant toute la journée. Donc, mon bon ami... hcu! Mano, oui c'est ça. Sers-toi une bonne assiettée pour faire face aux agents de l'Immigration. Tu entends!

Nous nous sommes servis généreusement. Ti Ben dit: « Attendez, messieurs, je vous fais une citronnade. » Il attrape deux limes, qu'on appelle aussi citrons en Haïti. Les coupe en deux moitiés. Les presse dans un gros pot et ajoute du sucre brun, de l'eau, avec un peu d'essence de noyo.

— Et voilà!

Au cours du repas, Géfoir Vienvoir me dit :

— Mano, mon ami, notre stratégie est la suivante. Nous allons demander l'annulation du mandat d'expulsion et ensuite solliciter une prolongation de séjour. J'ai l'habitude, ne t'en fais pas, mon ami. Dans un deuxième temps, nous ferons une demande de résidence permanente. N'oublie pas. Tu devras apporter ton passeport, ton argent de poche, ton adresse, ton numéro de téléphone. Mais en premier lieu, tu es un persécuté des tontonmakout de Duvalier.

— Mais c'est vrai. Ils m'ont déjà arrêté. C'est grâce à mon oncle si je suis sauf aujourd'hui.

— Ensuite, mon ami, désormais, tu es tailleur de profession. Tu parles le français, l'anglais, le créole et l'espagnol. Et ne te contredis jamais. Ils vont te poser une même question plusieurs fois pour vérifier si tu dis la vérité. Compris?

— Oui.

— *Parle-moi de'dça, mon nwèr*! Bon, messieurs, il est temps de partir. Je vais laisser ma voiture en avant d'ici. On prendra le métro. Tu fais les frais, n'est-ce pas. De toute façon, ça ne coûte que trente-cinq centimes par tête.

Chapitre XLVIII

L'initiation

Mourir pour renaître. Accéder à la connaissance, s'armer jusqu'à la prochaine mort. Et encore renaître, renaître… Commencer à peine à naître.

La prière des remerciements

On est retournés à l'appartement aux environs de trois heures et demie. Exténués. La visite à l'Immigration s'est déroulée exactement comme tout le monde me l'avait prédit. Et avec quelle exactitude. Oui, en effet, je ne suis pas le premier et je ne serai pas le dernier non plus. Ils ont tous eu raison. Ceux de l'aéroport, ceux de chez Loture, Raoul, Ti Ben, Géfoir et même moi-même. Je finis par comprendre que nous sommes les éléments composant la circonférence d'une roue qui tourne indéfiniment. Le seul moment où l'on a l'impression de s'arrêter c'est lorsqu'on pense virtuellement trouver une clef. La roue, la serrure, car :

Le monde est le même partout
J'ai vu à travers le monde — La terre a partout la même couleur — La maison n'a jamais changé de fonction — La route mène toujours au même endroit — La rivière descend à la même mer — À travers le monde j'ai vu — La grande ville avec ses crimes — Le musée avec son silence — Ses esprits vivants ses nécromants — Le cinéma et ses maniaques — Le night club *et ses voleurs — Le* highway *et ses phares — À quoi bon prendre les ailes de l'oiseau — J'ai vu à travers le monde — Un petit New York et un petit Paris — Un petit Londres et un petit Moscou — Une Allemagne une*

Russie des États-Unis — Un petit Biafra et un gros asile de fous — Dans chaque grande ville — Pourquoi s'asseoir sur l'aile du grand oiseau — Ou moisir dans la coque du grand requin — Le monde est le même partout
  il est si différent… ce monde
  Il faut monter sur l'aile de l'oiseau
  s'instruire de la différence
  le même est le même partout.

Ma main est déjà engagée très profondément dans l'engrenage jusqu'aux épaules. La seule issue possible, c'est de se savoir un élément réel et virtuel de la machine impersonnalisée. La solution est de trouver son propre sextant pour pouvoir naviguer.

De longues journées se sont ensuite succédé dans la forte espérance d'heureuses issues.

Quand est-ce que je vais pouvoir travailler et gagner beaucoup d'argent que j'enverrai en Haïti ? Quand est-ce que je vais pouvoir m'inscrire à l'université ? Quand est-ce que je vais pouvoir faire venir mes frères et ma sœur pour qu'ils viennent, eux aussi, s'instruire à l'université ?

L'aveu de l'adieu

Des jours se sont succédé dans les espoirs et la monotonie. Mon imagination continue sa vertigineuse trajectoire. Ti Ben arrive en coup de vent. Ce qui me fait sursauter. Je m'assois sur le coup, lui demandant ce qui se passe. Son visage blêmit un instant. Il se reprend pour me dire :

— Vieux, je dois te parler. Tu sais que la majorité des immigrants haïtiens vivent à New York, n'est-ce pas ?

— Oui. Je le sais.

— Comme je te l'avais dit, j'ai de la famille là-bas, moi aussi. Oncles, tantes, cousins, cousines et amis. Beaucoup d'amis, de très proches. Tu sais que tout le monde a un grain semé dans cette terre des Washington. Les dollars verts !

— Oui, je sais.

— C'est justement ce que je vais te dire. Je vais aller prendre ma chance là-bas. Je pars avec mon ami Ti Robè.

— Tu pars, tu me laisses seul. Comment vais-je faire ? Je n'ai personne. Où vais-je demeurer ? Comment vais-je pouvoir payer le loyer ? Manger ? M'habiller ?

— Ne t'en fais pas, mon ami. Nous nous sommes tous posé la même question. Tu sais que nous ne pouvons pas arrêter le cours de la vie et du temps. C'est pareil pour tout le monde. Tu ne seras pas seul. Il y a les cousines en face. Il y a Géfoir. Il y a chez Loture. Il y a le sous-sol des joueurs insolites. Il y a la Québécoise là, en face de notre appartement. Ta chère Louise.

— Je ne t'ai rien dit, moi.

— Et de toute façon, mon vieux, je dois rentrer régulièrement ici pour *casher* le chèque du gouvernement.

— Oui, mais je ne les connais pas, ces gens-là !

— Ne t'en fais pas. Écoute-moi bien. Je pars ce soir même, tout de suite, pour New York.

— Tout de suite !

— Oui. Tiens ! Voici ma carte d'assurance-sociale. Voici ma carte d'assurance-maladie. Voici mon permis de travail. Tu finiras par obtenir les tiens, j'en suis sûr. En attendant, ne me fais pas prendre. Salut, mon vieux ! Je te laisse aussi mon numéro de téléphone de là-bas.

Donne-moi la main mon ami. La vie ici, c'est ainsi.

Salut, mon vieux…

— *Tabarnouche ! Kòòòmanmannnnnnnn ! Wifout !* Grâce la miséricorde !

La première partie de cette aventure migrante a débuté dans : *Adieu Bordel, bye bye Vodou*. Elle est publiée chez le même éditeur.

Glossaire

À rien à faire : Oisif, fainéant.
À s't'heure : Maintenant.
Achaôler : mot québécois signifiant emmerder, aguicher, agacer, exciter.
Adjòye donc! : Interjection québécoise pour exprimer une douleur physique ressentie.
Ah! le maudit petit chrlist! : Ah! le petit chenapan!
Ahy, pitit mwen! Pa pale koze sila-a li trò fè mal : Ay! mon enfant, ne causons pas de cela. Ça fait trop mal.
Alcius : Gémissement ou susurrement articulé que produit la femme en plein coït. Sons émis témoignant de la satisfaction que procure le partenaire par son savoir-faire et qui en même temps excite ce dernier à performer encore plus. L'alcius est produit par une sorte de sifflotement provoqué par l'inspiration et l'expiration de l'air entre les dents, contrôlé par la langue et entrecoupé de certains mots d'appréciation et d'interjections. (Hay! li bon! Ssstt Hhay, li dous! mete pou mwen! Ssst oui… etc.)
Anyen ou pa konnen : Tu n'en sais rien.
Assèye donc vwèr : Essaye-toi donc et tu verras de quel bois je me chauffe! Ou encore, essaye donc voir.
Assir : (Expression québécoise) Asseoir.
Assorossi : Plante curative au goût très amer dont la feuille est absorbée en infusion ou en macération dans du clérin pour l'appétit, nettoyer le sang etc.
Attention, je te l'répète c'est d'même, pareil, tu vas parler. Et dans pas grand temps. Sinon, tu peux me garaòcher ton poing dans a face ben

rlèd : Je te le répète que c'est ainsi que tu vas parler bientôt. Sinon tu peux me donner un coup de poing en plein visage.

Baiser mouillé : Baiser d'amour *(French kiss)*.

Baptistaire dans le plat de ma main : Tout savoir sur la personne.

Bèfchenn : Portefaix. Homme à tout faire dans les camions.

Bègwè : Idiot, retardé mental, nigaud.

Bizawèl et de *tatawèl* : Question de familles.

Bla-bla-bla miam-miam-kaka chat : Parler pour ne rien dire. Déblatérer.

Blanc mannan ou manan : Nom péjoratif pour désigner les hommes blancs de basse classe sociale en Haïti au temps de la colonie.

Blanc : Étranger, Canadien, Québécois.

Bòbòt dlo : Vagin trop large et trop humide que les hommes haïtiens dédaignent. Il peut arriver qu'après avoir fait l'amour, une femme, avec ce type de *bòbòt*, se voit délaissée, abandonnée par son amoureux.

Bòbòt grip : Vagin ferme à la pénétration, mi-sec mi-humide qui a la vertu de bien contenir le pénis, en procurant à l'homme une très agréable sensation comme si une main le serrait par petites pressions successives.

Bòbòt dous : Un vagin dont la texture de la chair par contact avec le pénis procure naturellement une agréable douceur. Dans ce cas, c'est la nature de cette femme, en général, qui est agréable. Le genre de peau, de lubrification, sa forme physique, son savoir-faire et ses alcius, tout cela contribue à cette douceur extraordinaire.

Bon-hour-là, m'sieur : Bonjour Monsieur.

Bonjour la visite! : Au revoir. C'est fait. C'est fini.

Boumba : Panier de victuailles.

Bounnda melon dlo : Fesses à la forme de pastèque.

Bounndanini : Foutaise, baliverne.

Bouzen : Prostituée.

Bull Shiter : Flouer, mentir.

Bwa : Pénis.

CEGEP : Collège d'enseignement général et professionnel.

C'est çaò, l'affaire : C'est exactement ça.

C'est vraiment pas du caca coq : Ce n'est vraiment pas de la plaisanterie.

C'est l'fun : C'est amusant, c'est agréable.

Caca d'oreille pour du manba : Expression comparative indiquant la mise en garde signifiant qu'il ne faut pas se leurrer. Utiliser dans le cas où l'interlocuteur est certain de ne pas se laisser duper.

Caca de poule pour du beurre : Expression comparative indiquant la mise en garde signifiant qu'il ne faut pas se leurrer.

Cachiman : Arbre fruitier d'Haïti.

Calma! Calma! : Calmez-vous.

Canadien, Canadienne : Québécois, Québécois. En quittant le pays, l'immigrant sait qu'il vient au Canada. Donc pour lui, tous les habitants de ce pays sont des Canadiens, sans distinction de province. Comme pour ceux qui ont émigré aux États-Unis, ils ne font pas de différence entre Montréal, Québec ou n'importe quelle autre ville du Canada.

Caralho! : Juron portugais.

Caramba! : Juron espagnol.

Casher : Changer ou déposer un chèque.

Chameau ou *shnack* : Appellation donnée à la Renault 5 (voiture française), dans une publicité d'époque, la voiture est comparée au chameau pour démontrer que la R5 ne consommait pas beaucoup d'essence.

Chocolaò : Nom péjoratif utilisé par certains Québécois, pour désigner les Noirs au Québec.

Chouchounn pichkannen : Un vagin dont la femme possède l'habileté de contracter les muscles intérieurs qui retiennent le pénis par pressions saccadées.

Chrlis de nwèr, et ce s'ra pas dans cent ans : Mon petit Noir, c'est tout de suite.

Clérin : Clairin, tafia.

Coat : Manteau.

Coco glissé : Vagin enduit de sécrétion très huileuse.

Coco sec : Vagin qui ne devient jamais trop huileux ou trop gluant au cours d'un coït. En général, il reste toujours à point, pour ceux qui aiment pénétrer un organe ferme.

Coco crampon : Voir bòbòt grip.

Cocotte : Mot affectueux, synonyme de doudou, chérie, quand on s'adresse à une femme.

Cogno : Juron espagnol.

Compris laò? Parle-moi de t'ça : As-tu compris? C'est parfait.

Confi : Jus d'orange sur, appelée orange espagnole, dans lequel on a fait macérer une variété de petits piments chili très forts, appelés piment *swazo*.
Coooomanman : Exclamation exprimant l'étonnement.
Coriceo ! : Juron portugais.
Coupé Cloué : Musicien et compositeur haïtien, mort en 1998, qui a inventé une nouvelle forme dans la musique haïtienne appelée prêche. Et sa forme de musique est appelée Konpa manba.
D'hastie de calice de tabernacle : Blasphème québécois appelé communément « sacrer ».
Dada : De bounda qui signifie derrière, fesses, arrière-train.
De gros orteil : Grossier, sans éducation, fruste.
De même-laò, OK d'abord-laò : C'est ainsi, ainsi, d'accord.
Depi nan ginen, nèg ap trayi nèg! : L'ingratitude, la trahison, l'individualisme sont de la nature de l'homme.
Dérespectent : Manquent de respect.
Des testicules pour de grosses marbles : Expression comparative indiquant la mise en garde, signifiant qu'il ne faut pas se leurrer.
Deux maigres pas frit : Deux fiancés démunis ne font point bon ménage.
Deux et demie : Appartement avec une chambre à coucher.
Dous : Friandise locale (Peut aussi vouloir dire sensuelle).
Doyes : Cartes à jouer reconnaissables à certaines marques.
Drapeau (Jean) : Maire de Montréal qui dota la ville de infrastructures extraordinaires et extravagantes telles que : le Stade olympique et Terre des hommes.
Eh twé là ! : Eh toi là !
Et qui la kiyèl de bon politicien : Et quel bon politicien ?
Et tu le sais bien propre : Et tu le sais très bien.
Fais que ta main rencontre la mienne : Paye-moi ton dû.
Fangura : Juron italien.
Fanm marye : Épouse légitime. Femme mariée.
Fè wè : Parader. Faire voir. Exposer.
Fifi : Faible, efféminé.
Fired : De l'anglais, révoqué.
Fiyèt lalo : Femme tontonmakout.
Flilho de puta ! : Fils de pute !
Fort Dimanche : Geôle infernale sous le régime des Duvalier, en Haïti.
Fourrer : Faire du sexe. Forniquer. Flouer.

Fournissent leurs yeux : Regarder avec attention.
Frlan-ouchement : Franchement.
Ga-ouze : Gaz, essence.
Garçon Makòmè : Homme maniéré, efféminé mais pas nécessairement homosexuel qui aime entreprendre des activités féminines.
Giguer : Danser la gigue.
Gonflé : Indigestion.
Gourde : Monnaie d'Haïti.
Graisse : Huile.
Green back : Dollars américains.
Grèp : Sorte de filtre artisanal, en forme de cône fait de toile de Siam.
*Grimaud (*Grimelle*)* : Métis à la peau claire, aux traits négroïdes et aux cheveux crépus.
Griyo : Viande de porc assaisonnée au citron et frite.
Gros professeur dans un grand pays : Un professeur compétent professant à l'étranger.
Gros zozo : Gros pénis.
Gwo Zouzoune : Potentat. Autorité. Homme ou femme jouissant d'une certaine notoriété.
Gwo matcho : Macho.
Gwo bibi : Biceps très bien musclé.
Habitant : Paysan.
Haïtiens ooooh! Tonnè krazé'm.! Yo p'ap manqué : C'est le propre des Haïtiens.
Han-y! : Voyons !
Hep boss papa fèm wè lajan-w! : Eh ! mise donc ton argent !
Hololo-y : Interjection exprimant l'appréciation, l'étonnement.
Icite : Ici.
Ifé : Olympe des divinités haïtiennes (lwa) situé en Afrique, au Bénin plus particulièrement.
Il n'est pas une plantation de patate : Expression métaphorique pour montrer qu'il n'est pas poli d'interroger ainsi un étranger.
Il va y goûter : Il va en faire une mauvaise expérience.
J'ai pas l'choix jchui pogné : Je n'ai pas le choix, je suis pris.
J'peux tu ? : Puis-je ?
Je peux être responsable de plus que ça : C'est insignifiant pour les moyens que je possède.
Ji zoranj su : Jus d'orange sur.

Ji zoranj : Jus d'orange.
Just come : Nouveau venu.
Jwe sa-a pito pou m'tande : Fais jouer celle-là de préférence.
Jwé kat la tonnè : C'est à ton tour de jouer, tonnerre !
Kabicha : Somnoler, somme (souvent assis la tête penchée vers l'arrière avec la bouche ouverte.)
Kachimbo : Pipe en terre cuite.
Kalalou : Gombo.
Kamokens : Anti Duvalier (ennemi du régime politique en place).
Kata : Retardé mental.
Kik : De l'anglais pouvant signifier béguin, avoir l'œil…
Kòlangèt : Interjection à consonance vulgaire.
Kolokent : Dans ce contexte signifie avare. Qui aime l'argent.
Konpa Dirèk : De Compas direct, est la désignation de la musique populaire d'Haïti inventée par le saxophoniste Nemours Jean-Baptiste aux environs des années 1954-1955.
Kòòòmanmannnnnnnn! : Interjection exprimant l'étonnement.
Kore : Caller.
Kouman ou ye, Rosaline ? : Comment vas-tu, Rosaline ?
Krik et pour un Krak : Pour une peccadille. Pour une insignifiance.
L'étouffes : Couvrir hermétiquement le riz pour lui permettre de cuire également.
La main : La touche culinaire.
Le Blanc : Le Québécois. L'homme blanc, en général.
Loa ou lwa : Désignation des esprits du Vodou.
Lotu joué sa-a pou mwen : Loture, fais jouer ce disque pour moi.
Lotu fè m'tande mizik ça-a! : Loture ! Je veux écouter cette chanson-ci !
M'a l'avwaèr, mon p'tit nwèr de tabarnacle : Je l'aurai, le petit voyou.
M'a appeler plus ta-ou dans a swèrée : Je rappellerai plus tard dans la soirée.
M'pa renmen-l : Je ne l'aime pas.
Maême-laò : De la sorte.
Maïs moulu : Semoule de maïs.
Makout : Panier, sac en paille, besace.
Mamba piquant : Beurre d'arachide rehaussé de piment fort.
Manumba : Instrument de musique haïtien formé d'un caisson en bois avec une ouverture en avant munie de trois lames de métal qui fournissent trois notes basses.

Massissi : Homosexuel mâle.
Maudit, tu vas ben q'trop vite sur tes patins, twé : Eh ! je te dis, tu piges bien et trop vite, toi !
Melon dlo : Pastèque.
Ménaj : Fiancée, ami (e) de cœur.
Mon p'tit nwèr : Mon petit Noir (sens péjoratif).
Mòpologues : Nom donné, dans le milieu haïtien, à ceux qui passent la vadrouille.
Mornier : Paysan (sens péjoratif).
Mwen Manke youn pwèlyèm : Il me manque très peu.
Naiseuse : Niais.
Ne me le donnez pas à tenir parce que je ne le prends pas : Je ne crois pas à vos balivernes.
Nègre nan mòn : Paysan des mornes.
Noir bounda chodyè : Noir à la teinte de la graisse brûlée à la base d'une poêle, d'un chaudron.
Nonm dous : Élu du cœur. Préféré, concubin.
Nwè : Noir.
Oh yoyoye! : Interjection exprimant le regret, la déception ou l'émerveillement selon l'intonation.
P'tit Chlrist : Petit coquin.
Parce qu'étant un gros professeur dans un grand pays : Étant un enseignant qui a réussi en terre étrangère.
Parle parle jase jase : Émission télévisée animée à l'époque par Jean Lajeunesse et Janette Bertrand.
Parler fort dans le cornet de leur entendement : Leur parler dans le creux de l'oreille.
Parlez-moi de'dça mon nwèr : C'est très bien, mon ami.
Pauvres malheureux : Déshérités.
Payèt : Parader. Faire l'important.
Paysan madré : Paysan très intelligent.
Péter dans les concombres (Aller) : Pour dire poliment « aller se faire foutre ».
Pigeon : Pénis.
Piment bouc : Piment fort communément appelé piment jamaïcain.
Pogné rède : Pris jusqu'au cou.
Pogné comme un phoque solitaire dans a mer du Nord : Prisonnier comme un phoque dans la mer gelée du Grand Nord.

Porra! : Juron portugais.
Pòy : Mot haïtien signifiant mégot.
Puncher : Perforer sa carte.
Que tu te tournes à droite ou que tu te tourne à gauche, c'est le même coup de bois : Des deux côtés, le mal est infini.
Question de Bizawèl et de tatawèl : Question de lignée sociale.
Revocal révocaux : Révoqué.
Rizièz : Rusée.
Royal : Sandwich de cassave beurrée au mamba.
Royal spécial : Royal additionné de gelée de fruits. Ou avec d'autres ingrédients comme du cresson et de la salaise de hareng.
S'correct d'abord : C'est d'accord.
À l'étranger : En terre étrangère, *en principe*. La diaspora.
Santi : Puant.
Scheisskerl : Juron allemand.
Se moun fou kon yo k'ap fè yo pale ayisyen mal-la wi : Ce sont des mésadaptés comme vous, qui faites parler mal des Haïtiens.
Shnack : Voir *Chameau*.
Slow down a bit, man, slow down : Ralentis un peu, ralentis un peu.
Suiveux : Mouton de panurge.
Swèl : Tissu de bonne qualité. Élégant.
T'assir : T'asseoir.
T'en shooter quèque zunes mwé, asti : T'en sortir quelques-unes, moi.
T'es-tu faite une blonde? : Est-ce que tu t'es fait une amie?
Tabarlnouche! : Interjection et juron Québécois pour adoucir le juron bien connu de Tabarlnak.
Taò-ou : Tard.
Tap-Tap : Camionnette bigarrée utilisée comme transport en commun en Haïti. Tap-Tap est l'onomatopée pour désigner la rapidité avec laquelle la voiture réalise son trajet.
Tatawinage prononcé Tatawina-ouge, niaisage : Perte de temps, inertie, paresse, indolence.
Tchaka : Mets haïtien composé de fèves de lima, de maïs en grain cuit avec de la viande de porc ou de bœuf et autres ingrédients variés.
Tchoupit : Chéri.
Tchum : Ami, amant, copain, camarade, concubin.
Tèt mare (Tête amarrée) : Gueuses, paysannes qui se promènent généralement avec un mouchoir sur la tête. Litt. signifie têtes

parées de mouchoir. Apanage de la paysanne haïtienne. Dans le contexte, elle signifie femmes d'origine très modeste.

Tèt nèg (Tête de nègre) : très cher en argent.

Tèt chaje (tête chargée) : Des ennuis, des calculs.

Ti chou : Mon chou, mon chéri.

Ti chéri : Mon chéri.

Tifi : Petite fille, pucelle, vierge.

Tonnè krazé'm. : Que la foudre me terrasse.

Tonnè boule-m ! : Que la foudre me terrasse.

Tonton : Vieillard.

Tontonmakout : Milice du régime sanguinaire de François Duvalier, président d'Haiti de 1957 à 1971. (litt. Vieillard paysan barbu portant un sac de pailles en bandoulière dont l'aspect gauche et fruste, parfois macabre même, fait peur aux enfants de la ville).

*Tu vas ben q'trop vite sur tes patain*s : Tu apprends vite, toi.

Tu veux-tu ? : Est-ce que tu veux, toi ?

Tu chauffes-tu, twé? : Sais-tu conduire, toi ?

Tu m'comprends-tu mon p'tit tabarnacle de just come ? Me comprends-tu, mon petit nouvel arrivant ?

Tul l'aò l'affaire : Tu as pigé.

Tulututu : Affecté.

Twé : Toi.

Un petit argent comme, ça ne me fait pas peur : La mise est si peu que je ne crains rien.

Va ta fa far una pugnata : Juron italien.

Varger : Ruer vers, plonger dans.

Verdammt nochmal ! : Juron allemand.

Vilokan : Olympe des divinités haïtiennes ou lwa situé, dit-on, dans le nord-ouest d'Haïti.

Voir où la rue fait coin : Essayer de joindre les deux bouts.

Vous êtes tous des « à rien à faire des médisants mal parlants » : Bande de vauriens et de médisants.

Vrlai rlaore : En vérité.

Washington : Mot pour désigner le papier monnaie américain.

Wifout : Interjection indiquant l'étonnement.

Wipipip : Interjection haïtienne indiquant l'étonnement.

WOPS : Appellation donnée aux Italiens au Québec, vers les années 1968-1970 qui signifie *« Without Official Papers »* (des illégaux.)

Il est rapporté que vers cette époque, il y a eu une émeute dans le comté de Roxboro, à Montréal, au cours de laquelle un groupe de Québécois avait décidé de chasser tous les Italiens demeurant dans le quartier. Ils furent mis en déroute, battus, tabassés par ces derniers.

Wouch : Exclamation exprimant le dédain, la dégoût.

Y es-tu là, lui : Est-il présent dans la maison ?

Yen yen yen : Onomatopée indiquant un niveau d'état de retardé mental ou d'enfantillage d'un adulte.

Zaboka : avocat (fruit).

Zipper : Fermeture éclair.

Inventeurs noirs

Liste partielle (reproduite telle quelle) de certains inventeurs noirs. La liste initiale a été établie par C. Butler. Charles Isbell y a aussi contribué, en puisant de sources diverses.

Inventions	Inventeurs	Date d'enregistrement
Almanach	Benjamin	Approx. 1791
Ampoule électrique	Lewis Latimer	21 mars 1882
Appuie-tête pour shampoing	C. O. Bailiff	11 octobre 1898
Ascenseur	Alexander Miles	11 octobre 1867
Balai à balayer la rue	Charles B. Brooks	17 mars 1890
Beurre d'arachide	George W. Carver	1896
Boîte à lettres	Paul L. Downing	27 octobre 1891
Boîte à lunch	James Robinson	1887
Bougie d'allumage	Edmond Berger	2 février 1839
Bras de tourne-disques	Joseph H. Dickenson	8 janvier 1819
Brosse à cheveux	Lydia O. Newman	15 novembre 18 (?)
Butoir	O. Dorsey	10 décembre 1878
Cadre de bicyclette	L. R.	10 octobre 1899
Chaînette de porte-clés	F. J. Loudin	9 janvier 1894

Inventions	Inventeurs	Date d'enregistrement
Chaise pliante	Brody & Surgwar	11 juin 1889
Climatiseur	Frederick M.	12 juillet 1949
Commutateur automatique	Granville T.	1er janvier 1839
Contrôle de thermostat	Frederick M. Jones	23 février 1960
Coupe-biscuit	A. P. Ashbourne	30 novembre 1875
Cuiller à crème glacée	A. L. Cralle	2 février 1897
Dactylographe	Burridge & Marshman	7 avril 1885
Dispositif de pêche automatique	G. Cook	30 mai 1899
Échelle de sauvetage	J. W. Winters	7 mai 1878
Extincteur	T. Marshall	26 octobre 1872
Fer à cheval	J. Ricks	30 mars 1885
Feu de signalisation	Garrett Morgan	20 novembre 1923
Fontaine à lubrifier	Ellijah McCoy	15 novembre 1895
Fouet à œufs	Willie Johnson	5 février 1884
Fusil insectifuge	A. C. Richard	28 février 1899
Guitare	Robert F. Flemming Jr.	3 mars 1886
Lanterne	Michael C. Harvey	19 août 1884
Lit pliant	L. C. Bailey	18 juillet 1899
Masque à gaz	Garrett Morgan	13 octobre 1914
Moteur	Federick M. Jones	27 juin 1939
Peigne à démêler	Mme C. J. Walker	Approx. 1905
Pelle à poussière	Lawrence P. Ray	3 août 1897
Planche à repasser	Sarah Boone	30 décembre 1887
Poêle (cuisinière)	T. A. Carrington	25 juillet 1876
Presse-citron	J. Thomas White	8 décembre 1893
Réfrigérateur	J. Standard	14 juin 1891
Rouleau à pâtisserie	John W. Reed	1864
Roulette pour meubles	O. A. Fisher	1878
Sac à plasma sanguin	Charles Drew	Approx. 1945
Sécheuse à linge	G. T. Sampson	6 juin 1862

Inventions	Inventeurs	Date d'enregistrement
Selle à cheval	W. D. Davis	6 octobre 1895
Serrure	W. A. Martin	23 juillet 18 (?)
Stéthoscope	Imhotep	Ancienne Egypte
Stylographe	W. B. Purvis	7 janvier 1890
Support de tringle de rideau	William S. Grant	4 août 1896
Taille-crayon	J. L. Love	23 novembre 1897
Tampon manuel	Walter B. Purvis	27 février 1883
Tee (cheville) de golf	T. Grant	12 décembre 1899
Téléphone cellulaire	Henry T. Sampson	6 juillet 1971
Tondeuse à gazon	L. A. Burr	19 mai 1889
Transmetteur téléphonique	Granville T. Woods	2 décembre 1884
Transmission automatique	Richard Spikes	28 février 1932
Tricycle	M. A. Cherry	6 mai 1886
Tringle de rideau	S. R. Scratton	30 novembre 1889
Vadrouille	Thomas W. Stewart	11 juin 1893
Visière	P. Johnson	2 novembre 1880
Voiture d'enfants	W. H. Richardson	18 juin 1899

Table des matières

Première partie :	**Le baptême**	17
Chapitre premier	Dorval, un très grand aéroport	19
Chapitre II	À se glisser les fesses	23
Chapitre III	L'expérience d'autrui	29
Chapitre IV	La crainte du prof	35
Chapitre V	La traversée perdue	37
Chapitre VI	Ils m'ont bien baigné	39
Chapitre VII	Connaissances, trouvailles et retrouvailles	43
Chapitre VIII	Connaissance avec ce côté du Canada	49
Chapitre IX	Dépucelé par la démocratie québécoise	55
Chapitre X	Le baiser mouillé sur la place publique	57
Chapitre XI	La réalité dans sa candeur	63
Chapitre XII	Le procès de l'appartement	67
Chapitre XIII	Le refuge	73
Chapitre XIV	Les touchées de l'ouïe	79
Chapitre XV	Répéter ce qu'on entend ou dire ce qu'on sent	89
Chapitre XVI	La leçon d'apprentissage	93
Chapitre XVII	Faire l'amour, c'est l'fun	101
Chapitre XVIII	Le fond volcanique	109
Chapitre XIX	Les rumeurs continuent	117
Chapitre XX	Le prodige	125

Deuxième partie : **La communion** 129

Chapitre XXI	La niche	131
Chapitre XXII	Étranger en sursis	137
Chapitre XXIII	Profonde ceinture	139
Chapitre XXIV	Christophe Colomb dit bonjour à Jacques Cartier	143
Chapitre XXV	Mon pays est aussi un pays étranger	147
Chapitre XXVI	Si c'est si dur, retourne au pays	155
Chapitre XXVII	La tendre chaleur trahie	163
Chapitre XXVIII	Surveille-toi quand tu vas aux toilettes	173
Chapitre XXIX	Travailler c'est trop dur, et voler c'est pas beau	179
Chapitre XXX	La loi du plus fort	183
Chapitre XXXI	La grande erreur	191
Chapitre XXXII	Et qui sait celui qui sait et qui ne sait pas qui sait ? C'est lui	201
Chapitre XXXIII	La résignation fait l'homme	207
Chapitre XXXIV	Parties de jeux au hasard	215
Chapitre XXXV	Se méfier de l'eau stagnante	219

Troisième partie : **La confirmation** 231

Chapitre XXXVI	La force qui s'ignore	233
Chapitre XXXVII	Nostalgie des heures	241
Chapitre XXXVIII	Le tourment identitaire	247
Chapitre XXXIX	La valse des hebdomadaires haïtiens	253
Chapitre XL	La table ronde carrée	265
Chapitre XLI	La douleur du poids lourd laissé là-bas	269
Chapitre XLII	Procès-verbal de Raoul Joseph Dieuveusin	273

Chapitre XLIII	À monter le mât suiffé	285
Chapitre XLIV	Une faim de marche	291
Chapitre XLV	Dans l'intimité de Lise	295
Chapitre XLVI	Compte rendu	299
Chapitre XLVII	L'ultime journée	305
Chapitre XLVIII	L'initiation	309
Glossaire		313
Inventeurs noirs		323

PAO : réalisation des Éditions Vents d'Ouest inc. (Hull)
Impression : Imprimerie Gauvin limitée. (Hull)

Achevé d'imprimer en mars
mil neuf cent quatre-vingt-dix-neuf

Imprimé au Québec (Canada)

p.121 - caümètes
p.165 - salaces
p.185 - Black Cattle - Chaudrons noirs
p.192 - Italiens WOPS (Without Official Papers)
p.239 - azimuts
p.271 - anacorètes
         glossolalie